ROSE WILDING

LIVRAI-NOS DO MAL

Tradução
Anna Carla Castro

1ª edição

EDITORA RECORD
RIO DE JANEIRO • SÃO PAULO
2023

CIP-BRASIL. CATALOGAÇÃO NA PUBLICAÇÃO
SINDICATO NACIONAL DOS EDITORES DE LIVROS, RJ

W664L

Wilding, Rose
 Livrai-nos do mal / Rose Wilding ; tradução Anna Carla Castro. - 1. ed. - Rio de Janeiro : Record, 2023.

 Tradução de: Speak of the devil
 ISBN 978-65-5587-786-1

 1. Ficção inglesa. I. Castro, Anna Carla. II. Título.

23-84964

CDD: 823
CDU: 82-3(410)

Gabriela Faray Ferreira Lopes - Bibliotecária - CRB-7/6643

Título original:
Speak of the devil

Copyright © Rose Wilding 2023

Copyright da tradução © Editora Record, 2023

Publicado originalmente na Grã-Bretanha, em 2023, pela Baskerville, um selo da Jonh Murray, uma empresa da Hachette UK.

Todos os direitos reservados. Proibida a reprodução, no todo ou em parte, através de quaisquer meios. Os direitos morais da autora foram assegurados.

Todos os personagens desta obra são ficcionais, e qualquer semelhança com pessoas reais, vivas ou mortas, é pura coincidência.

Texto revisado segundo o Acordo Ortográfico da Língua Portuguesa de 1990.

Direitos exclusivos de publicação em língua portuguesa somente para o Brasil adquiridos pela
EDITORA RECORD LTDA.
Rua Argentina, 171 – Rio de Janeiro, RJ – 20921-380 – Tel.: (21) 2585-2000, que se reserva a propriedade literária desta tradução.

Impresso no Brasil

ISBN 978-65-5587-786-1

Seja um leitor preferencial Record.
Cadastre-se no site www.record.com.br e receba informações sobre nossos lançamentos e nossas promoções.

Atendimento e venda direta ao leitor:
sac@record.com.br

A todas as pessoas que conseguiram sair com vida,
àquelas que não conseguiram
e às que ainda estão lutando,
com amor.

Nota da autora

Livrai-nos do mal é um livro sobre um grupo de mulheres brilhantes e todos os seus defeitos. É sobre a dificuldade de encontrar justiça em uma sociedade que nem sempre nos dá ouvidos quando contamos nossas histórias. É baseado no mundo à nossa volta — nas experiências de mulheres que conheço, nos noticiários, na minha própria vida — e, por isso, acaba sendo muito pesado em certos momentos. Nós incluímos, no fim do livro, uma lista de fontes de apoio para qualquer pessoa que seja afetada pelas questões aqui tratadas.

Escrevi esta história porque, por trás das aparências, por trás do sorriso educado, estou sempre furiosa.

1

31 DE DEZEMBRO DE 1999

Uma explosão de fogos de artifício invade o céu noturno, horas antes do início do novo milênio, e Maureen fica assistindo ao espetáculo por alguns segundos antes de abrir completamente a janela e fechar as cortinas. Sarah já acendeu as velas e entrega uma delas a Maureen, quando esta volta a se sentar.

Oito rostos são iluminados pela luz bruxuleante, que os deixa pálidos e abatidos. Sete mulheres estão sentadas em um semicírculo, o corpo virado para uma espécie de altar no meio do quarto. Todas olham para ele, umas de esguelha, de vez em quando, outras fixamente, sem conseguir desviar o olhar. Apenas uma delas sabia que ele estaria aqui; as demais estão em graus variados de repulsa ante aquela visão. Até a que o trouxe está horrorizada, talvez mais que as outras.

Ana se levanta e se ajoelha diante dele. Faz anos que não reza, pelo menos não desde que chegou do Brasil, mas as palavras jorram de sua boca como se estivessem esperando para sair, num português rápido e fluido, embora quase não dê para escutar por causa do barulho da festa lá embaixo.

Sarah acende um cigarro na chama de sua vela.

— Acho que é meio tarde para isso — diz ela para Ana, mas não obtém resposta.

Sarah se recosta na cadeira e cruza as pernas, olhando para as outras, mas ninguém lhe dá atenção.

Kaysha Jackson — a jornalista — se levanta num pulo e vai até o banheiro, de onde todas conseguem ouvi-la vomitar. Ela retorna alguns minutos depois, sem cor, com respingos de vômito na blusa. Sarah pega sua mão e entrelaça os dedos nos dela, as peles marrom e branca quase indistintas na penumbra em tons de sépia.

Josie, que é a mais jovem e está grávida, chora. Seu rosto pálido está inchado e com manchas.

— Cadê o resto dele? — pergunta ela, a voz falhando.

— Não sabemos, querida — responde Maureen, esticando-se para colocar a mão no braço de Josie.

— Alguém sabe — diz Sarah, jogando a bituca do cigarro no chão e esmagando-a no carpete com a bota.

Ela olha de novo para ele, encarando-o. Faz tempo que o viu pela última vez e mais tempo ainda desde que estiveram juntos neste quarto. Ele está diferente e ela se sente diferente. Na época, ela o amava.

Os cabelos estão mais compridos e arrepiados, como se tivesse sido arrastado por eles. O que ela supõe que tenha acontecido. O rosto parece mais magro, o nariz está achatado e quebrado, e há sangue pisado na base do rosto. Ela fica imaginando como o sangue deve ter jorrado da boca enquanto ele tentava dizer uma última gracinha. No passado, ele vivia de cara limpa, mas agora está com uma barba curta, mais espessa no cavanhaque, mais rala perto da garganta, e que é interrompida de forma abrupta onde termina o pescoço.

Não há nem sinal do restante do corpo.

As mulheres estão num hotelzinho barato nos arredores da cidade, numa suíte no último andar que um dia já foi uma das melhores acomodações do hotel, mas agora era apenas um depósito de coisas quebradas. Caixas de objetos perdidos se desfazem sob a janela, e um colchão está jogado de lado, apoiado de qualquer jeito na parede.

— Ninguém vai abrir o bico? — pergunta Sarah.

Silêncio.

— Não estava na hora disso ainda — continua ela.

— Na hora disso? — pergunta Kaysha. — A gente não tinha nem decidido nada.

— Eu nunca teria concordado — solta Olive.

Olive é uma mulher branca de cinquenta e poucos anos. Tem cabelos grisalhos cortados na linha da nuca, que alisa e enfia atrás das orelhas de tempos em tempos. Ela faz o sinal da cruz e fecha os olhos por um segundo.

— A gente sabe, Olive — diz Sarah.

Sarah tem vinte e poucos anos, a pele extremamente branca e um cabelo preto desgrenhado. Tem uma rosa tatuada no pescoço e está de jaqueta de couro. Seu sotaque é dali, mas soa menos natural que o de algumas das outras; suas vogais não são tão carregadas, como se tentasse esconder suas origens.

— Bom, acho que todas sabemos quem é a principal suspeita — diz Olive, olhando para Sarah.

— Você tinha dado a ideia — Maureen fala para Sarah, secando os olhos com um lenço.

— Eu sei o que eu disse — responde Sarah.

Ela tira um pequeno cantil de bolso da bota e dá uma golada.

Olive acena para a garrafinha de Sarah.

— E se você tiver feito isso bêbada... Pode nem se lembrar.

Sarah abre a boca para retrucar.

— Parem com isso — diz Sadia, cortando Sarah. — O que a gente não precisa agora é de uma discussão. A gente tem sorte de ninguém ter aparecido aqui.

Quando as mulheres chegaram, quinze minutos antes, a cabeça estava coberta por uma fronha. Todas se sentaram em seus lugares de sempre e estranharam o altar improvisado no meio do quarto, torcendo o nariz para o cheiro de podre misturado com o odor de moedas. Ninguém ficou de papo, mas Josie perguntou o que havia sob o pano. Como ninguém respondeu, Sarah se levantou e tirou a fronha com um floreio, revirando os olhos, mas então os arregalou quando viu o que havia por baixo. Algumas mulheres gritaram.

— Deve ter sido você — continua Sadia, inclinando a cabeça para Kaysha.

Sadia está segurando uma babá eletrônica e fica tamborilando os dedos no plástico, deixando que a raiva e a impaciência camuflem seu pavor. Sadia tem a pele marrom-escura, traços harmoniosos, dentes perfeitos e cílios compridos. Em outra vida, teria sido modelo ou atriz de cinema, não viúva de um cientista.

— Foi você que organizou tudo. Só você tinha o número de telefone de todas nós.

— Sei que pode passar essa impressão — diz Kaysha. — Mas não fui eu.

Mais cedo, naquela noite, cada uma havia recebido uma mensagem de um número desconhecido: *Reunião no lugar de sempre, hoje, 19h. Urgente.* Seguia o mesmo padrão das mensagens que Kaysha costumava mandar, a diferença é que ela nunca tinha marcado uma reunião de emergência antes.

— E como alguém teria conseguido nossos números? Mais alguém deve saber sobre nós — diz Maureen.

Ela está se abanando com um folheto que tirou da bolsa.

— Você disse que nossos dados estavam bem guardados com você — diz Sadia, olhando para Kaysha.

Kaysha franze a testa.

— E estão, olha — diz, abrindo o bolso interno do blazer, tateando em busca do papel onde tinha anotado o número de telefone de todas alguns meses antes.

A lista não está mais ali, e ela não consegue disfarçar a expressão de confusão no rosto. Olha para Sarah, com quem mora. Sarah dá de ombros.

— Você perdeu? — pergunta Olive.

Ana, que continua ajoelhada, faz o sinal da cruz e se levanta. Ela é alta e tem uma beleza clássica, os cabelos pretos e a pele marrom-acobreada.

— Há várias formas de descobrir números de telefone — diz, jogando-se numa poltrona ao lado de Sadia.

Todas ficam em silêncio por alguns minutos. A babá eletrônica emite um estalido.

— Não acredito que você trouxe a cria — diz Sarah para Sadia, terminando de beber o que quer que houvesse na garrafinha e guardando-a na bota.

Ela acende outro cigarro.

— Eu não tinha ideia do que me esperava.

— Onde ela está?

— No quarto aqui do lado. Ela acordou às quatro da manhã, vai ficar dormindo ainda por um tempo.

— Que mãe...

— Não começa, Sarah — diz Kaysha.

Kaysha está com um terninho preto e, apesar de ter pouco mais de trinta anos, aparenta ser mais nova. Seus olhos tentam encontrar outra coisa no quarto para focar além da cabeça cortada.

— A gente pode cobrir a cabeça dele, por favor? — pede Josie, olhando para o chão.

Ela está com um vestido de lantejoulas esticado na barriga de grávida, e o glitter na bochecha reflete a luz da vela. Estava a caminho de uma festa com os amigos quando recebeu a mensagem.

Sarah pega a fronha do chão e cobre de novo a cabeça. Não chega a cobrir por completo, mas se certifica de que pelo menos esteja fora do campo de visão de Josie. Quando volta a se sentar, um dos olhos a encara através de uma fresta no tecido.

— Alguém mais acha que já passou da hora de chamar a polícia? — pergunta Olive, empinando o queixo e encarando as demais.

Um murmúrio baixo se espalha pelo quarto quando a palavra *polícia* é mencionada.

— Se você quisesse mesmo chamar a polícia, já teria feito isso — diz Sarah.

— Eu concordo com a Olive — opina Maureen.

Uma gota de suor escorre do cabelo em suas têmporas até o maxilar.

— Para quê? Ser presa por associação criminosa e homicídio? — pergunta Sarah. — Que belezura de plano, hein?

Kaysha esfrega a testa com a ponta dos dedos.

— Dá para sair dessa, é só agir com inteligência.

— E o que a gente vai fazer? — pergunta Sarah.

— Em primeiro lugar, catar isso — diz Ana, indicando as bitucas de cigarro perto dos pés de Sarah. — Provas.

— Como raios eles ligariam isso a mim?

— Não podemos correr riscos — diz Ana. — Precisamos de água sanitária.

2

KAYSHA
31 DE DEZEMBRO DE 1999

A casa de Sarah Smith fica bem afastada, longe até da periferia da cidade e dos vilarejos que vêm depois, praticamente isolada no meio do nada. Ali, o breu da noite cai rápido e gruda como melaço na grama e nas árvores, abrindo espaço para a lua, que se exibe crescente e brilhante no céu enquanto Kaysha estaciona na frente da porta da casa nos últimos minutos do velho milênio.

Elas ficam sentadas no carro por um bom tempo, olhando as estrelas. Sarah desenha o traçado das constelações com o dedo no para-brisa embaçado. Kaysha observa a unha da namorada, pensando no sangue seco acumulado na ponta.

— Pensar no tamanho do universo faz todo o resto parecer insignificante, né? — diz Sarah.

— Não — responde Kaysha.

— Quem você acha que fez aquilo? — pergunta Sarah. Kaysha olha demoradamente para ela, e Sarah pende a cabeça para o lado.

— Eu é que não fui.

— Não sei ainda.

— Aposto que foi a mulher dele. É sempre a mulher.

— Talvez — diz Kaysha.

Sadia teria bons motivos para matá-lo, mas dava para dizer o mesmo de todas.

— Se foi mesmo ela, o que vai acontecer com a cria? — pergunta Sarah.

Kaysha não responde, mas aperta o braço da namorada. Sarah se vira para olhar as estrelas.

— Tomara que não tenha sido a Sadia — diz Sarah bem baixinho, então tira as botas e vai para dentro de casa.

Ela volta alguns minutos depois com uma garrafa de uísque e um cobertor, e as duas tiram a roupa. Elas amontoam as peças na grelha de uma churrasqueira que está junto à porta da casa desde a primeira semana das duas juntas, toda engordurada ainda. Está começando a enferrujar. Sarah joga uísque nas roupas manchadas de água sanitária e ateia fogo. Elas se abraçam sob o cobertor, pele com pele, e passam a garrafa de uísque de uma para a outra enquanto a chama aquece suas mãos. A noite fria as entorpece, e elas se deixam ficar ali.

Fogos de artifício explodem no horizonte, e o celular de Kaysha toca. Sua mãe lhe deseja um feliz Ano-Novo e repara, pela voz da filha, que tem algo errado, mesmo Kaysha se esforçando para parecer animada. Kaysha diz que vai explicar tudo depois, quando se encontrarem, deseja boa-noite, e então as duas entram em casa, onde Sarah bebe, e Kaysha começa a montar uma cronologia na cabeça.

3

NOVA
3 DE JANEIRO DE 2000

É segunda-feira, mas a cidade está silenciosa quando o sol desponta no horizonte. Os adultos se enrolam em cobertores grossos, aproveitando a última manhã do recesso das festas de fim de ano para ficar mais tempo na cama, enquanto as crianças devoram suas caixas de bombom no café da manhã. A luz da alvorada brota num céu cor de pêssego e reflete pelo rio, colorindo suas margens barrentas de vermelho-amarelado. As seis famosas pontes vão sendo iluminadas pelo sol, uma a uma, e suas sombras se intensificam e se estendem na água. A geada noturna cintila e começa a derreter sobre os blocos de concreto e guindastes abandonados nos canteiros de obras ao redor do cais, onde estão sendo feitos os preparativos para a sétima ponte.

A inspetora de polícia Nova Stokoe acorda com uma ligação sobre um corpo e, meia hora depois, estaciona seu Escort numa vaga perto das docas. O prédio de tijolos de três andares de meados dos anos sessenta parece estranho em meio aos galpões que cresceram ao seu redor. Tufos de grama despontam em rachaduras no asfalto e há cestas de flores vazias penduradas ao longo do jardim de inverno na fachada da construção. Em uma placa desbotada, lê-se *Hotel Towneley Arms*.

Duas viaturas da polícia e uma van da perícia já estão no local, e Nova observa seu reflexo no retrovisor. Cachos ruivos emolduram seu rosto, ainda despenteados da noite anterior, e ela leva alguns segundos tentando ajeitá-los, até desistir. Suas sardas estão mais aparentes que de costume na pele clara. Ela passou a noite em um dos pubs subterrâneos perto da rua principal, só voltou para casa às quatro da madrugada e, definitivamente, não devia ter dirigido logo cedo. Toma dois comprimidos de paracetamol para tentar curar a ressaca e sai do carro.

Um homem empurrando um carrinho repleto de caixas passa fazendo barulho pelo estacionamento enquanto ela segue para o hotel. Ele sorri e um dente de ouro reflete a luz do sol.

— Vai entrar? — pergunta Nova, mantendo a porta aberta para ele, que dá uma piscadela ao passar.

— Bom dia — diz o homem para um senhor na recepção e depois desaparece por um arco na outra ponta do saguão sem esperar resposta.

Nova mostra o distintivo para o senhor na recepção, que a ignora por um segundo enquanto batiza o café com uísque. Suas mãos estão trêmulas.

— Lá em cima, querida — informa, indicando com a cabeça uma escada à sua direita. — No último andar. Mas, já vou avisando, tem que ter estômago, viu?

— O meu é bem forte, amigo, é feito de aço — responde Nova, subindo.

O último andar está interditado com fita de isolamento e dá para sentir o cheiro do cadáver da outra ponta do corredor. Ela fica se perguntando há quanto tempo se encontra ali.

A policial Ella McDonald está ao lado de uma porta aberta, com o quepe na mão e uma expressão no rosto que Nova conhece bem.

— Muito legal da sua parte ter aparecido ontem à noite — diz Ella baixinho, mas não baixo o suficiente.

Nova olha por cima do ombro de Ella.

— Já pegou o depoimento dos funcionários?

— Você estava com alguém?

— E os hóspedes? Algum depoimento deles?

— Babaca — sussurra Ella.

Ella passa por Nova, que fica olhando a policial descer a escada, cansada demais para se sentir culpada.

O corredor está cheio de enfeites de Natal espalhados pelo chão, e ela afasta com o pé alguns deles ao entrar no quarto. Três pessoas com trajes protetores brancos se movimentam pelo recinto, varrendo as superfícies com escovinhas atrás de impressões digitais. Um refletor ilumina a área onde trabalham. Há uma cabeça de homem em cima de uma mesa. Nova não vê nenhum sinal do corpo. O quarto fede a água sanitária e putrefação, e ela tapa o nariz antes de se aproximar.

— Alguém levou o corpo embora? — pergunta a um dos peritos, procurando pelo chão a silhueta desenhada com giz.

— Pelo visto, ele nem esteve aqui — responde, dando de ombros.

A cabeça está em cima de um livro aberto, no alto de uma pilha de Bíblias de hotel, em uma mesinha de cabeceira posicionada no centro do quarto. O livro está coberto por fluidos que escorreram do pescoço, e ela só consegue discernir algumas palavras no canto da página, mas, pela capa de couro marrom, percebe que também se trata de uma Bíblia.

— Quando tirar a cabeça, pode anotar o número da página?

— Claro, vou colocar no relatório, mas dei uma olhada e, baseado no ponto da Bíblia em que está e nas palavras que consegui identificar, acho que é a página do Levítico 24:19.

Nova levanta os ombros, e o investigador abre um sorriso afetado.

— Pelo visto você não estudou em escola católica, né? — pergunta ele retoricamente, e ela balança a cabeça em negativa. — Você deve conhecer a passagem. Levítico 24:19 é aquela do *olho por olho.*

Vou confirmar quando tirarem a cabeça, mas tenho quase certeza. Meu pai adorava esse versículo.

— Vingança — diz ela.

Poderia ser uma página aleatória, pensa, mas é pouco provável. Parece uma morte motivada por vingança. Nova fica se perguntando o que ele fez para merecer aquilo.

— É o que parece — completa o perito.

— Você é bem feio, hein, seu merdinha? — diz ela, virando-se para a cabeça, inclinando o tronco mais para perto.

Ela já tinha visto cadáveres em estado mais avançado de decomposição que aquele, mas nunca um tão interessante. A boca está entreaberta, e vermes rastejam lá dentro. A espuma marrom já começou a escorrer dos olhos e das narinas, mas, tirando isso, a pele está acinzentada, como se toda cor tivesse se esvaído dele. Não há nada de muito marcante no homem — branco, cabelo louro-escuro, barba curta, nenhuma tatuagem ou cicatriz. Nem um furo na orelha sequer. O nariz tem a aparência de quebrado, mas, fora isso, ele não parece ter levado uma surra antes de ter sido decapitado. Ela se agacha e analisa o pescoço. Fiapos de carne ressequida e retorcida apodrecem sobre as páginas do livro. Certamente não foi arrancada com um único golpe.

— Há quanto tempo você acha que ele está aqui?

O perito dá de ombros.

— Difícil dizer. A janela estava aberta e tinha nevado, então isso deve ter desacelerado o processo todo. Se eu fosse chutar, diria algo em torno de quarenta e oito horas.

— Hum... A carteira de motorista não estava com ele, né?

O perito ri.

— Onde ele ia guardar? Dentro do nariz?

— Vamos ter que esperar a análise da arcada dentária, então.

Nova se levanta e observa a parede atrás da cabeça. Um fotógrafo está registrando a imagem de um *sigillum* grande e redondo desenhado no papel de parede. Tem pouco mais de três palmos de diâmetro e exibe uma cobra enrolada e cercada por desenhos toscos. Nova está empacada na investigação desse culto há semanas, uma punição da inspetora-chefe após o caso das mulheres de Gosforth. O *sigillum* tem aparecido por toda a região, de becos no centro da cidade até casas do interior, sempre acompanhado de um sacrifício de sangue. Geralmente, é feito com um animal roubado de alguma criação — uma cabra ou uma galinha —, mas o caso mais recente envolveu uma cobra.

Depois de receber uma pista pouco antes do Natal, Nova foi até o monumento Penshaw — a versão inglesa da Acrópole — e encontrou o símbolo desenhado no chão. A mesma coisa de sempre — restos de velas derretidas ao redor —, porém, dessa vez, o mais perturbador era que a serpente do centro do símbolo era real. A carcaça da píton-birmanesa estava enrolada, e as runas em volta tinham sido desenhadas com o sangue da própria serpente.

Nova se aproxima do símbolo. Ela o estudou bastante durante a investigação e, quando o vê na parede do Towneley Arms, sabe de cara que não é legítimo. É uma imitação barata, feita com tinta azul em vez de sangue. É bem-feita, boa o bastante para enganar um observador comum e até alguns policiais, mas não Nova. As runas não fazem sentido, e a cobra está virada para o lado errado. Isso é coisa de quem já viu o *sigillum* nos jornais ou numa esquina e tentou imitar de cabeça. Uma tentativa de desviar o foco da investigação.

Nova fica se perguntando quem tentaria colocar o crime na conta do culto: talvez outro grupo ocultista ou uma gangue local. Quem sabe um assassino de aluguel dramático. De qualquer forma, Nova não pretende contar a ninguém que o *sigillum* não é legítimo, pois este crime já parece muito mais interessante que o sacrifício de animais; essa pode ser sua chance de voltar às graças da inspetora-chefe.

Nova desce a escada, e o senhor continua na recepção, tomando café e fazendo palavras cruzadas. Ele a observa por cima dos óculos.

— Tudo certo, querida? — diz, pondo a caneta atrás da orelha.

— Alguém já pegou seu depoimento?

— Já, faz cinco minutos. Minha mulher está falando agora com a moça.

— Foi você que encontrou a cabeça?

— Não, não fui eu — diz ele, dando uma risadinha. — Foi Jeffa, o barman. Gary Jeffries. Teve que ir lá em cima para guardar a árvore de Natal ou algo assim. Deu para ouvir o berro daqui.

— Onde está o sr. Jeffries agora?

— Despachei ele para a cozinha com uma garrafa de xerez. O Gary se assusta com qualquer coisa. — Ele indica o arco do outro lado do saguão.

Há uma placa no alto, onde se lê *Lounge/Restaurante*.

— É só seguir por ali e depois atravessar as portas prateadas, querida.

— Obrigada. Pode me dar uma cópia do registro de hóspedes das últimas duas semanas?

— Claro, sem problemas — responde ele. — Mas eles estão pegando os depoimentos no escritório, então só vou conseguir fazer isso depois.

— Ótimo — diz Nova, dirigindo-se para a cozinha.

Há hóspedes espalhados pelo restaurante, conversando baixinho.

— Com licença — diz um homem enquanto Nova se aproxima da cozinha, estalando os dedos para ela. — Você trabalha aqui? Quando vão servir o café da manhã?

Nova o ignora e atravessa as portas prateadas. Fora demitida de um restaurante italiano aos dezessete anos por jogar um prato de espaguete à carbonara num cliente que a chamou estalando os dedos, como se ela fosse um cachorro.

Um homem alto e magro está sentado em uma banqueta diante de uma ilha de aço que ocupa a maior parte da cozinha. O restante do espaço está cheio de geladeiras e estantes com potes repletos de ingredientes. Quando Nova entra, ele levanta os olhos vermelhos, os dedos agarrados a uma garrafa de xerez, e soluça.

— Acho que não vai ter café da manhã hoje, meu bem — diz ele.

Nova mostra o distintivo.

— Senhor Jeffries? Sou a inspetora Nova Stokoe. Como o senhor está?

— Ah — diz ele, os lábios trêmulos.

Lágrimas escorrem por suas bochechas, e ele cobre o rosto.

Nova procura uma chaleira.

— Você aceita um chá?

— Não precisa, querida, obrigado — responde, servindo uma dose de xerez na caneca florida à sua frente.

Há lágrimas em seus cílios.

— A que horas o senhor encontrou a cabeça, senhor Jeffries?

Gary dá uma fungada.

— Ainda estava escuro. Tão escuro que não deu para ver nada quando cheguei à porta do quarto. Não tem luz lá.

Nova espera que ele prossiga.

— Mas o cheiro que senti quando parei na porta. Eu teria trombado com ela se não tivesse sentido o cheiro antes. Eu nunca, *nunca*, senti um fedor daqueles. Um horror. Pensei que um pássaro tivesse morrido lá dentro. Ninguém nunca vai lá. Eu não queria pisar nele. No pássaro morto, digo. Então dei um passo atrás, escancarei a porta e acendi a luz do corredor.

Ele soltou o ar com força antes de continuar:

— E lá estava ela. Na hora, tudo que consegui fazer foi berrar.

— É uma reação normal — diz Nova. — Você entrou no quarto?

— Nem fodendo — diz em tom de ironia, soluçando logo depois. Ele enxuga os olhos. — Fechei a porta e desci a escada.

— Você notou algo fora do comum nos últimos dias?

Ele faz que não com a cabeça, sério.

— Acho que não. Nada de estranho.

— Nenhum hóspede esquisito?

— Todos os nossos hóspedes são esquisitos, inspetora.

— Certo, senhor Jeffries. Obrigada pelo seu tempo — diz Nova, levantando-se e ajeitando o blazer. Então entrega um cartão de visita a ele. — Se lembrar de alguma coisa, pode me procurar.

Quando já estava quase na porta, ele fala:

— Eu vi uma mulher. Ela estava, sei lá, agindo de um jeito estranho. Parecia que estava escondendo alguma coisa.

— Que mulher?

As portas duplas da cozinha se abrem, e o homem grosseiro do restaurante entra, o rosto vermelho.

— Cadê a porra do café da manhã? — explode com Nova.

— O senhor com certeza deve saber que estamos no meio de uma investigação. A polícia está ocupada ouvindo a equipe e os hóspedes, e gostaríamos de contar com sua paciência e cooperação — diz Nova em tom calmo.

— Mas não custa nada servir um pouco de cereal, né? Qual é o seu nome?

Nova sorri e tira o distintivo do bolso.

— Inspetora Nova Stokoe.

O homem empalidece e resmunga, retornando para o restaurante. Nova se vira para Gary, que fita as portas com o olhar perdido.

— De que mulher você estava falando? — pergunta.

Ele pisca e balança a cabeça.

— Não sei.

— Mas você sabia há um minuto.

— Me fugiu completamente. Esqueci o que eu ia dizer.

Nova franze o cenho.

— Vou voltar aqui, com certeza. Se você lembrar de algo, anote.

O senhor da recepção está agora acompanhado de uma mulher de cabelo grisalho, que Nova acredita ser a esposa dele. Sua franja rala está grudada na testa suada, e ela segura, entre os dedos amarelados, um cigarro aceso.

A mulher entrega umas fotocópias a Nova.

— O registro de hóspedes, meu bem.

— Obrigada. Vocês têm câmeras de segurança? — pergunta Nova, analisando o saguão, que é tão decadente quanto o restante do lugar.

A mulher faz que não com a cabeça.

— Não. Não somos tão sofisticados. Não tem muito para se roubar aqui, né?

— Seria bom pensar em instalar algumas.

— Pois é, acho que vamos fazer isso agora — diz ela.

Quando Nova sai do hotel, o sol está a pino. Ela precisa fazer uma varredura do entorno, mas sabe que a imprensa logo vai aparecer, então tem de agir rápido. Começa a dar uma olhada em volta do prédio, onde há um pequeno estacionamento lotado nos fundos, que não é possível ver da rua. Tem mais carros do que na parte da frente. Nova supõe que o Towneley Arms seja o tipo de hotel ao qual executivos levam suas amantes; eles não querem que seus carros sejam vistos. Ela se pergunta se o dono aluga os quartos por hora, com pagamento em dinheiro vivo. Se for esse o caso, os registros não terão todos os nomes de que ela precisa. Ela tem de encontrar alguma câmera de segurança.

Nos fundos do hotel há apenas uma saída de emergência e uma portinha para o porão, trancada com cadeado e cheia de musgo, então Nova vai verificar outros prédios nas redondezas. Do outro lado da rua há uma concessionária de carros usados, com várias câmeras grandes, mas todas apontadas para a entrada do prédio. Ela atravessa a rua e analisa o prédio ao lado da concessionária. É uma espécie de galpão, mas não há nenhuma câmera aparente. Os prédios nas imediações são parecidos, todos decadentes, alguns com pinta de abandonados, outros em uso, mas nenhum parece ter câmeras que poderiam registrar as pessoas entrando e saindo do hotel.

Quando está prestes a ir embora, Nova nota um homem que a observa por entre os prédios. É o entregador do hotel. Ele está fumando, mas, quando percebe que ela o vê, joga o cigarro no chão e se esgueira para dentro do prédio atrás dele. Nova vai até o galpão, que fica praticamente escondido atrás da concessionária, apesar de uma parte dele ser visível do estacionamento na entrada do hotel. Quando ela se aproxima, a luz do sol é refletida em um disco de vidro no alto da parede de metal corrugado, quase totalmente oculto pela sombra de um cano. Uma câmera. Apontada na direção do Towneley Arms de um jeito que não podia ser mera coincidência.

Acima da entrada há uma placa onde se lê *Carnes RJ*, e Nova bate à porta. Ela é aberta quase imediatamente, e o entregador a atende.

— Pois não?

— Oi — diz Nova, mostrando o distintivo. — Eu vi você mais cedo, no hotel. Podemos trocar uma palavrinha?

— Eu não trabalho lá. Só faço as entregas de carne.

Ele se apoia no batente da porta e acende outro cigarro.

— Esse... estabelecimento é seu?

O homem inclina a cabeça.

— Parte dele.

— Notei que você tem uma câmera virada para o hotel.

— Hum.

— Por quê?

O homem dá de ombros.

— Por segurança.

— Eles não podem instalar as próprias câmeras de segurança?

— O ângulo é melhor daqui.

— Posso ver as gravações?

O homem dá uma olhada nela de cima a baixo, depois apaga o cigarro na parede, colocando-o atrás da orelha.

Ele entra no galpão e sinaliza para que Nova o acompanhe.

O interior está iluminado por lâmpadas penduradas acima da cabeça deles. Feixes intensos de luz iluminam algumas áreas, deixando o restante na penumbra. Na parede mais afastada, carcaças de porco estão penduradas em ganchos. Um grupo de pessoas com roupas de plástico trabalha ao redor de uma esteira transportadora, algumas empurrando pedações de carne — ossos e tudo o mais — em uma máquina, outras pegando e embalando a massa cor-de-rosa moída e remodelada que sai do outro lado. O cheiro do lugar quase consegue ser pior que o do cadáver.

O homem leva Nova até um escritório abarrotado, mas organizado. Há arquivos-armários encostados nas paredes e uma mesa logo abaixo de três monitores presos em suportes, cada um mostrando a imagem de uma câmera diferente. O da direita capta a da entrada do Towneley Arms. A câmera está com o zoom no máximo e, embora a qualidade não seja das melhores, não chega a ser de todo ruim.

— Aí está — diz ele, indicando a tela.

— Preciso das gravações das últimas duas semanas.

O homem fica olhando para ela, e Nova leva um segundo para notar que ele está com a mão estendida, esfregando o polegar nos dedos indicador e médio. Ela ri.

— Então — diz ele, dando de ombros e desligando o monitor.

— A gente não tem essas gravações. Devo ter perdido.

— Você me entrega as gravações, e eu não pergunto por que anda filmando o hotel.

Ele a encara sem qualquer expressão no rosto.

— Também vou fingir que não vi aquilo — continua ela, apontando para um saquinho com pó branco na mesa.

— Justo — diz ele, virando-se para as prateleiras com as gravações etiquetadas, procurando as que ela quer.

Nova analisa o escritório. O calendário do *Page Three* do ano anterior está pendurado na parede no mês de junho. Uma loura com os seios de fora está deitada em um banco de jardim cercada por flores e pássaros. Alguém escreveu BELAS TETAS em um balão de fala saindo da boca.

Nova se espreguiça e pausa a fita. Já viu as gravações dos três dias anteriores à véspera do Ano-Novo e até agora não encontrou nada interessante. Os vídeos da câmera de segurança só mostram funcionários saindo apressados para fumar e um ou outro casal estacionando nos fundos e se esgueirando pela entrada para uma rapidinha. Ela se levanta para pegar um copo de água e volta a se sentar, apoiando os pés na mesa. Há oito mesas apinhadas na sala improvisada no sótão da delegacia, desde que uma enchente, três anos antes, interditou o segundo andar. A superintendente nunca tem verba para reformar as salas, por isso os inspetores têm de se debruçar sobre mesas sob a escuridão das vigas, como morcegos.

— Café? — pergunta Paul Cleary, ao se levantar.

Desde que Paul foi promovido a inspetor em setembro, está cada vez mais difícil, para Nova, suportá-lo. Eles entraram para a polícia na mesma época, mas Nova ascendeu mais rápido e sabia que ele se ressentia quando ela era promovida e ele não, ou quando ela solucionava os casos que lhe eram designados. Um dia Nova ouviu quando ele sussurrou para um colega que ela só era promovida por ser mulher e isso pegava bem, o que a fez rir. Ela era promovida porque era muito boa no que fazia, ou pelo menos costumava ser.

— Duas colheres de açúcar — diz Nova, sem desgrudar os olhos da tela.

Após alguns minutos, Paul coloca a caneca na sua frente. Ela percebe que ele aproveita a deixa para bisbilhotar a mesa.

— Nada de palavras cruzadas hoje? — pergunta com a voz anasalada.

Nova fica irritada.

— Meu caso tomou um rumo interessante — diz ela.

— Foi o que ouvi dizer — responde Paul.

Ele se aproxima dela, baixando a voz:

— Cá entre nós, estou surpreso que a inspetora-chefe ainda não tenha tirado esse caso de você.

Nova se vira e olha para ele, enfurecida. Todos sabem o que aconteceu durante sua última investigação. Ele ri e volta para sua mesa, e ela segura a vontade de dizer para Paul ir se foder. É melhor não chamar muita atenção no momento.

Ela está na noite da véspera do Ano-Novo agora, às 19h03. As pessoas estavam chegando para a festa nesse horário, mas não havia ninguém particularmente suspeito, ninguém com uma bolsa grande o suficiente. Nova dá uma golada no café quando uma mulher aparece na tela. A mulher olha para trás ao entrar no hotel. Ela rebobina a fita e a mulher cruza a tela novamente. A imagem está chuviscada demais, então não dá para distinguir detalhes faciais, mas Nova conhece aquele jeito de andar, o formato daquele corpo. A estática faz cócegas em seu nariz quando ela se aproxima da tela, tentando identificar os traços da mulher, embora já saiba quem é. Ela seria capaz de reconhecer Kaysha Jackson em qualquer lugar.

4

KAYSHA
3 DE JANEIRO DE 2000

Kaysha está sentada numa poltrona velando o sono de Sarah. Quando Kaysha voltou para dentro de casa, poucos minutos antes, Sarah estava com a respiração tão fraca que Kaysha chegou a pôr a mão na frente de sua boca para se certificar de que estava viva. É a primeira vez que Sarah tem uma boa noite de sono desde o Ano-Novo, e Kaysha não vai acordá-la, nem para dizer que o plano deu certo — ficou observando do carro quando a polícia, o médico-legista e a perícia forense chegaram ao hotel antes do nascer do sol e, depois, quando Nova Stokoe apareceu.

Foi difícil convencer o grupo, no Ano-Novo, a deixar a cabeça de Jamie onde foi encontrada. A maioria queria se livrar dela — levando para o meio do nada e enterrando, ou queimando, ou jogando em um rio, ou alugando um barco para lançá-la no oceano —, depois eliminar as provas e torcer para que, onde quer que o restante do corpo estivesse, jamais fosse encontrado. Elas achavam que o desaparecimento de Jamie seria noticiado por uma ou duas semanas e depois o assunto seria esquecido. Alguma suspeita talvez recaísse sobre Sadia, porque sempre suspeitam da esposa primeiro, mas todos diriam à polícia que eles eram muito felizes, o casal perfeito, e, se tudo desse certo, ela não seria presa. Kaysha se perguntava se Sadia seria mesmo a assassina. Parecia pouco provável; ela sempre aparentou ser muito equilibrada, mas, se havia alguém capaz de enfurecer uma pessoa a ponto de cometer homicídio, esse alguém era Jamie Spellman.

Kaysha ouviu as mulheres cochichando sobre como poderiam se livrar da cabeça, mas ela não permitiria que isso acontecesse. Era arriscado demais deixar tudo nas mãos do acaso. Precisava pensar rápido, montar o quebra-cabeça, explicar o plano para elas, tudo isso enquanto bolava uma estratégia.

Como jornalista, o trabalho de Kaysha é observar as pessoas sem que notem, coletar informações e criar uma narrativa a partir disso, e é muito boa no que faz. Quando não está trabalhando, muitas vezes se pega observando quem não deveria. E ela observou Jamie Spellman mais do que a qualquer pessoa. Observou cada uma daquelas mulheres antes de abordá-las. Desde que Kaysha e Nova terminaram, tem ficado de olho nela e, por isso, sabe que a outra vem investigando uma série de sacrifícios de animais que pipocam pela cidade, todos acompanhados por um símbolo que tem uma cobra enrolada e algumas runas. Kaysha também tem observado esse culto e sabe que as responsáveis são um bando de adolescentes. Ela teria dito isso para Nova, se ainda se falassem, mas, como não é o caso, tem se divertido observando as meninas escapando sem parar das garras dela.

As mulheres no quarto de hotel confiam mais em Kaysha do que umas nas outras, até porque foi ela quem as reuniu para começo de conversa. Aquelas eram as mulheres às quais Jamie mais tinha feito mal, até onde Kaysha sabia, porque, quando começou sua busca, foi atrás de quem teria mais interesse em vê-lo atrás das grades. Não imaginou que as coisas tomariam aquele rumo e percebeu, ao olhar para a cabeça de Jamie, que qualquer uma ali poderia ter feito aquilo. Ela, melhor que ninguém, sabia que todas tinham bons motivos.

Então explicou o plano, deixando de fora só o fato de ela e Nova terem sido amantes, fazendo parecer que eram apenas conhecidas que compartilhavam informações indigestas. Kaysha afirmou que, se conseguisse garantir que Nova trabalhasse no caso, elas não ficariam sem saber que rumo a investigação estaria tomando; sem contar que Kaysha poderia plantar pistas falsas para Nova, desviando seu faro para bem longe delas.

Quando conseguiu que todas, ainda que hesitantes, concordassem com o plano, desenhou o símbolo na parede atrás da cabeça de Jamie usando uma lata de tinta azul espessa e um pincel rígido que havia encontrado sob uma pilha de lençóis empoeirados. O culto original sempre faz os desenhos em vermelho, e ela sabia que Nova não deixaria isso passar despercebido. Por precaução, fez alguns deles ao contrário ou de ponta-cabeça. Precisava que Nova fosse chamada para a cena do crime, precisava que o caso fosse dela, mas também queria que ela soubesse que não era coisa das adolescentes, se acabasse chegando a elas. Sabia que era um plano arriscado, e que não havia pensado em todos os desdobramentos possíveis, mas não tinha tempo de ficar analisando muito. Então desenhou o símbolo, elas limparam o quarto e o restante seria resolvido depois.

Agora que a cabeça foi encontrada, Kaysha tem duas novas questões nas quais se concentrar. A primeira e mais importante é seduzir Nova outra vez. A segunda é descobrir qual das mulheres *de fato* matou Jamie — para poder ajudar a culpada a se safar.

5

OLIVE
3 DE JANEIRO DE 2000

Olive Farrugia nasceu por acidente. Sua mãe, que tivera o caçula quinze anos antes, ficou feliz quando parou de menstruar. *Já não era sem tempo*, pensou e seguiu com a vida. Ela achava que os quilos a mais que havia ganhado tinham sido por conta da nova padaria da esquina e foi surpreendida quando, numa tarde, depois de passar o dia deitada no sofá com o que imaginava ser uma crise renal, a bolsa estourou. Quinze minutos depois, Edie, que tinha se casado recentemente e também estava grávida, ajudou a mãe no parto de uma criança bem pequena.

A bebê passou os dois primeiros meses em uma incubadora na maternidade, e, depois que Ted, seu irmão mais velho, disse que ela lembrava a última azeitona — a última *olive* — do vidro, aquela que ninguém fazia questão de fisgar do fundo, o nome acabou pegando, mesmo que a mãe tivesse dado um tapa nele por isso.

Olive era uma criança magricela e de saúde frágil, que usava o cabelo castanho em tranças que iam até a cintura e vivia gripada. Ela nunca teve muita paciência para fazer amizades. Até sua sobrinha, Louisa, que nasceu apenas vinte e três dias depois dela, a irritava. Olive amava a mãe, mas não pensava muito no assunto quando ela servia o café da manhã com o olho roxo ou a mandíbula inchada. Seu pai era alcoólatra, e, embora a tratasse bem quando sóbrio, Olive sabia que devia ficar longe dele quando bebia. Ela nunca entendeu por que a mãe não fazia o mesmo e pensava, com sua cabeça de criança, que, se acabava apanhando, a culpa era da própria mãe.

Uma noite, quando Olive tinha oito anos, o pai voltou mais cedo do pub e a mandou para a cama. Ela retrucou, dizendo que só ia tomar um copo de leite antes, e abriu a geladeira. *Vai pra cama, caralho*, ele falou outra vez e, antes que Olive tivesse a chance de fechar a geladeira, ele a agarrou pelo cangote e pelo bolso da calça e a atirou escada acima. Depois dos cinco primeiros degraus havia uma parede, e seu pai a jogou com tanta força que Olive bateu com a cabeça nela. Então, rolou os cincos degraus abaixo e vomitou no chão da cozinha enquanto a mãe gritava e o pai saía de casa. Olive não dormiu naquela noite. A mãe pôs vinagre em sua testa e a manteve acordada até de manhã. Depois de superar o choque inicial do que tinha acontecido, ficou possessa. Ela se pegava pensando várias vezes que *queria que ele morresse*, e, uma semana depois, ele morreu.

Quando o pai bateu as botas de tanto beber, a mãe adoeceu e logo se juntou a ele no cemitério. Olive ficou com Edie nas primeiras semanas, dividindo a cama com Louisa, mas a irmã acabara de ter gêmeos e não tinha espaço nem dinheiro para cuidar dela também, então foi morar com a tia Sue, a irmã caçula do pai, que tinha enriquecido depois de se casar com dois idosos, um seguido do outro, ficando com a herança após a morte deles. O segundo morreu duas semanas após o casamento, no qual Olive foi daminha, e tia Sue disse que tinha sido *uma baita de uma sorte*. Ela morava numa daquelas casas enormes de frente para o mar em Tynemouth, nem um pouco parecida com a casinha apertada onde Olive havia sido criada. A casa de Sue tinha quatro andares e sete quartos, que todo mundo dizia que ela deveria alugar ou encher de filhos, comentários que eram frequentemente ignorados. Ela gostava do espaço, e Olive também.

Olive sentia falta da mãe, mas gostava da vida com a tia. Sue era amigável, porém rígida, e ia à igreja todo domingo, o que significava que Olive também tinha de ir. Antes disso, a menina raramente ia à igreja, só quando havia algum casamento, batizado ou velório. Ela rezava quando sentia que não tinha outra saída. Rezara para o pai ser punido, o que aconteceu, e para a mãe melhorar, o que não aconteceu, então começou a achar que Deus era vingativo. Mas depois que passou a frequentar a igreja, começou a apreciá-la. Gostava das regras da religião, do faça isso e não aquilo, da ideia de punição para os pecadores e do perdão para os arrependidos. Pela primeira vez na vida, Olive fez amizade com facilidade e logo se destacou entre as crianças da paróquia, tornando-se sua líder, organizando círculos de oração e grupos de estudo bíblicos, a voz esganiçada cortando a de todos até que a ouvissem. As crianças sabiam que deviam se comportar em sua presença, porque ela não tinha medo de dedurar alguma besteira para os adultos nem para o vigário. Ela amava ver as pessoas recebendo o que mereciam.

Olive também adorava a igreja em si. Amava a maneira como os fiéis ganhavam tons de azul ou vermelho quando o sol atravessava os vitrais durante a missa e adorava o púlpito talhado à mão, construído centenas de anos antes. O que mais gostava em sua igreja era dos arcos de pedra cinza que mantinham o prédio em pé, como costelas, porque a faziam lembrar de um feriado em família com os pais. Eles tinham ido passar o fim de semana em Whitby, onde passearam pela orla, comendo peixe empanado com batata frita enquanto as gaivotas sobrevoavam em círculos. Ela havia feito pirraça para andar de burro na praia, mas começou a chorar quando ele disparou, pois não gostou do jeito como isso a fez se sacudir toda. Seu pai lhe dera um tapa na região posterior das pernas por ter feito com que ele jogasse dinheiro fora.

No último dia, eles subiram os cem degraus que levavam à abadia e observaram a cidade lá do alto. Havia um casal se casando no topo do penhasco, sob o arco feito com duas costelas de baleia. Olive ficou encantada com o noivo impecável e com o vestido da noiva tremulando ao vento e desejou um dia poder se casar em um lugar tão romântico como aquele. Anos depois, quando conheceu Alonso e eles se casaram sob arcos parecidos em sua igreja, ela se lembrou do casamento no penhasco e teve certeza de que estava fazendo a coisa certa.

Olive está sentada na igreja, sozinha. Ainda usa a aliança de casada, embora o par dela esteja enterrado no cemitério, no dedo de seu marido há muito falecido. O interior da igreja está quase tão frio quanto lá fora. Com as pessoas se afastando cada vez mais de Deus, a congregação diminuiu muito, o que significa que o número de doações também é menor. Agora, eles só ligam o aquecimento durante a missa. Olive consegue ver sua respiração se condensando à sua frente. Uma das janelas foi quebrada por uma pedra algumas semanas antes e ainda não foi consertada, e os flocos de neve que atravessam o buraco parecem fantasmas. E, para piorar, aquela era sua janela favorita — a de João Batista.

Olive tem estado na igreja nos últimos três dias, exceto pelas horas em que se arrasta para a cama em casa, onde mesmo assim não dorme. Ela se senta no lugar de sempre — a fileira da frente, como se ficar perto do púlpito a deixasse mais perto de Deus. Foi ali que conheceu Jamie, e ela olha ao longo da fileira. Quase consegue vê-lo sentado ali como há tantos anos, com um terno grande demais e as marcas de rosácea espalhadas pelas bochechas claras como uma vitamina de morango com leite.

— Ainda por aqui, Olive? — pergunta o pastor Paul, sentando-se a seu lado. Ela não tinha se dado conta da presença dele, mas está tão apática que nem se assusta. Ele apoia a mão no ombro dela. — Você gostaria de conversar sobre alguma coisa? Sei que é uma época difícil.

Seu rosto se contorce e ela o cobre com as mãos. O pastor afaga suas costas. Olive sabe que ele acha que ela está sofrendo por causa da família, como sempre acontece nessa época do ano, mas só consegue pensar em Jamie. Uma onda de culpa invade seu corpo, com flashes do olhar acusatório de Kim, do rangido da corda vindo do sótão e, com a culpa, vem também a vergonha.

— Eu acompanho você até a sua casa — diz o pastor Paul.

A voz dele é suave e tranquila. Sempre a acalma. Ela olha para cima e concorda com a cabeça, observando por um segundo seu rosto alongado. Ele é vigário aqui há quase vinte anos — antes mesmo de ela voltar a frequentar a igreja — e, depois de tantas perdas, é o mais próximo que Olive tem de um amigo. Ele conheceu Jamie e o avô dele, que também pregava. Jamie não ficou muito tempo na congregação, mas ela sabe que o pastor Paul também lamentará sua morte quando as notícias se espalharem. Até pensa em se confessar enquanto caminham juntos pelas ruas vazias. Em falar a verdade sobre Kim. Em contar para ele da cabeça, das mulheres e do quarto de hotel. Quer falar que não fazia parte daquilo, não de verdade — só estava espionando as outras. Está desesperada para contar a alguém. Quando eles chegam à sua casa, ele dá um último tapinha em seu braço e Olive fecha a porta e a tranca, ainda em silêncio, sozinha outra vez.

6
NOVA
3 DE JANEIRO DE 2000

Nova estava com vinte e dois anos quando ela e o irmão foram passar a primeira véspera de Natal na nova casa da mãe, depois do divórcio dos pais. O lugar era pequeno e, embora estivesse caindo aos pedaços e fosse úmido, tinha sido decorado com enfeites e guirlandas de azevinho de plástico, e uma árvore, pequena, mas natural, mantinha guarda acima de uma pilha de presentes lindamente embrulhados no canto da sala. O ambiente cheirava a biscoitos de gengibre, e, mesmo que tudo estivesse diferente, a sensação era de familiaridade. Depois dos presentes, de comerem uma torta de frutas inglesa de café da manhã e fazerem uma sessão de karaokê um pouco deprimente da *Festa de Natal dos Smurfs* — que o irmão de Nova dera a ela de brincadeira —, eles foram para a casa do pai para o almoço de Natal, deixando a mãe, que jurava estar bem, chorosa e sozinha.

Seu pai teve dinheiro para contratar um advogado melhor, então ficou com a casa, o aparelho de jantar, os móveis e, em uma das disputas mais mesquinhas da história, a caixa com os enfeites de Natal e decorações que sua ex-mulher havia colecionado ao longo de toda a vida adulta. Nada daquilo tinha nenhum valor a não ser para a mãe de Nova; os enfeites eram sua maneira de registrar tudo que tinham passado e vivido em família. Podia ser o auge do verão em Benidorm ou na ilha de Cós, não importava, ela dava um jeito de encontrar um Papai Noel tosco com o nome do resort gravado. Às vezes, ele estava com o traje vermelho completo; outras, de short de praia com as bordas felpudas. Mas ela sempre encontrava. O pai de Nova argumentou que os enfeites tinham de ficar com a casa, para que ele pudesse decorá-la do jeito de sempre no primeiro Natal após o divórcio, *para as crianças*, embora os dois já fossem adultos. Ele prometeu a Nova que faria o almoço, afirmando que era ele quem costumava fazer isso normalmente, e que a casa estaria toda decorada quando chegassem, à uma em ponto; mas, quando eles apareceram, a sala estava escura e sem enfeites, e o peru estava cru na bancada da cozinha, com os miúdos ainda dentro. O pai resmungou qualquer coisa sobre ter trabalhado na véspera de Natal, e que por isso não perdeu tempo com os enfeites e o peru. Ele também não tinha comprado presentes, só enfiado uma nota amassada de vinte libras em um cartão de Natal para cada um, escrevendo apenas *com amor, papai*.

Ele melhorou desde então. A cada ano, ele se esforçava mais um pouco, assava o peru e flambava o pudim de Natal, montava a árvore velha e empoeirada. Acabou aceitando, embora relutante, que Nova devolvesse os enfeites de Natal para a mãe e comprou outros. Depois daquele primeiro ano lamentável, ele passou a comprar presentes para os filhos, embora sempre fosse algo prático que ele achava no corredor principal do supermercado onde fazia as compras da semana, geralmente alguma coisa para o carro ou algum utensílio de cozinha que ela usava uma vez e depois largava no alto do armário pegando poeira. Esse ano não foi diferente; ele comprou um protetor de neve para o para-brisa e uma garrafa decente de uísque, dizendo a ela: *vai estar congelando no Ano-Novo, menina.* Nova revirou os olhos, porém, mais tarde, quando foi até o carro para voltar para casa, encontrou-o coberto de neve e fez uso do presente naquela noite mesmo.

O protetor de para-brisa era ótimo, mas, quatro dias depois, ela se esqueceu de prender as pontas dele nos vidros dianteiros e, quando amanheceu, tinha sumido. Nova tem usado jornal desde então, pegando edições antigas do *Chronicle* descartadas no banco traseiro e forrando o para-brisa com suas folhas ao chegar em casa do trabalho, tirando-as na manhã seguinte.

No dia em que a cabeça é encontrada, acontece a mesma coisa. Ela entra de ré na ruela atrás de sua casa e estaciona na vaga que considera sua por direito, desce do carro e forra o vidro com notícias de meses atrás, depois vai para a cama, exausta. Embora a manhã tenha sido mais interessante que de costume, o restante do dia foi repleto de horas vasculhando as bases de dados de pessoas desaparecidas e vendo vídeos de câmeras de segurança com nada além de um vislumbre de alguém de seu passado entrando num hotel. Podia ser coincidência, mas ela duvida disso. Kaysha é a primeira a farejar confusão.

Nova está exausta, mas demora a pegar no sono; no dia seguinte, acaba acordando quarenta minutos atrasada e desce a escada correndo, a escova de dentes pendurada na boca. Ela escorrega no chão coberto de gelo, mas consegue recuperar o equilíbrio a tempo. É só quando já está dentro do carro com o motor ligado que se dá conta das folhas de jornal. Resmunga por sua burrice e dá uma olhada nas matérias enquanto abre a porta de novo. Um rosto parcialmente encoberto por outra folha atrai sua atenção, uma matéria sobre alguma premiação. É ele.

7

ANA
4 DE JANEIRO DE 2000

Ana, como de costume, é a primeira a chegar ao prédio, logo depois do pessoal da limpeza. O silêncio é então interrompido pelo toc--toc-toc de seu salto no linóleo, pelo ruído do boiler quando ela o liga e pelo chiado da chaleira na sala de descanso. É seu momento preferido do dia. Ela adora a calmaria da manhã, por isso sempre se levanta antes de o sol nascer e deixa Tom cuidar do caos de vasilhas de cereal matinal derrubadas e tênis pretos desaparecidos, sabendo que a organização da hora de dormir ficará por sua conta.

Ela se apoia na bancada com seu café e desfruta da solidão. Hoje é o retorno do recesso das festas de fim de ano, e ainda há enfeites colados nas paredes que, fora isso, exibem apenas cartazes sobre saúde e segurança desbotados, um pôster antigo do grupo de perda de peso *Slimming World* e uma estranha mancha de sopa que nunca foi removida. Ana chegou a frequentar o *Slimming World* algumas vezes, um ano antes de se casar. Ela não ligava para seu peso, mas sabia que, nas igrejas e nos centros comunitários onde as reuniões aconteciam, encontraria mulheres que não se sentiam confortáveis com o próprio corpo e, talvez, fizesse algumas amigas. Elas foram receptivas num primeiro momento, às vezes até demais, porém, quando Ana começou a se esquecer de preencher o diário de alimentação da semana ou não se lembrou das cores de cada dia, acabou ficando de fora da panelinha.

A caixa do "Amigo Oculto" permanece em uma das várias mesas espalhadas pela sala de descanso, além de alguns presentes que acabaram sendo deixados para trás. Duas semanas antes, a festa de Natal rolava a todo vapor e os presentes estavam sendo distribuídos. Cada um foi abrindo o seu enquanto todos assistiam. As pessoas aproveitaram que os presentes eram anônimos para dar coisas nada apropriadas — a festa de Natal do trabalho era a única ocasião em que as formalidades eram deixadas de lado e tudo era permitido. Quando chegou a vez de Ana, entregaram-lhe uma caixa de presente de uns noventa centímetros, embrulhada com papel prateado e fita. O pacote era leve, e na mesma hora ela começou a desembrulhá-lo, sorrindo enquanto todos a observavam. Levou uma eternidade para conseguir desembrulhar o pacote, e, quando finalmente o abriu, viu que era um boneco inflável — daqueles que mulheres bêbadas carregam de bar em bar durante despedidas de solteira — com uma foto pouco nítida de Ana colada no rosto e uma peruca preta vagabunda colada na cabeça. Ela olhou para Jamie, que estava do outro lado da sala. Ele riu, debochado, e Ana se forçou a sorrir e balançar a cabeça até que a última pessoa abrisse seu presente. Ela sabia que, até pouco tempo antes, a maioria das pessoas não suspeitava de que ela fosse uma mulher trans. Nunca fora popular na Parson's, costumava ficar mais na sua, mas notou uma mudança na forma como seus colegas de trabalho a tratavam. Chorou no banheiro cinco minutos depois e chamou Lina do RH no canto antes de ir embora. Lina revirou os olhos e disse a Ana que era *só uma brincadeira. O que ela esperava?*

Ana ouve uma porta abrir e fechar em algum lugar do prédio, e Merv, o rapaz da limpeza, entra na sala de descanso trazendo um jornal debaixo do braço, como de costume.

— Bom dia — diz Ana, jogando o restinho do café na pia e lavando a caneca. — Como foi de Natal?

— Ah, fui bem. Você já viu a história do cara sem cabeça?

Ana derruba a caneca, que se espatifa no chão. Merv, que estava segurando o jornal aberto para que ela visse a primeira página, resmunga e o entrega na mão dela. Então sai da sala, e Ana consegue ouvir quando ele mexe em algo na sala da limpeza no fim do corredor. Na frente, a chamada:

CABEÇA SEM CORPO ASSOMBRA HOTEL DA REGIÃO

Nas primeiras horas da segunda-feira, a cabeça recém-decapitada de um homem foi encontrada por funcionários do Hotel Towneley Arms, em Newcastle. O corpo ainda não foi localizado. O homem não foi identificado, mas a polícia desconfia de que o assassinato esteja ligado às atividades de um culto que tem agido na região...

A notícia é acompanhada, felizmente, por uma foto do hotel, e não por uma foto de Jamie. Ela sabia que a notícia seria publicada a qualquer momento, sabia qual seria o teor dela, mas ainda assim fica abalada. O anúncio da morte por escrito para o mundo tornava tudo real, não mais um segredo que apenas as sete partilhavam.

Ana deixa o jornal na bancada e se abaixa para pegar os cacos maiores da caneca.

— Sai da frente, vai, deixa comigo — diz Merv atrás dela com uma pá de lixo.

Ele dá uma batidinha no braço dela com o cabo de sua escovinha para que saia.

— Obrigada. Perdão de novo — diz, levantando-se e saindo.

Seu laboratório fica no último andar e, apesar de ser menor que os demais, tem vista para a rua, então ela sempre passa o almoço observando o vaivém de pessoas apressadas; às vezes Jamie comia um macarrão instantâneo ao seu lado. O laboratório dele fica ao lado do dela, é maior e está lotado de equipamentos novos. Ele ganhou uma bolsa importante recentemente, o que atraiu bastante atenção internacional para a empresa. Como recompensa, eles renovaram os equipamentos dele. Todos estão morrendo de inveja, mas nada se comparava aos sentimentos de Ana a respeito. Jamie se reuniria com uma grande companhia alemã na próxima semana para discutir a internacionalização de seu trabalho.

Phil, o chefe, aparece no laboratório de Ana no meio da manhã, querendo saber do paradeiro de Jamie. Ele está brilhando de suor quando se aproxima de Ana, ficando cada vez mais corado conforme a conversa avança e não recebe a resposta que gostaria.

— Você deve saber onde ele está. Tenho uma ligação com a Alemanha daqui a meia hora e não consigo achar o Jamie em lugar nenhum.

Ana dá de ombros.

— Deve estar atrasado. Ainda é cedo. Ele já chegou mais tarde que isso.

— A esposa acabou de ligar querendo notícias também. Parece que ele disse que ia viajar a trabalho no Ano-Novo, mas não deixou nem o telefone nem o nome do hotel — diz Phil.

— Eu falei para ela que ele nunca viajou a trabalho. Por que viajaria? Ele trabalha num laboratório, não tem o que fazer em outro lugar. *Você deve estar falando de algum outro Jamie*, ela retrucou. *Ele viaja bastante a trabalho*. Respondi que só tinha um Jamie na empresa e que ele nunca viajou a trabalho, que está aqui todos os dias. Ele deve estar enrolando a pobre da mulher, coitada — diz com um sorriso debochado a Lina do RH, em pé atrás de Phil.

Ana respira fundo. Sabe o quanto isso deve ter magoado Sadia. Ela sabia das traições do marido havia algum tempo, mas Ana desconfiava de que não tivesse noção da dimensão real da coisa.

— Vocês são unha e carne, deve saber onde ele está — diz Phil.

Ana cruza os braços. Já fazia um tempo que eles não eram mais unha e carne, mas ela não tem intenção alguma de lembrar ninguém disso.

— Se a própria Sadia não sabe onde ele está, como é que eu vou saber?

— Você tem que saber — repete ele. — Deve saber de alguma coisa. Quem ele está comendo esta semana? Ele sempre tem uma vítima nova, né?

— Não estou sabendo de nada. Mas aviso se descobrir alguma coisa.

Phil bufa, franzindo o vasto bigode, e deixa a sala, com uma mancha escura enorme nas costas da camisa, seguido por Lina.

Uma porta liga o laboratório de Ana ao de Jamie, e os dois costumavam deixá-la aberta quando trabalhavam, com um toca-fitas ligado, que Ana escondia em seu armário atrás do EPI. Cantavam Freddie Mercury um para o outro pela porta. Ana se apoia no batente de braços cruzados e fica observando o equipamento de ponta de Jamie. Era para ter sido tudo dela.

8

SADIA
4 DE JANEIRO DE 2000

Pouco depois de ligar para a Parson's perguntando sobre o paradeiro de Jamie, Nova Stokoe bate à porta de Sadia Spellman e pede que ela a acompanhe no processo de identificação de um corpo. Sadia liga para Tom, marido de Ana, que busca Ameera, e em seguida vai com a inspetora até o necrotério.

Sadia vira a cara após um segundo e faz que sim com a cabeça. Ela ouve o zíper. A visão do rosto do marido, deformado e sem cor, espiando de um saco para cadáveres, é ainda pior do que fora no quarto de hotel. Naquele dia, a visão a deixou em choque. Dessa vez, não há choque, apenas pesar. Ela sabe que nunca mais o verá.

Mais tarde, é interrogada pela inspetora. Nova se desculpa, mas diz que precisa fazer aquilo. O assassinato, é claro, pode ter sido ritualístico, mas na verdade parecia ser algo mais *passional*, e quem seria mais passional do que uma esposa? *Pois é*, pensa Sadia. *Quem seria mais passional do que uma esposa que abriu mão de tudo que era importante para ela só para ficar com um homem e ser feita de trouxa? Uma esposa que acreditava que o marido era um homem bom e que depois descobre, por meio de pessoas desconhecidas, que ele não era. Ninguém.*

Sadia pinta para a inspetora um quadro diferente de seu relacionamento. *Dez anos de um casamento feliz.* Não era mentira. *Ele é — era — um bom pai. É claro que a gente discutia às vezes, quem não discute? Ele viajava muito a trabalho. Isso me incomodava. Mas eu não o deixaria por causa disso. Eu o amava.*

Quando Sadia volta para casa e, em seguida, Ana devolve Ameera, já são quase cinco da tarde. A polícia fez uma varredura no lugar enquanto Sadia estava fora, mas pelo visto não encontrou nada que indicasse que Jamie tinha sido morto ali, já que, no fim das contas, foi permitido a ela que retornasse. Ana chega duas horas depois, ainda com a roupa do trabalho. Ela se desculpa por Ameera estar com a camiseta suja de farinha — a menina tinha passado o dia fazendo biscoitos com o marido de Ana e seus filhos. Ameera dá de presente para a mãe um biscoito amanteigado, um tanto queimado, embrulhado em papel-toalha, e Sadia força um sorriso, dizendo para a filha que vai comer mais tarde. Ana então coloca no forno a lasanha que trouxe, prepara uma caneca de chá para Sadia e leva Ameera para a cama. Ana abraça Sadia, dando uma força para ela, e depois fica vendo a amiga comer. Antes de ir embora, Ana enche a banheira para Sadia.

— Pinguei lavanda — diz Ana, abraçando-a. — Não vá se afogar.

Sadia ri alto demais da piada e, assim que Ana vai embora, desaba no chão. Quando enfim entra na banheira, a temperatura já não está mais tão quente, então destampa o ralo, deixa metade da água escoar e volta a encher a banheira. Ela se recosta, enfiando um dedo do pé na torneira enquanto a água jorra, e está tão quente que na verdade parece fria, até sua pele começar a queimar. Mesmo assim, ela mantém o dedo ali e observa a água formar um arco em volta do pé. Fica horas lá, até que a água esfria, então repete o processo, até acabar a água quente. Quando ela não consegue mais suportar a temperatura fria da água, esvazia mais uma vez a banheira e sente como se parte dela também estivesse escorrendo pelo ralo. O cheiro de lavanda fica na pele.

Mais tarde, Sadia pega a filha adormecida no colo e a leva para a cama que dividia com Jamie. Ameera continua dormindo e Sadia se aninha a ela. Sente o cheiro da loção pós-barba de Jamie nos travesseiros. Ele sempre borrifava a loção na cama quando viajava a trabalho. Para Sadia não se esquecer dele, era o que costumava dizer. As nuvens se deslocam e a luz do luar atravessa a janela. Sadia consegue ver agora os traços de Jamie na filha, não sabe como não tinha conseguido antes. Ela é dele, do desenho da sobrancelha ao formato do maxilar, da maneira como comprime os lábios quando sente raiva ao puxão que dá na orelha quando está triste. É claro que ela é filha dele.

Só na tarde seguinte Ameera pergunta quando Jamie vai voltar para casa. Ele passou grande parte da vida dela em viagens de trabalho, e Ameera está acostumada com sua ausência. Sadia pega o machado na garagem e corta alguma lenha para fazer uma fogueira no jardim. Espera anoitecer e o céu ficar salpicado de estrelas, e então envolve Ameera num cobertor e a leva para fora. Elas se aninham num banco na frente da fogueira e se balançam um pouco antes de Sadia se recostar e apontar para o alto.

— Tá vendo aquela estrela? — diz.

— Tô — responde Ameera, apontando também. — Aquela ali?

— Isso. É a estrela do papai.

— O que é a estrela do papai?

— O papai é uma estrela agora. Ele está morando no céu.

— A gente pode ir lá?

— Não, a gente só pode olhar para ele daqui.

Os olhos escuros de Ameera refletem a lua crescente enquanto ela encara o céu. Ela não fala nada por um bom tempo.

— Por que o papai virou estrela?

— Alá precisava dele.

— Pra quê?

Sadia fica em silêncio. Há alguns meses, não teria duvidado de que seu marido iria para um lugar *bom* depois de morrer. Ela não sabia onde era esse lugar. Tinha perdido essa certeza muito tempo atrás. Talvez não houvesse lugar nenhum, mas, se houvesse, ela teria jurado que Jamie iria para o lugar bom.

— Porque ele era tão bom que Alá o escolheu para algo especial.

— Então a gente não vai mais ver o papai?

— Só assim — diz Sadia, apontando para o alto outra vez.

— Só assim — repete Ameera, apoiando o rosto no ombro de Sadia.

Ela adormece em poucos minutos.

9

MAUREEN
4 DE JANEIRO DE 2000

Maureen ajustou as persianas de modo a poder ver a rua da poltrona, mas, ainda assim, a cada dez minutos, coloca de lado as linhas e a tela do bordado e se levanta para espiar pela janela. Às vezes, vai para o andar de cima para ter uma visão melhor da rua inteira. Maureen e o marido moram exatamente no meio de uma fileira de casas geminadas construídas para mineradores que, mais tarde, foram sendo passadas de pais para filhos. As minas já foram desativadas há muito tempo, mas as casas centenárias continuam lá. Maureen nunca se importou muito com a posição que a casa deles ocupa na rua, mas, agora que está prevendo encrenca, tem medo de que todos os vizinhos sejam testemunhas. Mesmo que consiga se livrar de John antes que eles cheguem, tem certeza de que uma das vizinhas vai soltar o verbo. A sra. Lothian, que mora do outro lado da rua, vive com o nariz encostado no vidro da janela. Maureen sabe que deveria contar para ele antes que descubra sozinho, mas não consegue.

— Maureen, senta, pelo amor de Deus — explode John por fim.
— O que está acontecendo?
— Ei!

— Ah, eu sei que não devo dizer o nome Dele em vão, mas estou ficando nervoso com você bisbilhotando lá fora e andando de um lado para o outro.

— Só estou agitada.

— O que tanto você procura? — pergunta John, esticando o pescoço para olhar pela janela também.

— Nada. Olha, já que estou te incomodando tanto, por que você não vai jogar golfe?

— Está chovendo, fazendo um frio danado lá fora e escurecendo. Por que eu iria jogar golfe agora?

— Ai, então vai pro pub, John. Você está me dando nos nervos.

John resmunga e se levanta da cadeira.

— Fred! — grita ele, e um labrador de pelo grisalho vem andando vagarosamente da cozinha, parando para se alongar na entrada da sala. — Bora! Vamos pro Prince.

— Vou servir o jantar às seis e meia, querido — diz Maureen, ajudando John a vestir o casaco e abrindo a porta. Eles não viriam depois das seis, não mesmo.

— Você é um amorzinho.

— Eu sei. Te amo.

— Também te amo, sua doidinha — diz ele.

Ele dá um empurrãozinho com o lado do pé no cachorro para que vá na frente, pois Fred não gosta de chuva. Maureen inclina a cabeça pela lateral da porta e fica olhando os dois indo pela rua, Fred trotando ao lado de John, que segura o guarda-chuva mais em cima do cachorro do que de si mesmo. Ela sorri e, depois de olhar ao redor, volta para o quentinho da sala.

Mal acaba de se sentar, ela já se levanta. Fica se perguntando se deveria simplesmente ligar para a polícia e acabar com essa angústia. Pega o telefone, mas depois o põe de volta no gancho. Não, claro que não. O que ela diria? *Alô, acho que o que vocês encontraram foi a cabeça do meu sobrinho. Como eu sei? Bem. É uma longa história.* Não.

Ela vai esperar. Eles vão aparecer aqui mais cedo ou mais tarde, dar a notícia triste, perguntar se sabe de alguma coisa, e ela fingirá surpresa. Parecerá triste, mas não muito. Afinal de contas, ela não o vê há anos. Nunca foram próximos. Ela havia ficado com medo de que eles fossem reconhecer seu nome ou endereço quando estivessem pesquisando sobre ela e então se lembrar de que era casada com John Jones — policial aposentado — e entrar em contato diretamente com ele, mas com certeza não farão isso. Não seria profissional, principalmente num caso de morte. Eles não fariam isso.

John ainda deve levar algumas horas para voltar, mas ela começa a preparar o jantar para manter as mãos ocupadas. Achava que os primeiros dias seriam os mais difíceis, esperando até que alguém o encontrasse, mas isso era pior. Os dedos de Maureen estão em frangalhos. Ela passava as horas que tinha separado para bordar cutucando a pele em volta das unhas. No início, era apenas a camada mais superficial, mas, quando esta se foi, ela começou a tirar as camadas de baixo, puxando as pelinhas mais doloridas, às vezes com a ajuda da agulha, até os contornos de cada unha ficarem em carne viva.

Uma matéria sobre a cabeça de Jamie está estampada na primeira página do jornal de hoje, sem identificação, claro. Maureen imagina que, quando o identificarem, farão uma visita a ela; afinal, é a única parente viva, tirando a filha dele. Até onde sabe, ainda não descobriram quem ele é, mas está tensa, como se a polícia fosse aparecer a qualquer minuto. Talvez nem viessem.

Pelo menos não tem mais que se preocupar com as velas. O grupo vinha usando o mesmo conjunto de velas em todas as reuniões, depois de elas terem ficado sentadas no escuro no primeiro encontro porque a luz não funcionava. Maureen se encarregava de levar as velas toda semana, uma pequena tarefa que a fazia se sentir importante, como se estivesse contribuindo de alguma forma. Voltando para casa depois do Ano-Novo, ela se deu conta de que as digitais de cada uma delas estariam na cera e imaginou a polícia encontrando as velas e identificando-as, jogando-as atrás das grades, uma a uma. Quando ela chegou do hotel, John já estava dormindo, roncando depois de um porre no Prince, sem dúvida, então ela perfilou as velas no piso na frente da lareira e as acendeu. Ficou observando da poltrona enquanto queimavam. A última acabou quando a luz do sol já começava a invadir a sala, então ela pegou os discos de cera que sobraram e os jogou no lixo da cozinha, por baixo de restos de cenoura e latas de comida de cachorro. Sentiu um pequeno alívio quando viu pela janela da cozinha os lixeiros chegando de manhã e jogando o lixo da semana na caçamba do caminhão — mas esse alívio foi diminuindo ao longo do dia, e no meio da tarde ela estava novamente tomada pelos horrores da noite no quarto de hotel.

As batatas estão geladas em suas mãos enquanto ela as descasca e fatia. John insiste em guardá-las na geladeira. É uma de suas manias. Ela demorou muito para se acostumar a conviver com ele quando se casaram. Tinha passado tempo demais sozinha antes disso. Nessa altura, já estavam casados havia quatorze anos. Foi uma cerimônia simples; ela convidou alguns enfermeiros e uma recepcionista do hospital. John já fora casado uma vez e tinha um filho e uma filha, e os dois compareceram. Maureen usou um tailleur marfim e um lenço azul que era de Alice no bolso. Ela não tinha convidado o fazendeiro nem a família dele, porque temia que dissessem algo sobre Jamie ou que perguntassem por ele, talvez; John não sabia nada sobre Jamie, e ela nunca quis que ele soubesse, porque queria deixar essa parte da sua vida para trás. Não ter contado para ele parecia ter sido uma decisão burra agora que John estava prestes a descobrir, mas era tarde demais para trazer o assunto à tona; ela simplesmente teria que continuar mentindo. Sentia vergonha pela maneira fria como tratara o sobrinho, embora, na maior parte das vezes, achasse que havia justificativa, dado o comportamento dele. De toda forma, não queria que John conhecesse esse seu lado. Era uma outra pessoa agora.

A última vez que viu Jamie vivo foi no aniversário de vinte e dois anos dele, no único lugar onde o encontrava desde que fora embora de casa. Ela se aproximou do túmulo naquele dia levando em uma das mãos um buquê de cravos comprados numa loja e, na outra, a coleira de sua poodle. Tinha pegado três ônibus e caminhado cerca de dois quilômetros e meio de seu vilarejo até a pequena capela no campo onde Alice estava enterrada. Ela poderia ter pegado um táxi, agora que trabalhava, mas gostava de fazer essa viagem com bastante calma.

Avistou Jamie quando contornou a lateral da capela. Ele estava de pé na frente da lápide de Alice, alto e esbelto, o cabelo louro curto penteado de lado. Estava com uma camisa e uma calça social e parecia mais elegante que no ano anterior, quando estava com um corte de cabelo horrível e com cara de quem precisava de um banho com detergente.

— Bom dia — disse ela, chegando ao túmulo.

Ela ficou ao lado dele, de frente para a lápide, e sua cadela balançou o rabo e pulou fazendo festinha para Jamie. Ele se agachou e esticou a mão, mas, antes que conseguisse fazer carinho nela, Maureen puxou a guia com força.

— *Senta*, Sassy.

— Tia Maureen — disse Jamie, ainda olhando para a cadela.

— Há quanto tempo você está aqui?

— Não muito. Desde quando você tem cachorro?

— Acho que eu deveria te desejar feliz aniversário.

— Sei que não é nisso que você está pensando — respondeu ele baixinho, fitando seus olhos com um olhar que Maureen considerou quase bondoso. Quase.

— Não.

— Nunca foi — disse ele, de um jeito mais duro dessa vez.

— Não — respondeu ela, pensando em todos os aniversários dele; sem presentes, sem bolo, apenas idas silenciosas ao cemitério.

Ela não conseguia sentir culpa. Pensava em como Alice teria comemorado os aniversários do filho se tivesse ficado viva até algum deles — poderia ter feito da data um dia especial, preparado bolos e enchido balões ano após ano, feito uma algazarra, deixado que ele matasse aula para ir comprar um brinquedo que ela não tinha condições de pagar. Talvez não. Ela sempre achou que, se Alice tivesse sobrevivido, teria largado tudo para viver a própria vida, deixando o filho para Maureen criar. Talvez ela aparecesse todo ano no aniversário de Jamie, radiante e glamourosa, sempre com um namorado rico diferente, mais velho e com um belo carro — invadindo a vida de Jamie por um dia e depois partindo no dia seguinte antes de o menino acordar, deixando seu mundo mais triste sem ela. Talvez ela nem o tivesse visitado, e Maureen teria se esforçado mais com Jamie, teria sido melhor, porque aí se ressentiria de Alice, não do menino.

Jamie trazia um pequeno buquê de flores também, embrulhado em papel pardo. Ele as colocou no túmulo e depois acendeu um cigarro.

— Esse é um péssimo hábito. Vai acabar te matando, sabia?

— E você se importa, por acaso? — disse Jamie com um riso debochado.

Maureen sorriu.

— Ela fumava. Sempre carregava uma cigarreira pequena de prata com as iniciais gravadas. Acho que ganhou de presente de algum namorado. Quando engravidou, o cigarro passou a provocar enjoo nela, então parou. Durante a gravidez, tudo a enjoava.

— Nossa, fascinante — disse Jamie, arrastando as palavras.

Eles ficaram em silêncio por alguns minutos, e Jamie jogou a bituca no chão e pisou nela. Maureen resmungou e se abaixou para pegar.

— Tenha mais respeito — disparou, segurando o punho dele e colocando a bituca em sua mão. — Por que você ainda vem aqui? Você nem a conheceu. Não precisa vir.

Jamie jogou a bituca do cigarro por cima da mureta de pedra do cemitério, no campo ao lado, e deu de ombros.

— Tradição de aniversário. Queria ter conhecido minha mãe. Aposto que teria sido uma mãe melhor que você.

— Mesmo que ela tivesse sobrevivido, eu teria acabado criando você — disse Maureen, sarcástica, olhando o rosto do sobrinho pela primeira vez desde que chegara; não se parecia em nada com Alice. — Ela nem queria ter tido você.

— Você me odiaria menos se ela tivesse sobrevivido?

— A única razão pela qual ela não te arrancou do útero antes mesmo de você ter unhas foi porque eu não deixei. Que burrice a minha — sussurrou Maureen, sabendo que tinha passado dos limites.

Jamie fitou os olhos de Maureen com raiva e cuspiu em seu pé, antes de sair andando. Maureen esperou até que ele sumisse de vista, então se sentou em um banco na frente do túmulo. A cadela pulou e se sentou ao seu lado, apoiando a cabeça na perna dela. Estava com a boca molhada de água de poça e deixou uma mancha na saia de Maureen. Ela afagou o pelo de Sassy enquanto sua respiração se acalmava e o coração desacelerava.

Jamie tinha acabado de fazer dezesseis anos quando saiu de casa. Ela acordou no horário de sempre e saiu do quarto para beber seu café na soleira da porta da casa; era verão e o sol já havia nascido. Só percebeu que ele tinha partido quando foi chamá-lo para a escola. Suas roupas não estavam mais no armário, e a velha mala que ficava sob a cama também tinha sumido. Ela lembra, com algum constrangimento, que se sentiu mais triste pela mala do que pelo garoto — era a única mala que ela e Alice tinham quando chegaram àquele *cottage*.

No dia anterior, Maureen vinha andando pela fazenda, o que fazia em noites sem chuva, quando flagrou Jamie em um bosque escuro com a neta do fazendeiro, Evelyn. A menina tinha acabado de completar doze anos e estava recostada numa árvore, com Jamie se assomando sobre ela. Nenhum dos dois tinha ouvido Maureen se aproximar.

— Então me mostra — dizia Jamie. — Você disse que ia me mostrar.

Evelyn parou, sua boca estava ligeiramente aberta enquanto olhava para Jamie, que ela sempre amara. Então levou a mão até a barra da saia.

— Jamie! — gritou Maureen, e os dois deram um pulo. Jamie ficou pálido. — Evelyn, vá para casa.

Evelyn olhou para Jamie e depois para Maureen, com cara de quem estava prestes a chorar, e então disparou pelo campo em direção à fazenda.

— O que foi? — perguntou Jamie.

O tom grave de sua voz ainda parecia estranho, mesmo alguns anos depois de ela ter mudado. Seus olhos estavam arregalados, como se ele não soubesse por que ela estava com raiva. Maureen não sabia o que dizer, perguntar ou como abordar o que tinha visto ou deixado de ver.

— Já pra casa — disse Maureen, apontando para o pequeno *cottage* onde viviam nos limites do campo.

Jamie foi arrastando os pés até a casa deles, e Maureen se manteve alguns passos atrás dele por todo o caminho, sem dizer uma palavra sequer.

— Eu não estava fazendo nada de mais — falou Jamie, quando entraram em casa.

— Estava, sim — respondeu Maureen.

Jamie deu de ombros, como um adolescente faria, e isso a deixou furiosa.

— Seja lá o que você estava pedindo a ela... O que quer que fosse, nunca mais faça isso.

Jamie ficou parado de frente para Maureen — ele era alguns centímetros mais alto — e ficou encarando a parede atrás dela sem qualquer expressão no rosto.

— Estamos entendidos? — perguntou Maureen.

Ela segurou o queixo dele e puxou o rosto para perto do seu, forçando-o a olhar em seus olhos. Antes que se desse conta de que ele a tinha empurrado, já estava no chão. Jamie pairava sobre ela, ameaçador, e, pela primeira vez, Maureen teve medo dele. Ela se levantou e o encarou, apesar do temor.

— Eu te trouxe ao mundo e posso tirar você dele se for preciso — disse baixinho.

Por um instante, pensou que Jamie fosse bater nela, mas ele se virou e socou a parede com tanta força que o espelho do banheiro caiu do prego e se espatifou no chão. Na manhã seguinte, ele partiu.

Um dia depois de ele ter ido embora, Maureen pegou o ônibus para a cidade e comprou uma mala de couro nova na Fenwick antes de voltar para o *cottage* e juntar suas coisas. Esperou três dias, mas o menino não voltou e, então, enquanto o sol se punha no campo do qual cuidara por dezesseis anos, ela foi embora.

Maureen põe a caçarola de carne com legumes no forno. John ainda deve demorar quase uma hora, mas tudo bem porque, enquanto ele não chega, as camadas de carne, cebola, ervilha e batata ficarão cozinhando aos poucos até o molho começar a borbulhar pelas frestas e o papel-alumínio se encher de vapor.

Uma batida na porta dá um susto em Maureen. É uma batida forte, incisiva, e ela fica parada. Uma onda de pânico a invade.

Ela vai andando devagar até a sala, os pés descalços no carpete sem fazer qualquer ruído, e vê o amarelo fluorescente do casaco da polícia através do vidro jateado e também alguém de preto. Ela abre a porta para uma ruiva de terninho preto e um policial alto. Não reconhece o policial, mas conhece a ruiva. Nova Stokoe. Ela estava na festa de aposentadoria de John alguns anos atrás, e, embora agora tivesse alguns fios grisalhos nas têmporas e suas marcas de expressão que iam dos cantos da boca até o nariz estivessem mais profundas, era ela. Sua expressão é séria.

— Senhora Jones — diz Nova, mostrando o distintivo para Maureen. — Inspetora Stokoe. Esse é o policial Adams. Podemos entrar?

— Você é inspetora agora — fala Maureen, dando um passo para o lado e mantendo a porta aberta para eles. Ela sabe que John ficaria orgulhoso disso. Ele sempre gostou de Nova, dizia que ela era engraçada e inteligente, e Maureen tinha sentido uma pontinha de ciúme até saber que Nova não se interessava por homens. — Parabéns.

— Eu não sabia se a senhora se lembraria de mim — diz Nova enquanto ela e o policial entram e Maureen indica o sofá para eles, onde os dois se sentam.

— Como eu ia me esquecer desse cabelo? — diz Maureen, sentindo-se fraca. — Vocês estão procurando o John?

Nova comprime os lábios, e o policial põe o quepe sobre as pernas.

— Não. Ele está?

— Não, querida. Está no pub.

— Na verdade, viemos aqui conversar com a senhora. Temos más notícias.

Maureen torce para que esteja conseguindo parecer tão confusa e preocupada quanto está se esforçando para parecer.

— Vocês querem um chá? Um café? — pergunta Maureen.

Ela está de pé ao lado da poltrona, cutucando a unha.

— Acho melhor a senhora se sentar — diz Nova.

Maureen concorda e se senta. Está mais nervosa do que achou que ficaria.

— É sobre o seu sobrinho, Jamie Spellman. Ele foi encontrado morto ontem.

— Morto? — pergunta Maureen, arregalando os olhos e torcendo para não parecer teatral demais.

Nova a observa atentamente, e Maureen conclui que ela deve estar procurando alguma expressão de culpa. Sente o rosto arder e começa a tremer, e torce para que sua reação aparente resultar da dor do luto.

— Sinto muito, sei que deve ser um choque.

— Como ele morreu?

— Foi de um jeito...

Nova faz uma pausa, e Maureen fica se perguntando como a inspetora vai descrever o estado do cadáver de Jamie para ela. E se eles recebiam algum tipo de treinamento quando se tratava de relatar para a família que o ente querido fora decapitado.

Maureen inclina a cabeça, e Nova cruza e descruza as pernas.

— Foi de um jeito horrível — continua Nova, olhando para o chão antes de encarar Maureen nos olhos, como se procurasse alguma coisa. — Ele foi encontrado... degolado, senhora Jones.

Quando ela diz *degolado*, a porta se abre e Fred entra trotando em casa, sacudindo a água da chuva do pelo, seguido por John, que traz um buquê de lírios cor-de-rosa — os preferidos de Maureen. Maureen gela.

— O que está acontecendo? — pergunta John.

10

KAYSHA
5 DE JANEIRO DE 2000

Uma faixa quadrada de sol atravessa a claraboia e ilumina a mulher ao lado de Kaysha na cama. As cobertas estão na altura dos tornozelos e o sol realça os pelinhos translúcidos e minúsculos de sua barriga cheia de sardas até a trilha esparsa e macia que vai do umbigo até o V ruivo e encaracolado mais abaixo. Os pelos se afinam e rareiam pelas coxas, voltando a aumentar em volume nas panturrilhas. Ela dobra um dos joelhos e apoia o pé no colchão. Tem uma tatuagem de pássaro no tornozelo, antiga, mas ainda bastante nítida. Kaysha sabe que ela tem outra tatuagem dessa nas costas, as pontas das asas abertas pousadas nas escápulas. Quando ela mexe os braços, o pássaro levanta voo.

Ela está recostada em almofadas, lendo um livro sobre laranjas, que mantém na frente do rosto para proteger os olhos do sol. Está de óculos de grau, mas só porque acha que Kaysha ainda está dormindo. Ela costuma ser muito vaidosa, embora Kaysha adore a forma como a armação redonda de metal se apoia nas maçãs de seu rosto. Nova suga o lábio inferior para dentro da boca e franze o cenho de leve enquanto lê. É a mesma cara que faz quando está prestes a ter um orgasmo, quando está tão perto de gozar que fica em silêncio enquanto tenta se deixar levar. Ela tem dificuldade em abrir mão do controle e ceder ao próprio corpo, mas Kaysha sempre consegue fazê-la chegar lá.

Os cachos ruivos de Nova estão parcialmente presos por uma presilha, e ela enrola um deles com o dedo enquanto lê. Suas clavículas estão repletas de mordidinhas da cor de pétalas de rosa secas, e seus mamilos estão duros por causa do frio da manhã, ou talvez seja pelo que está lendo no livro.

Kaysha nunca vai dar o braço a torcer, mas a casa bagunçada de Nova é o lugar onde ela mais gosta de acordar. Faz seis meses desde que esteve ali pela última vez, desde a briga. Elas sempre brigavam e depois faziam as pazes, mas a última tinha sido a pior. Kaysha tinha jurado para si mesma que aquela teria sido a última mesmo, mas a necessidade falou mais alto.

— Adoro você de óculos — diz Kaysha.

Nova olha para ela e sorri.

— Eu sabia que você estava me olhando, sua safada.

— Você é boa de olhar.

Nova arranca um fio de cabelo e o usa para marcar a página. Apoia os óculos na ponta do nariz e observa Kaysha por cima deles.

— Sabe o que acontece com voyeurs, senhorita Jackson?

Kaysha ri, mas uma tensão se espalha pelo seu corpo. Ela faz que não com a cabeça e se afunda ainda mais nos travesseiros. Nova ergue uma das sobrancelhas e enfia uma das mãos geladas por baixo das cobertas, tocando o abdome de Kaysha.

— Eles são punidos.

Kaysha veste a calcinha da noite anterior e procura o restante das suas roupas pelo quarto.

— Você sabe que pode pegar uma das minhas, né? — diz Nova enquanto vasculha o guarda-roupa. — Ninguém gosta de uma virilha hippie.

— Não, a Sarah vai reparar — diz Kaysha, embora tenha certeza de que ela não repararia.

— Namorada nova?

— É.

— Como ela é? — pergunta Nova, parecendo estar mesmo interessada.

— Ela é... intensa.

— Você a ama?

— Às vezes acho que sim. Quando ela está num dia bom. Quer dizer, acho que a amo, quero protegê-la, mas não estou *apaixonada* por ela, se é que faz algum sentido.

— Apatia sexual lesbiana?

— Mais ou menos por aí — diz Kaysha, abrindo um sorrisinho.

— Talvez você devesse terminar com ela.

— Ela é muito frágil.

— Sério?

— Fomos morar juntas rápido demais e agora ficou difícil eu me desvencilhar.

— Clássico — diz Nova.

— Lésbicas, né?

— Lésbicas.

— Vou precisar encontrar outro lugar para morar quando a gente terminar — diz Kaysha, surpresa com a frieza de suas palavras, mas sem sentir nada mais profundo que isso. Precisa ficar de olho em Sarah até que esteja mais estável, mas, depois disso, vai embora.

Nova passa os olhos pela casa e sorri.

— Eu sei de um lugar para onde você poderia ir.

— Pouco provável, já que você ainda está com a coitada daquela guardinha — pontua Kaysha, indicando com a cabeça uma foto de Nova e Ella.

As duas estão com uma camiseta de time listrada preta e branca, e Nova está com o braço nos ombros de Ella enquanto segura uma cerveja. Do nada, um sentimento ruim invade Kaysha. A magia da manhã evapora, e elas voltam para o mesmo lugar de seis meses atrás.

A clavícula de Nova exibe um tom rosado quando ela estende o braço para virar o porta-retratos para baixo.

— Ela me deu isso de Natal. Não dei nada pra ela.

— Como ela está?

— Bem.

— Como ela pode estar bem?

— Não era câncer, no fim das contas.

— Ah, que bom.

— Pois é.

— Mas você continua com ela.

— É, acho que sim.

Kaysha está furiosa, triste e decepcionada, mas não tem tempo para isso. Queria que Nova a quisesse o suficiente para terminar com Ella. Talvez Nova tenha amarelado na hora de tomar a decisão de morar com Kaysha ou talvez tenha percebido que gostava mais de Ella, ou que Kaysha não dava uma boa namorada. Por um instante terrível Kaysha fica se perguntando se Nova tinha inventado aquilo tudo só para se livrar dela — mas não, sabe que ela não faria isso. Não importa o que aconteceu no passado, ela não pode se deixar envolver novamente — só precisa manter Nova por perto para saber o que está rolando na investigação.

— Hum, tudo bem — diz Kaysha, soltando o ar lentamente. — Vamos falar de outra coisa. Não vim aqui pra brigar.

— Que puta alívio.

— E o seu dia hoje? Algo interessante?

Nova dá de ombros.

— Não muito. Só tentando resolver o caso da porra do culto logo.

— Andei vendo o desenho deles por aí. Escrevi uma matéria sobre uma das galinhas mortas em Whitley Bay há algumas semanas. Uma beleza.

— Hum... Eles são bem sorrateiros. Mas agora... bom. Precisamos pegá-los.

— Como assim?

— Já falei mais do que deveria — responde Nova.

Ela se vira e pega as botas.

— Você acha que o culto teve alguma coisa a ver com o cara decapitado?

Nova ergue o olhar.

— Por que você acharia isso?

— Um passarinho me contou uns detalhes da cena do crime.

— Quantos passarinhos você tem? — pergunta Nova, apoiando o pé no braço do sofá e amarrando a bota.

Kaysha sorri e ignora a pergunta.

— Então você acha que eles têm alguma ligação com isso?

— Talvez. Ninguém dá muita bola para as cabras e... Só venho investigando o culto porque eles estão deixando os fazendeiros assustados. A gente tem que mostrar serviço — diz Nova, espremendo mousse de cabelo na palma da mão, que se expande até o tamanho de uma maçã, então dobra o corpo, jogando o cabelo para a frente do rosto e aplicando a espuma nele. — Estamos falando de um peixe maior agora.

— Você já tem alguma ideia de quem ele era? Era alguém daqui da região?

Nova faz que não.

— Estamos esperando a análise da arcada dentária, mas, nesta época do ano, fica tudo muito lento.

— É, dá pra imaginar — diz Kaysha.

Kaysha sabe que Nova está mentindo para ela, porque Sadia já identificou o corpo.

11

SARAH
5 DE JANEIRO DE 2000

Nuvens de fumaça rodopiam e se acumulam no teto enquanto Sarah acende um cigarro na bituca do anterior. Ela arrastou sua poltrona preferida pela sala para se sentar na frente da janela, arranhando o verniz das tábuas de madeira. O mundo cai para lá de seu gramado, surgindo de novo do outro lado do vale, todo coberto de neve, e ela consegue ver a rua que serpenteia entre as colinas em direção à sua casa.

Ela apoia os calcanhares no parapeito da janela. Kaysha disse que estaria de volta antes do amanhecer, mas já faz uma hora que o sol nasceu e nada dela. Sarah fica imaginando Kaysha aninhada na cama com a inspetora, mas não é o fato de sua namorada ter passado a noite com outra que a incomoda, e sim seu atraso. A ideia de Kaysha retomar o caso com Nova tinha sido da própria Sarah, e, no momento que propôs isso, Kaysha arqueou as sobrancelhas como se a ideia não lhe tivesse passado pela cabeça. Elas combinaram as regras de como as coisas deveriam ser, conversaram sobre o quanto era importante que Kaysha fosse honesta, e acertaram que ela deveria voltar para casa pela manhã depois de passar a noite com Nova, antes de ir para o trabalho. Sarah está muito orgulhosa de si mesma por sua maturidade, por colocar suas necessidades em segundo plano em nome de um bem maior. Ela está deixando sua namorada dormir com outra — ou melhor, *incentivando* que ela faça isso —, uma mulher por quem já foi apaixonada, apenas para proteger outras pessoas. Está sendo altruísta. É o que fica repetindo para si.

Já faz um tempo que ela terminou a segunda garrafa da noite e a dor da casa volta a se infiltrar em todo o seu corpo, a sensação de um vazio atordoante e expansivo, o ódio espalhado pelas paredes, escurecendo os cantos como mofo. Isso invade os pulmões de Sarah. Ela sente, desde que voltou para cá, que está sendo intoxicada pela casa, da mesma forma que intoxica a todos. Às vezes ela se pergunta se seus pais eram daquele jeito por causa da casa, se ela os deixou amargos ou se foi o contrário. Sarah não sabe por que não a vendeu ou por que não tacou fogo nela e foi refazer sua vida em outro lugar, por que não tomou outro rumo em vez de apodrecer ali, à espreita, como um dos fantasmas de Dickens. Ela simplesmente não consegue fazer isso. A casa a deprime, sua mente a deprime e ela está presa nessa armadilha.

Sarah pisa por entre os cacos de sua taça de vinho e a mancha roxa no tapete, indo até a adega no porão para pegar outra garrafa. Seu pai era colecionador, e, quando ela voltou a morar lá, havia centenas de garrafas na parede, do chão até o teto. Ela estava usufruindo das melhores agora, mas precisou arrebentar o armário com um machado para ter acesso a elas. Uma vez, quando tinha treze anos, ela irritou o pai e ele perguntou por que ela *não podia ser igual ao David* e ela respondeu *como assim, morta?* e saiu correndo para a casa na árvore, não sem antes fazer uma visita à adega. Ela se lembra da expressão no rosto do pai quando estava deitada no leito do hospital, no soro, e teve certeza de que ele estava mais triste pelo vinho do que por ela. Ela disse que não sabia que era um dos vinhos *muito* caros, mas é claro que sabia, e depois disso ele mandou instalar um armário e os trancou.

Ela pega uma garrafa aleatória, soprando a poeira. Um vinho português de 1964. Seus pais passaram a lua de mel em Portugal nos anos sessenta, e ela se pergunta se eles compraram a garrafa naquela ocasião e guardaram para alguma data especial ou para deixar de herança. Ela bufa só de pensar em seus pais sendo minimamente sentimentais em relação a qualquer coisa e abre a garrafa.

Enquanto o sol se desloca e as sombras se espalham pelo piso de madeira, Sarah adormece na poltrona. Ela sonha com Jamie outra vez. Sempre que é vencida pela exaustão, ela o vê, de uma forma ou de outra. Às vezes, ele está como no hotel, grotesco mas inofensivo, a língua acinzentada, inchada e imóvel dentro da boca. Outras, ele é apenas uma cabeça sem corpo que, de alguma maneira, está viva, dando ordens enquanto todas lhe obedecem, e a única que sabe que ele está mentindo é Sarah. As piores aparições são as dele vivo, inteiro, alto e sorridente, quando tudo está bem até que não está mais, então ele sussurra em seu ouvido e ela faz das tripas coração para agradá-lo, se rasgando ao meio até que dá um gritinho e ele vai embora, deixando-a sozinha de novo, tentando se remendar, e, quando percebe que está morrendo, ela acorda.

Sarah odeia todos os cantos da casa, inclusive e principalmente o quarto da sua infância. Ela já começou várias vezes, nos dias em que está bem, a pintar as paredes dos cômodos que precisa usar, mas logo as trevas voltam a assombrá-la e ela desiste do esforço. Ela nunca foi de concluir as coisas, só de começá-las, e agora mora numa casa que é dela em metades; a metade azul da cozinha, a metade roxa da sala. O quarto de hóspedes sempre foi branco e sem uso, então não tem uma carga emocional.

No dia em que se conheceram, Kaysha e ela saíram do pub trocando as pernas, andando juntas pelas ruas, inebriadas uma com a outra, temporariamente se esquecendo dos perigos da escuridão.

Sarah disse que morava sozinha numa mansão abandonada, herdada a contragosto, e Kaysha gargalhou até deparar com a casa. A construção, com suas paredes cobertas de hera, tinha três andares, quatro, considerando o porão, além de um gramado que implorava para ser aparado e um jardim murado que dava para uma floresta. Das janelas do último andar dava para ver quilômetros através do vale, no geral plantações e animais dos fazendeiros e dois vilarejos ligados por uma ponte sobre o rio Derwent.

— Pensei que você estivesse tirando onda com a minha cara — disse Kaysha, os olhos arregalados, enquanto Sarah abria a porta.

Ela pediu um tour, e Sarah acabou concordando, bêbada e zonza o suficiente para não se deixar tomar pelo pavor que costumava sentir só de pensar em entrar no quarto dos pais e de David. Kaysha gemia cada vez que deparava com um novo cômodo, repleto de teias de aranha e intocado desde o falecimento dos moradores, e Sarah não sabia se ela estava admirada, ou horrorizada, ou ambos. Kaysha disse que a casa parecia uma locação de cinema, tão preservada que nem parecia real. A cama dos pais de Sarah ainda estava desfeita, as roupas do pai ainda em volta do cesto de roupa suja, em vez de dentro dele, e uma taça com resquícios de vinho ainda jazia na penteadeira.

A casa na árvore estava cheia de aranhas e de revistas masculinas, que ela costumava roubar do pai, apodrecidas, fora as garrafas de vinho vazias e uma garrafa de vodca pela metade que deve ter esquecido da última vez que esteve lá, anos antes. As duas estavam ajoelhadas no piso úmido quando Kaysha beijou Sarah pela primeira vez. Ela se sentiu tão zonza quanto aos quatorze anos, sentada naquele mesmo lugar, ligeiramente bêbada e pensando em beijar meninas. Mesmo que tivesse permissão para dizer aos quatro ventos o quanto queria beijar meninos, e dizia, só se permitia pensar assim sobre meninas quando estava sozinha na casa na árvore. Às vezes era uma sensação gostosa e repleta de possibilidades, e ela se imaginava de terninho, morando com uma esposa bonita e um cachorro. Outras vezes, sentia-se toda errada e angustiada por pensar dessa maneira e, nessas ocasiões, passava a lâmina de uma tesoura nos punhos e cobria os cortes com pulseiras.

Duas semanas depois de se conhecerem, o contrato de aluguel de Kaysha venceu, e ela havia passado tanto tempo com Sarah que acabou não encontrando outro lugar para morar. Nessa época, ela perguntou se podia ficar por uns dias até achar uma casa nova, e Sarah fez Kaysha ficar ocupada demais para se dedicar a essa procura. A sensação boa de ter outra pessoa vivendo com ela na casa, alguém alegre e vibrante, acabava preenchendo os cantos sombrios da mansão e, então, pela primeira vez desde a morte de David, Sarah se sentiu feliz na casa.

Quando Kaysha retorna, no meio da manhã, Sarah está à espera na porta e a beija quando ela entra com flocos de neve no cabelo. Então Sarah a empurra na porta e a beija com mais intensidade, mordendo seu lábio inferior e cravando as unhas em seus ombros. Kaysha a empurra.

— O que você está fazendo?

— Eu quero trepar com você — diz Sarah, inclinando a cabeça para beijar seu pescoço.

— Você está bêbada — fala Kaysha, tirando os sapatos. — É claro que está.

— E aí?

Kaysha para e comprime os lábios.

— Tudo certo.

— Ela foi boa?

— Como assim?

— Melhor do que eu?

— Para com isso, Sarah.

— Bom, ela deve ser mais experiente, já que é só sapatão.

— Para!

— Tudo bem, pode falar. Pode falar: *Sarah, ela é melhor de cama que você.*

— Nós não vamos ter essa conversa — diz Kaysha, tirando Sarah do caminho e subindo a escada.

Sarah entrelaça os dedos no próprio cabelo e puxa. Ela nunca soube lidar com sofrimento sem se machucar.

12

NOVA
5 DE JANEIRO DE 2000

Nova bate à porta e a empurra para abrir. O laboratório é pequeno, mas iluminado, e uma mulher alta de jaleco branco está sentada a um balcão na frente de uma janela que ocupa toda a extensão da parede. Ela está segurando um pote de plástico com salada e parece ligeiramente surpresa com a entrada de Nova.

— Ana Cortês? Desculpe interromper seu almoço — diz Nova, deixando a porta aberta e avançando laboratório adentro. Está tudo limpo e arrumado, mas com uma aparência de velho; a tinta está descascando em um canto e há pedaços de fita isolante cobrindo as falhas do linóleo. — Estou investigando a morte de Jamie Spellman. Posso fazer algumas perguntas?

A mulher coloca a tampa de volta no pote e se levanta. Fita os olhos de Nova e não sorri. É alguns centímetros mais alta que Nova e possui uma elegância natural. Seu cabelo preto está preso num rabo de cavalo e algumas mechas soltas emolduram o pescoço. Ela não está maquiada, exceto por um batom vermelho vivo, e os botões de cima de sua blusa estão abertos. Um crucifixo de ouro repousa sobre a pele marrom-acobreada de seu esterno.

— Todo mundo está sendo interrogado? — pergunta.

Nova dá de ombros.

— Nem todo mundo. Me disseram que vocês trabalhavam juntos, em parceria. Achei que poderia me falar um pouco dele.

Ana aquiesce e se recosta no banco, os braços cruzados.

— O que você quer saber?

— Quando foi a última vez que o viu? — pergunta Nova, pegando um bloquinho no bolso da calça.

— No dia vinte e três. Paramos de trabalhar na hora do almoço e depois disso teve a festa de Natal. Fui embora cedo, por volta das três. Acho que ele ficou mais, mas não sei direito.

Nova anota data e horário e balança a cabeça afirmativamente.

— Você passava muito tempo com ele? Aqui? Fora do trabalho?

— O laboratório dele é ali — diz Ana, apontando para uma porta no canto da sala. — Então eu o via bastante. Nós éramos amigos.

— Era uma relação apenas profissional, senhorita Cortês?

— Senhora — corrige Ana, empinando o queixo e tocando o crucifixo com a mão esquerda, deixando Nova ver sua aliança de casada. — Fizemos faculdade juntos. Ele me indicou para esta vaga. Como falei, éramos amigos. Nada além disso, se é o que está perguntando.

Nova abaixa a cabeça.

— Sinto muito pela sua perda.

— Obrigada.

— Ele era íntimo de mais alguém aqui? Um relacionamento romântico ou de qualquer outra natureza? Ou fora do trabalho?

Ana hesita.

— Sou amiga da esposa dele. Jamie tinha casos extraconjugais, acho, mas falei para ele que não queria saber nada sobre isso.

Nova faz que sim com a cabeça.

— E quanto a ligações com pessoas... de má índole? Você sabe se ele estava envolvido em atividades escusas? Crime organizado, esse tipo de coisa? Cultos, de repente?

— Cultos? — Ana franze o cenho.

Nova inclina a cabeça.

— Não é o tipo de crime que vemos todos os dias, então temos que explorar todas as possibilidades.

— Ele teria dado um bom líder de culto — diz Ana, parecendo irritada logo depois, como se tivesse falado algo que não deveria.

— Como assim? — pergunta Nova.

Ana cruza os braços e sorri.

— Nada de mais. Só que ele era bonito e charmoso, só isso.

— Posso dar uma olhada no laboratório dele?

Ana assente com a cabeça e leva Nova até a outra sala. Deve ter o dobro do tamanho do laboratório de Ana e é bem mais equipada.

— Isso tudo parece muito complexo.

— É, sim.

— Ouvi dizer que ele estava fazendo coisas incríveis — diz Nova, andando pelo laboratório e olhando armários e gavetas, mas só havia livros e tubos de ensaio, nada pessoal. — Vi que ele recebeu um prêmio há alguns meses.

Ana fica encarando Nova por um segundo antes de falar.

— É. Ele era brilhante. Sua morte é uma grande perda.

— No que ele estava trabalhando?

Ana para e respira fundo.

— Ele queria fazer algo em relação a casos antigos de estupro. Encontrar uma forma de identificar estupradores a partir de vestígios de sêmen. Ele fez um grande avanço.

— Impressionante — diz Nova.

Ana ergue as sobrancelhas e não diz nada.

— Algo digno de alguém querer matá-lo? Um concorrente, talvez?

— Talvez.

— Você sabe se ele tinha inimigos?

Ana segura o crucifixo outra vez.

— Ele é... era um homem complexo. Eu era amiga dele, mas ele não tinha muitas amizades. Às vezes, era amigável, às vezes, não.

Nova aquiesce.

— Mas não te ocorre nenhum rival em específico?

Ana dá de ombros e Nova se pergunta o quão complicada era, na verdade, a relação de Ana com Jamie.

— Você vai assumir os projetos dele? Vocês dois claramente trabalhavam em parceria.

— Bem, sim, seria uma honra, mas a decisão é da gerência. Não sou tão respeitada aqui quanto Jamie era. Ainda mais agora que não posso contar com a influência dele.

— A gerência te trata mal? — pergunta Nova, embora saiba exatamente ao que Ana se refere.

Quando Nova chegou ali, uma hora antes, conversou com o gerente-geral do laboratório. Ele suava e se atrapalhava com as palavras ao dizer que a morte de Jamie era terrível para a empresa, que eles perderiam o financiamento se alguém não desse continuidade ao seu projeto e, bem, eles já tinham usado a maior parte do dinheiro. Balbuciou que sempre poderia recorrer à *Cortês, ela sabia o que fazia, era muito capaz, talvez mais até que Jamie, mas isso significaria inúmeras reuniões e interações com ela e, sinceramente, ela me deixa nervoso. Um daqueles, sabe,* disse ele, *que acha que é mulher... e nós todos temos que fingir que concordamos. Sempre achamos que Jamie fosse, você sabe, eles estavam sempre juntos. Eu já perguntei, mas ela diz que não sabe como ele terminou daquele jeito. Mas aposto que ela sabe. Não dá para acreditar em uma palavra que esse tipo de gente diz.* Nova foi dura, disse que ele deveria respeitar mais seus funcionários e se virou para a pessoa da recepção para pedir informações sobre como chegar ao laboratório de Ana enquanto o gerente ficava ali parado, boquiaberto.

— Eu sou a melhor cientista daqui — diz Ana, dando de ombros.

— Mas você viu meu laboratório comparado ao dele.

Nova faz que sim com a cabeça.

— Deve ser difícil.

— É revoltante, mas o que é que eu posso fazer?

Nova fica encarando Ana por alguns segundos. Dá para sentir a raiva profunda e reprimida dentro dela. Não é impossível que tenha perdido a cabeça.

— O que você faz fora do trabalho, senhora Cortês?

— Cuido dos meus filhos, inspetora. Vejo meus amigos. Leio livros, vejo televisão. Levo meu cachorro para passear — diz ela. — Choro a morte dos meus amigos.

— Este é o meu cartão. — Nova abre seu bloquinho em uma página em branco e anota o endereço de um grupo de apoio LGBT que ela frequenta às vezes, onde compartilham suas experiências.

Uma mulher do grupo, uma lésbica feminina loura que estava sempre acompanhada de sua companheira desfeminilizada, era professora de ensino fundamental e foi demitida quando a tiraram do armário. Claro que a escola inventou uma justificativa completamente diferente, mas todo mundo sabia o verdadeiro motivo.

— Isso não tem nada a ver com a investigação. É o endereço de um grupo de apoio que pode ser útil para você. A gente em geral só desabafa umas com as outras, mas temos advogadas entre nós. Só por precaução.

Ana pega o papel e o coloca no bolso, enrubescendo.

— Estou bem.

— Eu sei, você parece muito competente — diz Nova, que então baixa o tom de voz, sussurrando. — Esse gerente é um escroto.

Ana não diz nada, mas sorri e dá de ombros.

— Já sei onde te achar se eu tiver mais perguntas — diz Nova, virando-se para ir embora. — Obrigada pela ajuda.

13

MAUREEN
6 DE JANEIRO DE 2000

dia que o sobrinho fugiu de casa foi o dia que Maureen Spellman começou a viver de fato. Quando era nova, ela sempre ficava imaginando como seria sua vida. Ela se casaria aos vinte e um anos — com um homem razoavelmente bonito, mais velho, mas não muito, a quem pudesse devotar todo o seu amor e que não ligaria se ela continuasse trabalhando depois de casada, pelo menos até ela ter um bebê. Teria um menino após um ano de casada — que se chamaria Jack, em homenagem ao seu avô materno. Jack teria os olhos azuis de Maureen e os cabelos pretos de seu marido. Alguns anos depois ela teria uma menina — Susan —, que estaria sempre arrumadinha e seria muito obediente, e todos diriam, com carinho: *Ah, Maureen, essa aí vai dar trabalho, hein?* Quem sabe, quando eles crescessem, ela poderia voltar a ser enfermeira. Se o marido tivesse dinheiro — não que ela ligasse muito para isso —, mas, se tivesse, poderiam se aposentar cedo e viajar para fora do país algumas vezes no ano. Ela sempre quis conhecer a Itália.

Quando Alice entrou em apuros, Maureen já estava com vinte e cinco anos e ainda não tinha nenhum pretendente. O tempo estava passando mais rápido do que tinha planejado, mas tudo bem — tinha um médico novo em sua ala cujos olhos brilhavam quando a via, ou pelo menos era o que ela achava. Os dela certamente brilhavam quando o viam. Alice tinha apenas dezessete anos e não era nada parecida com Maureen. Não ficava sonhando com o futuro, vivia no presente. Maureen sabia que Alice era muito mais bonita que ela — Maureen tinha pés e mãos grandes, um cabelo opaco cor de cobre e olhos pequenos demais para o rosto redondo. Alice era pequena, tinha olhos marcantes e o cabelo ruivo bem curto, igual à modelo com a qual todo mundo estava obcecado na época. Tinha um sorriso sedutor. Era passional e estava sempre pronta para uma briga, mas logo depois era capaz de lhe fazer uma caneca de chá para se desculpar. É claro que ela ia acabar se metendo em alguma enrascada mais cedo ou mais tarde.

Maureen se agachou recostada na porta de um reservado no hospital assim que entregou o resultado do teste de gravidez para Alice. Quando viu que tinha dado positivo, Alice começou a chorar e Maureen lhe deu um cigarro para acalmar os nervos, mas isso só deu ânsia de vômito na irmã. O cigarro se apagou na água da privada quando Alice afastou as pernas no assento e o jogou por entre elas.

— Você tem o número do telefone dele?

— Eu não sei nem o nome dele.

— Ai, Alice — disse Maureen, passando a mão pelo rosto. — Você vai ter que achar esse cara.

— Por quê? — perguntou Alice, olhando para Maureen como se ela estivesse louca.

— Para não ter que ser mandada para um convento.

— Maur...

— O que você sabe sobre ele? Onde o encontrou? — perguntou Maureen, pensando em todas as alternativas.

Se Alice não soubesse quem era o pai, ela teria de enganar algum trouxa, dizer que o bebê era dele e convencê-lo a se casar. Ela ficou olhando a irmã. Mesmo pálida e enjoada, continuava linda. Seria fácil arranjar alguém para se casar com ela.

— Não vou ter bebê nenhum — disse Alice, pegando nos pulsos de Maureen.

Suas mãos estavam frias, e seu olhar, determinado.

— Como assim? Claro que vai, eu acabei de te dizer.

— Preciso que você me ajude a me livrar dele.

Maureen e Alice cresceram em uma casa paroquial nos arredores da cidade. O quarto de Maureen dava para o cemitério, e ela sempre via de sua janela a irmã escapar do quarto pelo telhado da cozinha, saltando para a caçamba de lixo e ziguezagueando pelas lápides; então, pulava a mureta e atravessava o matagal, geralmente para se encontrar com algum garoto. Na manhã seguinte, ela aparecia no café da manhã com um lenço no pescoço para esconder os chupões. Maureen a repreendia — *Ninguém vai querer se casar com você se ficar dormindo com qualquer um que aparece na esquina,* dizia a Alice —, mas sempre acobertava a irmã quando era preciso.

Seu pai era muito rígido. Maureen o testemunhava espancando a mãe desde que ela era bem pequena. Às vezes, também batia nelas. Alice apanhava mais que ela, mas, às vezes, ele estava tão atacado que explodia por qualquer besteira que Maureen dissesse, então batia nela e depois fazia com que ela rezasse para pedir perdão. Maureen nem sempre sabia pelo que pedia perdão, mas rezava mesmo assim. Ele não era alcoólatra, só muito rancoroso. A mãe delas morreu quando Alice tinha cinco anos, e a irmã passou a ser sua responsabilidade depois disso.

Maureen já tinha visto muitas meninas morrerem no hospital depois de tentativas desesperadas de aborto; sangravam até a morte depois de fazerem cirurgias clandestinas ou vomitavam depois de tomarem água sanitária ou ingerirem plantas desconhecidas. Sempre considerou essas meninas tolas e irresponsáveis. Que tinham se metido num problemão que poderiam ter evitado se ao menos tivessem mantido as pernas fechadas, um problema tão grande que elas tinham preferido arriscar a vida a ter o bebê. E não era só o risco à vida, mas a fúria de Deus, porque assassinato era assassinato. Ela não conseguia suportar que a irmã passasse por isso, sendo irresponsável ou não, então convenceu-a a ter o bebê.

Um mês depois, quando a barriga de Alice começou a despontar, Maureen deixou um bilhete preso na chaleira para o pai, e as duas fugiram pela janela do quarto de Alice às quatro da manhã, levando apenas uma mala de roupas. Maureen tinha feito um acordo com um fazendeiro no interior que tinha um *cottage* em suas terras e precisava de ajuda com as ovelhas prenhas.

Maureen morou naquele *cottage* por dezesseis anos. E, durante esse tempo, sentiu uma amargura crescente ao observar os primeiros momentos de vida de cada cordeiro que tirava de dentro de uma ovelha, as patas despontando primeiro. Os cordeiros não matavam a mãe durante o parto ao saírem com os pés primeiro, mas Jamie matou. Ela ficava observando a ovelha lamber o filhote para limpá-lo e depois os primeiros passos cambaleantes dele no feno. Alguns anos mais tarde, ela ajudava aquele mesmo animal a parir seu próprio filhote, às vezes gêmeos, e depois acabava indo para o abate. Ela vira a própria vida passar diante de seus olhos, e, quando deixou o *cottage*, já estava com mais de quarenta anos. Só conheceu John aos quarenta e cinco, quando ele chegou em sua ala com uma perna quebrada e pediu que ela anotasse seu telefone no gesso. Isso aconteceu em 1985, e, por mais que desejasse ter um filho com John, gerar um descendente dos dois em seu ventre, ela já estava na menopausa.

John está entocado no quarto de hóspedes há horas quando Maureen leva outra caneca de chá para ele. Por se sentir constrangida, está sendo especialmente atenciosa desde que Nova apareceu e Maureen teve de contar para ele tudo sobre Jamie — nem tudo, na verdade.

Apenas o necessário. John pareceu mais magoado do que com raiva. Perguntou como ela havia sido capaz de esconder seu sobrinho dele. Que eles não deviam guardar segredos um do outro. Ela disse que apenas queria recomeçar uma vida em que o nome de Jamie nunca fosse pronunciado, que queria superar aquilo porque as lembranças eram traumáticas demais. Eles tiveram várias conversas longas e sérias em que ele perguntou se ela estaria escondendo algo mais. Ela lembrou das sombras oscilantes na parede do quarto de hotel, do cheiro cada vez mais intenso de morte no ar frio, do ardor da água sanitária entre os dedos, e disse: *Não, foi só isso.*

O quarto de hóspedes, um cômodo nem muito grande nem muito pequeno, fica nos fundos da casa, onde o sol não costuma bater, embora os raios matutinos de meados do verão às vezes alcancem a parede esquerda. É praticamente um quartinho da bagunça com um beliche de madeira para quando os netos dormem lá, uma estante repleta de caixas de plástico coloridas com telas de bordar e linhas, aquarelas e pinturas inacabadas, algumas autobiografias de celebridades que nunca foram lidas e um monte de outras quinquilharias. Maureen vive inventando um hobby novo e comprando todos os apetrechos só para desistir duas semanas depois, irritada por ainda não ser boa no que se propôs a fazer. No canto fica uma mesa em formato de L que eles compraram em uma feira de coisas usadas. Tem o nome KATY entalhado algumas vezes na lateral e alguns restos de adesivos descascados. Está bastante detonada, mas tinha as medidas certas e custou apenas cinco libras. Maureen vem dizendo há um ano que vai lixar e pintar a mesa, mas nada até agora.

Acima da mesa há prateleiras presas na parede, repletas de dezenas de cadernos de recortes, álbuns de fotografias e pastas, evidências dos quarenta anos de carreira de John na polícia. Ele guardou todas as matérias de jornais e fotografias, cópias que não deveria ter feito de relatórios policiais importantes de casos em que ele trabalhou ao longo dos anos, com os nomes de vítimas e suspeitos riscados com marcador de texto preto, ainda que se lembrasse da maioria deles mesmo assim. John está sentado à mesa com os óculos de grau, rodeado por pilhas de arquivos e pastas, debruçado sobre um deles, tentando ler a impressão meio borrada de uma matéria do *Chronicle*. Ele vira a página no momento em que Maureen pega sua caneca vazia e a substitui por uma nova, acompanhada de alguns biscoitos.

— Encontrou o que estava procurando, querido? — pergunta, mas John nem se dá conta da presença dela. — Me avise se eu puder ajudar.

Quando ela está prestes a sair do quarto, John pergunta:

— O sobrenome dele era Spellman?

— A não ser que ele tenha mudado o sobrenome — responde Maureen da porta. — Por quê?

— Em que ano ele nasceu?

— Em 1965.

John escreve algo em um papel e não diz mais nada, e Maureen desce a escada, com os olhos marejados de lágrimas, para lavar a caneca e adiantar a comida. Ela devia ter dito outra coisa, que o sobrenome de Jamie era Smith, Black ou Davidson, algo mais comum, mas não queria mentir para ele além do necessário. Talvez esse seja seu castigo por tudo.

Uma hora depois, quando ela se senta com a própria caneca para assistir a *Countdown*, John a chama no quarto de hóspedes e ela sobe a escada correndo. Ele foi frio com ela o dia inteiro e Maureen fica feliz que queira conversar, mesmo que seja para falar de Jamie. Ele parece satisfeito, com as pernas cruzadas e a caneca na mão. Acena para que ela se aproxime e aponta uma matéria colada na contracapa de um caderno. Ela pega o caderno para ver melhor. Com certeza é Jamie, anos antes. Ele estava com a mesma aparência que da última vez que Maureen o vira no cemitério; arrumado, a barba feita e um porte esguio. Sua expressão é séria e ele está com o braço apoiado no ombro de uma mulher pequena, de cabelos na altura do ombro e traços marcantes. Olive.

A manchete diz *ADOLESCENTE MORRE EM LOCAL NA ORLA CONHECIDO COMO PONTO DO SUICÍDIO*. Maureen franze o cenho e pega o caderno das mãos do marido.

O corpo já sem vida de uma adolescente de Tynemouth foi encontrado ontem aos pés de um penhasco, perto do priorado. Kimberly Farrugia (16 anos) era uma menina cheia de vida e alegre, que entrou em depressão depois que o pai cometeu suicídio dois anos antes, diz a mãe, arrasada. Jamie Spellman, amigo da família, e a mãe da adolescente testemunharam sua queda enquanto a procuravam após repararem que ela não estava na cama no domingo à noite.

O restante do texto está ilegível. Maureen olha outra vez para a foto. É difícil dizer muita coisa a partir dela, mas tem algo na forma como Jamie abraça a mulher, algo na maneira como Olive está com a cabeça encostada no ombro dele, que dá a impressão de que talvez estivessem dormindo juntos. Ela já tinha cogitado essa possibilidade antes. Olive sempre afirmava que os dois eram apenas amigos, nunca admitia o contrário nas reuniões delas, mas sempre falava dele com carinho e insistia em que não fazia sentido ela estar no grupo, apesar de continuar aparecendo do mesmo jeito.

— Eu sabia que já tinha ouvido esse nome — diz John triunfante, metendo o dedo na fotografia. — Lembro desse caso, cheguei a trabalhar nele. Não era na minha área, mas alguém foi demitido ou estava de férias, alguma coisa assim.

— Você descobriu o que aconteceu? — pergunta Maureen.

A data na matéria indica que eles já estavam juntos quando John investigava o caso, mas ele sempre levou o trabalho a sério e nunca falaria com ela sobre uma investigação em curso, então não é de surpreender que ele nunca tenha tocado no assunto.

— Eu tinha minhas suspeitas — diz John esfregando o queixo.

— Você acha que a menina não se jogou?

— Pode ser que ela tenha se jogado, sim — responde John.

Ele se recosta na cadeira e cobre os olhos com a mão, e Maureen sabe que ele faz isso quando está tentando se lembrar de alguma coisa.

— Eu soube que ela foi à delegacia reclamar dele, do *seu Jamie*.

— Ele não é nada *meu* — responde.

— Na verdade, era, sim, não era, querida? Mas isso não vem ao caso — diz John, com um olhar duro. — Enfim, parece que a menina tinha ido reclamar que ele a seguia, que estava assustada, mas ninguém preencheu nenhuma papelada sobre o caso. Paul, o policial com quem falou, conhecia a mãe dela, que disse para deixar a história de lado, que a filha só estava passando por uma fase difícil, então não precisavam perder tempo com isso. Achei suspeito mesmo assim, cheguei a dar uma olhada no quarto dela, tentando encontrar um diário ou algo do tipo, mas não tinha nada.

— Aposto que ele estava aprontando alguma — diz Maureen, tomada por raiva, nojo e vergonha.

— Bem, você o conhecia melhor do que ninguém, né?

As narinas de Maureen se dilatam e ela tenta se conter.

— Eu o conheci quando era criança, e ele era um horror. Perturbado. Não era um menino normal. Sabe-se lá o que se tornou depois de adulto.

— Engraçado. Foi essa a palavra que a mãe da menina usou para descrevê-la também. Perturbada. *Kim era perturbada*, ela vivia dizendo.

— Bem...

— Talvez seja algo que os pais dizem quando não fizeram um bom trabalho criando os filhos, e os filhos agem como uns babacas, ou quando não prestam atenção o suficiente para notar que os filhos estão correndo perigo, e eles ficam se enganando e dizendo: *Ah, não, ele é só perturbado, não tem nada a ver com a maneira como eu o criei.*

— Você não faz ideia de tudo pelo que eu passei.

— Você, outra vez. Tudo é sobre você, Maur.

— Não é...

— Sabe, na época, eu achei que ele era meio esquisito, não piscava, sei lá. Eu me perguntei se ele tinha matado a menina, mas, quando entrevistei os dois, eles juraram que a menina tinha caído. E eu não podia fazer nada sem prova. Mas se ele realmente a matou... o que isso diz sobre você?

Maureen arregala os olhos. John nunca olhou para ela assim, de maneira tão fria e acusatória. Ela sente que algo entre eles se perdeu, como se um não conhecesse mais o outro.

— Se ele matou alguém... se ele fez isso, não tem nada a ver comigo. Eu não o via há... eu mal o vi desde que ele tinha dezesseis anos.

— Pois é, aí que está. Natureza *versus* criação.

— Natureza. É sempre a natureza.

— Imaginei que você diria isso — diz John com um sorriso triste. — Vou ligar para Nova Stokoe. Não sei se essa Olive sabe de alguma coisa, talvez não o visse há anos, mas pode ser que saiba.

Maureen sente uma pontada de medo. Elas sempre souberam que Olive era a pessoa que poderia colocar tudo a perder. Se Nova conversar com ela, a coisa toda pode acabar vindo à tona. Elas podem acabar na prisão.

— Ah, não acho que isso seja necessário — comenta Maureen, tentando manter a voz calma. Ela toca o braço de John. — É melhor você deixar a Nova fazer o trabalho dela.

— Uma dica não vai atrapalhar.

— Pode colocá-la na direção errada.

— O que você está escondendo? — questiona John, levantando-se.

Ele olha para ela, franzindo o rosto, meio palmo mais alto. Ela se sente minúscula a seu lado, como se tivesse encolhido, e ele, esticado; ele fica tão grande quanto a sala e ela não é nada. Sua vontade é de confessar tudo. Fica se perguntando, se ela fosse presa, se todas acabassem atrás das grades, se ele voltaria a respeitá-la. Talvez isso restaurasse o equilíbrio da relação deles.

— Nada. Não estou escondendo nada. Eu só... isso não é mais trabalho seu.

— Pelo jeito, você odiava mesmo ele — diz John, fazendo a expressão mais sarcástica que ela já viu.

— Como assim?

— Bem, era de esperar que você quisesse que a morte do seu sobrinho fosse desvendada, né?

14
KAYSHA
6 DE JANEIRO DE 2000

Kaysha chega à casa de Nova no exato momento em que o relógio da prefeitura bate, anunciando que são nove horas. Toda vez que as duas estão juntas parece ser a última, então elas arrancam a roupa uma da outra com a urgência desesperadora que o medo da perda traz. Só conseguem chegar até o tapete de pele falsa de ovelha na frente da lareira, onde suam sob a luz da chama tremeluzente. Elas são interrompidas em um momento muito íntimo pela vibração no bolso da jaqueta jeans de Kaysha, que está jogada perto da entrada. O movimento do celular faz com que os broches na jaqueta chacoalhem junto ao chão, e Nova para.

— Quer atender?

— Não — diz Kaysha, passando os dedos pelo cabelo de Nova e empurrando-a para que continue o que estava fazendo.

O telefone para de tocar depois de um tempo, e Kaysha relaxa os ombros no tapete. Segundos depois, um toque baixo começa no Nokia de Nova, que está na mesinha de centro.

— Essa, por acaso, é a música tema do *Inspetor Bugiganga*? — pergunta Kaysha, olhando por cima do próprio corpo para Nova.

Nova fica vermelha.

— Cala a boca — diz Nova.

Ela beija a coxa de Kaysha e se apoia para se levantar.

— Agora não — diz Kaysha, agarrando o pulso de Nova quando ela começa a engatinhar em direção ao celular. — Estou quase lá.

Nova olha para Kaysha e depois para o telefone. Kaysha arqueia a coluna e puxa o pulso de Nova, e ela sorri e volta.

Mais tarde, quando Nova entra no chuveiro, Kaysha coloca alguma lenha na lareira e olha o celular. Tem uma mensagem de voz de Maureen na caixa postal, sussurrando que o marido tinha encontrado uma matéria antiga ligando Olive a Jamie, e que ele está tentando entrar em contato com Nova para lhe dar essa pista. Maureen nem precisa explicar por que isso é preocupante. Se Olive for interrogada, vai tudo por água a baixo. Kaysha sabe que cometeu um erro ao convidar Olive para fazer parte do grupo, pois ela não acredita que Jamie fez o que fez e ainda é apaixonada por ele. Para Kaysha, Olive não quer se permitir aceitar o que Jamie fez, porque, se o fizer, terá de aceitar também que deixou o lobo mau entrar em sua casa e fazer a festa.

Kaysha apaga a mensagem de voz e pega o celular de Nova para fazer o mesmo. Ela teme que o marido de Maureen tente ligar de novo, então bloqueia chamadas daquele número e desliga o aparelho. O barulho do chuveiro cessa, e ela ouve Nova pisando em seu estranho deque de madeira do banheiro, que vive rangendo. Kaysha enfia o celular de Nova embaixo do sofá na hora em que a porta do banheiro se abre.

— Peço uma pizza? — pergunta Nova, sorrindo, enquanto amarra o cinto do robe.

Uma hora depois, elas estão deitadas no sofá vendo Sarah Michelle Gellar e Selma Blair se aproximando, prestes a se beijar. Kaysha tira as fatias de pepperoni de seu pedaço de pizza e os come primeiro, depois o queijo e, após lamber todo o molho dos dedos, a massa. Nova come sua metade da pizza, vegetariana, do jeito convencional.

— Eu assisti a isso umas cinco vezes no cinema — diz Nova, voltando a fita e vendo as atrizes se beijarem outra vez.

— Eu sabia que você teria feito isso — diz Kaysha, olhando para ela de sua posição entre os joelhos de Nova.

Ela come o restante da pizza e limpa as mãos no cobertor em que está enrolada.

— Lambona. Usa um guardanapo ou um pano.

— Não estou a fim de me mexer, então é isso ou seu robe.

— Nem pense nisso, é de seda.

Kaysha mexe os dedinhos perto do robe azul de Nova e sorri. Nova se inclina e fecha a caixa de pizza.

— Que fofa — diz Kaysha.

— Você já foi a Nova York? — pergunta Nova.

— Não.

— Quero muito ir. Provar a pizza deles.

— A famosa pizza nova-iorquina.

— Eu queria... sabe nos filmes quando a pessoa meio que pendura a fatia na boca? Eu sempre achei isso tão legal. Quero experimentar essa pizza molenga.

— Então, mesmo com todas as galerias, os teatros e os monumentos de Nova York, o que você quer mesmo é uma pizza mole?

— Isso.

Kaysha ri e Nova a abraça e beija sua cabeça. Elas têm feito isso pelos últimos três anos, se aproximam e depois se afastam, de novo e de novo. Elas ficam excitadas com o aspecto ilícito da coisa, uma sempre tentando arrancar informações da outra, sussurrando coisas que não deveriam ao amanhecer, como se fosse um pagamento pela noite. Kaysha sempre se sentiu empolgada ante a possibilidade de colocar Nova na pista certa de um caso a partir de coisas que ouviu em bares clandestinos ou cafés de fachada. Ela é recompensada com dicas em sua próxima matéria importante, o nome de um hotel onde ocorreu um assassinato. Às vezes coisas que ela até já sabe.

Pouco antes de Kaysha conhecer Sarah, Nova e ela tinham decidido assumir a relação. Nova, em particular, tinha se cansado de encontros às escondidas e beijos furtivos e queria algo para valer. Ela mostrara para Kaysha um esboço de como seria a vida delas, como um mapa, alisando as bordas metafóricas e apontando para onde poderiam ir. Elas morariam juntas em algum lugar nos arredores da cidade, onde pudessem alugar uma casa com jardim, ou talvez uma cobertura com terraço, onde colocariam vasos de plantas e suas trepadeiras iriam tomar as paredes. Teriam uma cozinha com ilha central e seria tão bonita que elas prometeriam aprender a cozinhar, mas nunca o fariam. Ficariam na cama nas manhãs de domingo, às vezes de ressaca, lendo o jornal. Jogariam Detetive à tarde e Kaysha viraria o tabuleiro porque não gosta de perder — mas sempre venceria no Scrabble. Talvez um dia, se fosse legalizado, elas se casassem. Talvez um dia, se quisessem, dariam um jeito de ter um filho. Talvez dois. Kaysha nunca tinha parado para pensar em casamento, mas a vida que Nova propunha parecia tão incrível, tinha tanta cara de comercial de margarina, que ela não conseguiu evitar se deixar seduzir pela ideia.

As duas estavam em outros relacionamentos na época. Kaysha estava com Gillian havia quatro anos. Era uma amiga de escola que se tornou namorada, e sua relação foi romântica por um breve período. Um ano antes de Kaysha ter terminado com ela, elas tinham voltado para a amizade sem sexo e só esqueceram de mudar o rótulo. Nunca foi uma relação muito passional, e o término não foi nenhuma surpresa para Gillian. Ela pareceu quase aliviada. Gillian disse que também tinha conhecido outra pessoa, o que magoou Kaysha, embora ela soubesse que não tinha direito de ficar chateada. A casa onde moravam era de Gillian, e Kaysha prometeu que sairia até o fim do mês. Com certeza a nova namorada de Gill já teria marcado o caminhão de mudança até lá.

Nova demorou mais para falar com a namorada dela. Disse a Kaysha que, quando tentava, Ella sempre dava um jeito de mudar de assunto. Faltando apenas dois dias para Kaysha se mudar, Nova se sentou com Ella e disse que a relação tinha acabado — pelo menos foi o que ela contou. Mas não deu certo. Ella revelou que tinha sentido um caroço. Ainda não tinha procurado um médico, mas estava apavorada, e Nova não achou que era certo deixá-la. Kaysha perguntou se ela não poderia apoiá-la como amiga e se achava certo ficar com alguém que não amava por causa de uma doença. Nova disse que não podia terminar com uma pessoa que talvez estivesse com câncer. Kaysha pegou suas coisas e foi embora, desolada, mas decidida a não se colocar de novo naquela situação. Prometeu que era a última vez que passaria por isso. Precisava superar, se envolver em algum projeto e se distrair. E foi o que ela fez.

Kaysha rastreou Sarah uma semana depois; a primeira de sua lista de mulheres às quais Jamie tinha feito mal; e elas logo se deram bem. Sarah ofereceu um lugar para ela ficar — havia um monte de quartos livres na mansão. Sarah tinha um jeito impassível de ser, possuía um humor ácido e sentia tanta raiva quanto Kaysha. Tinha uma conta cheia de dinheiro que só herdara porque seus pais não tinham mais para quem deixar, mas ela trabalhava num pub ganhando cinco libras por hora, *só por diversão*, disse ela. Não demorou muito para Kaysha notar como Sarah estava em frangalhos por dentro, e como a garrafa de vinho que ela abria toda tarde era o que a mantinha de pé mas também a destruía. Kaysha e Sarah ficaram acordadas naquela primeira noite, contando histórias uma para a outra. As duas choraram, e depois conversaram mais, e sentiram raiva de novo, e começaram a fazer planos. Quando amanheceu, elas transaram, cheias de paixão, raiva e gozo. Kaysha achava Sarah atraente — gostava de mulheres que sabiam se virar sozinhas —, mas sabia que não podia se envolver muito, não depois que tudo dera errado com Nova.

Nova acaba pegando no sono. Sua cabeça está apoiada no braço do sofá e seu robe está aberto o suficiente para que Kaysha possa repousar o rosto em seu peito cheio de sardas. Ela ouve o coração de Nova, sente o calor de sua pele, inala seu cheiro. O corpo delas parece se encaixar perfeitamente, e isso mexe com Kaysha, faz com que torça para que exista um universo paralelo, sem investigações criminais, nem Sarah ou Ella, em que elas possam ficar juntas sem restrições. Nova se mexe, como se pudesse ouvir os pensamentos de Kaysha, e a puxa para perto, e então balbucia algo que se parece demais com um *eu te amo* para Kaysha poder ignorar. Ela adormece, desejando que aquele momento dure para sempre.

15
SADIA
1989

A primeira vez que Sadia sentiu que tinha perdido tudo foi aos dezessete anos, em uma sala fedorenta de hospital reservada para conversas difíceis. Havia um vaso com lírios de plástico e janelas que não abriam, o que fazia com que a sala ficasse quente e com um cheiro adocicado de produtos químicos, típico de hospitais. O médico pediu que Sadia e sua mãe o aguardassem ali enquanto ele confirmava o resultado da tomografia, e ela roeu as unhas até que a mãe afastou seus dedos da boca. Quando o médico voltou e se sentou, seu rosto estava lívido. Sadia se perguntou quantas sentenças de morte ele já tinha dado naquela sala.

— Tenho más notícias — disse.

— Estou morrendo — falou Sadia, e a mãe pediu que se calasse. O médico sorriu.

— São ruins, mas não a esse ponto — disse, passando a mão pelo rosto e parecendo sério outra vez. — A boa notícia é que você não está doente. Tudo está funcionando como deveria. A má notícia é que nem tudo que deveria estar aí está.

— Como assim? — perguntou a mãe de Sadia, entrelaçando os dedos com os da filha e os apertando.

— Resumindo, você nasceu sem útero; por isso ainda não ficou menstruada.

— E o que isso quer dizer? — perguntou Sadia, levando a mão instintivamente para a barriga. — Tipo... O que isso... O que vai acontecer?

— O útero é onde crescem os fetos — explicou ele, puxando um caderninho do bolso e fazendo um desenho.

Sadia já tinha visto diagramas do sistema reprodutor nas aulas de biologia, mas nunca dera muita bola para eles e não se lembrava dos nomes de cada parte, mas o médico foi explicando uma a uma, apontando com a caneta. Ela possuía os dois ovários, que estavam ligados a uma massa sem nenhuma função no lugar onde deveria estar o útero; essa massa seguia até a vagina, que era curta, o que dificultaria as relações sexuais se ela não fizesse alguns exercícios de alargamento. Ela corou nesse momento, e sua mãe o cortou: *Ela pode deixar para se preocupar com isso quando se casar.* Mas o médico continuou a falar como se não tivesse ouvido.

— Enfim, sem útero, você não terá ciclos menstruais e nem poderá engravidar. Sinto muito, Sadia.

Os olhos da mãe de Sadia se arregalaram, mas Sadia ficou sem nenhuma expressão no rosto.

— Não tem como resolver isso? — perguntou a menina.

O médico fez que não com a cabeça, esfregando a mão no queixo áspero.

— Não há nada que possamos fazer. Sinto muito.

Sadia não perguntou mais nada, só olhou para seu Nike branco que aparecia por baixo da bainha da saia e ficou ouvindo a mãe fazer um milhão de perguntas, nenhuma com uma resposta satisfatória, até enfim poder ir para casa.

Sadia nunca tinha parado para pensar em filhos, só tinha aquela certeza vaga de que seu futuro, longe o bastante para que ainda não precisasse se preocupar com ele, seria como o de sua própria família;

ela faria faculdade, se casaria, depois teria filhos. Nunca pensou em nomes nem se perguntou se seu destino era ser mãe, porque parecia não haver dúvidas — sua vida adulta e a maternidade eram dádivas que ela receberia na hora certa. Nunca tinha sonhado muito com isso, até o dia em que lhe disseram que isso não era para ela.

Passou dias deitada na cama pensando em nomes, imaginando um filho que tivesse seus olhos, ou uma filha aos risos no parquinho, com a luz do sol iluminando seus cachos pretos. Sadia se perguntava se alguém sequer se casaria com ela sabendo que não podia ter filhos e que teria dificuldades até para fazer sexo. Ela vislumbrou seu novo futuro, estéril em todos os sentidos, e sentiu como se o que lhe era devido tivesse sido arrancado de suas mãos antes mesmo que ela pudesse ter considerado a dádiva que seria, para começo de conversa.

Aquela tarde foi a primeira vez que ela questionou a vontade de Alá ou, melhor dizendo, Sua própria existência. Quanto mais pensava nisso, nessa nova realidade na qual se via, mais perdia a fé. O mundo vivia esfregando bebês na cara das mulheres, fazia aquelas que não queriam ter filhos se sentirem monstros insensíveis, dizia que faltava algo em suas vidas, que nunca saberiam o que era amor de verdade, e Sadia tinha sido forçada por Deus a essa subcategoria de mulher, um Deus que ela sempre sentira que estava com ela, que a amava como ela O amava. Antes, quando pensava naquelas pessoas cuja sorte não era a mesma que a sua, repetia a frase que vivia ouvindo — Deus escreve certo por linhas tortas, confie Nele e faça sua parte. Agora era a ela que a sorte não sorria, e ela perdera a confiança Nele.

As semanas passavam e ela fazia o que precisava fazer: ia para a escola, rezava, cozinhava, limpava a casa e cuidava dos irmãos quando os pais estavam no trabalho, mas fazia tudo isso sem sentir nada. Era como se a capacidade de sentir algo tivesse se esvaído dela. Sabia que estava presa a uma vida planejada para conduzi-la a um final feliz, mas que esse final feliz lhe fora tomado. Começou a dirigir pela cidade nas horas vagas. Às vezes, acelerava na rotatória, circulava por Manchester acima do limite de velocidade, só para sair de casa. Começou a matar aula e se afastar cada vez mais da cidade, primeiro tentando chegar em casa às quatro, como de costume, mas logo deixou de se importar. Ouvia os sermões do pai quando chegava à meia-noite sem dar a mínima, pegava a chave do carro da mãe se confiscavam a sua. Virava cidades pequenas e grandes pelo avesso, vilarejos de cartão-postal, corria por ruas, mergulhando e despontando por vales cobertos de vegetação, quase chegando a bater várias vezes em busca de adrenalina.

Num domingo, ela dirigiu por quatro horas até decidir que queria ir a uma praia e encarar a vastidão do oceano, e foi seguindo placas de uma estrada costeira até encontrar a orla. Tinha saído de Newcastle e ficou na beira de um penhasco ao lado das ruínas de algum tipo de igreja ou castelo antigo. Fazia sol, e as pessoas lotavam as praias e comiam nos cafés que ficavam no sopé do penhasco. Ventava forte, e as ondas cheias de espuma quebravam nas rochas lá embaixo, e ela ficou imaginando como seria cair, a sensação de sentir o ar no rosto, aquele segundo de total liberdade antes do fim repentino. Seria rápido. Estendeu os braços e fechou os olhos, deixando o vento balançar seu corpo, e seu cabelo, que desistira de cobrir semanas atrás, se sacudia livre ao redor da cabeça.

— Cuidado — disse alguém ao seu lado, segurando seu punho. — Você não seria a primeira a cair daqui.

O homem a convidou para beber alguma coisa e ela aceitou o convite, embora não bebesse e ele talvez fosse velho demais para beber com uma menina de dezessete anos. Era mais alto que ela, tinha o cabelo claro penteado para um lado e olhos que brilhavam sob a luz do sol. Parecia confiante e calmo, como se encontrar uma garota na beira de um penhasco e depois convidá-la para beber alguma coisa fosse algo rotineiro para ele.

Ela esperava que não.

Ele a levou até um pub mais afastado, e Sadia se sentou num banco do lado de fora enquanto o homem — que disse se chamar Jamie — entrava no bar. Ele não perguntou o que ela queria e voltou com uma garrafa de vinho branco e duas taças. Deveria parecer perigoso se sentar na frente de um pub em uma cidadezinha desconhecida com um estranho, mas havia algo nele que a acalmava. Ficou atraída por ele assim que o viu, mas, quando terminaram a garrafa de vinho, ela concluiu que na verdade os dois tinham sido feitos um para o outro. Ele salvara sua vida. O vento poderia tê-la derrubado e ela teria deixado, mas Jamie salvou sua vida.

Eles conversaram a tarde inteira enquanto multidões iam e vinham, até que os gritos de crianças brincando nas ondas cessaram, o ar foi ficando mais frio e Jamie ofereceu sua jaqueta para Sadia. Tinha um cheiro gostoso de loção pós-barba cara.

— Fica bem em você — disse Jamie.

Sadia tomara o restante do vinho aos poucos, depois que a primeira taça a deixou tonta, e se sentia bem, tudo parecia fácil e promissor. O mundo parecia mais acolhedor.

— Você tem namorado?

Sadia corou.

— Não.

Um dos cantos da boca de Jamie se ergueu num sorriso, e ele deslizou a mão pela mesa. Suas mãos eram lisas e bonitas, e ela pôde ver os ossos e tendões se movendo sob sua pele, e então ele tocou seu punho.

— Que bom.

— Eu nunca me apaixonei — disse, como se algo a impelisse a dizer a verdade e contar tudo, mais do que ele precisava saber. — E nem vou, porque não posso ter filhos.

Era a primeira vez que ela falava disso com alguém que ainda não sabia e imaginou que sentiria algo ao contar, alguma tristeza profunda ou sensação de que não tinha valor, mas não sentiu nada, parecia que estava anestesiada. Ainda não parecia real para ela. Jamie comprimiu os lábios e aquiesceu.

— Por quê? — perguntou ele, apertando sua mão.

— É que eu não tenho útero — respondeu ela. — Minha mãe está arrasada. Ela acha que ninguém vai querer se casar comigo por isso.

Ele começou a rir, os olhos formando vincos nos cantinhos, jogando a cabeça para trás. Ela viu sua língua rosada e a imaginou deslizando por seu pescoço, e esse pensamento fez um calor subir pelo seu corpo.

— Eu te acho tão bonita que tenho certeza de que não vai ter que se preocupar com a falta de pretendentes. Você vai é ter que se preocupar em como escolher entre os homens que vão fazer fila para se casar com você. E existem outras maneiras de ter filhos.

— Muito legal da sua parte dizer isso — respondeu Sadia.

— Vou te contar um segredo — disse Jamie, se aproximando dela sobre a mesa de piquenique.

Ela se inclinou, o rosto bem próximo ao dele. Conseguia sentir o calor de sua respiração no rosto.

— Eu também não posso ter filhos. De repente não foi apenas um mero acaso a gente se conhecer hoje.

O romance dos dois progrediu rápido, e Sadia só voltou para casa na semana seguinte para buscar suas coisas. Seus pais ficaram com raiva, confusos e preocupados, mas ela foi embora mesmo assim. Jamie ouvira Sadia falar sobre sua vida e sua família, sobre sua infertilidade e como sentia que ninguém a entendia, como estava alienada e afastada de uma comunidade que sempre tinha amado. Jamie concordava com tudo que ela dizia, afirmando que ela merecia algo melhor, que precisava recomeçar do zero em outro lugar, que precisava de outro tipo de amor. Eles se casaram um dia depois de ela ter completado dezoito anos, três meses após se conhecerem, e Sadia se sentiu inteira de novo, pela primeira vez desde que fora diagnosticada, porque Jamie a amava pelo que ela era e não se importava com o que não era.

A casa deles, localizada na parte isolada de um bosque, tem três quartos e não é visível da estrada, embora do jardim dê para ouvir os carros passando na pista a distância. Não têm vizinhos; de um lado, dentro de um raio de meio quilômetro, não havia nem ao menos uma casa, e no outro, apenas uma floresta densa. Ela adorava o isolamento da casa; sentia-se protegida, principalmente depois que Ameera nasceu, e pensava nas árvores como um ventre, que fornecia segurança e abrigo para sua família. Jamie sempre insistiu em que ela não precisava trabalhar, que bancaria tudo para ela. Isso a deixou deslumbrada no início, porque fazia com que se sentisse amada e satisfeita, especialmente quando Ameera chegou. Não tinha seus próprios amigos, apenas os de Jamie, e todos trabalhavam quando ele trabalhava, então ela acabava passando os dias sozinha. Muitas vezes, as únicas interações que tinha, exceto por Ameera, era com as pessoas que trabalhavam nos cafés que ela frequentava e nas lojas que visitava. Demonstrava interesse pela vida dos outros, como se estivesse assistindo a uma novela, acompanhando seus altos e baixos como se fossem os dela. Nunca tinha se dado conta do quanto era solitária, porque todo mundo sempre dizia que sua vida era invejável. Sem ter de trabalhar, isolada, com uma filha linda e um marido bonitão que dava tudo que ela quisesse.

Agora Sadia percebe o quanto está sozinha — que nunca havia ninguém para ouvi-los berrando um com o outro na cozinha, nem o barulho de um vidro se estilhaçando, nem o som oco de um punho socando uma costela. Ninguém para notar um assassinato.

16

OLIVE
7 DE JANEIRO DE 2000

A biblioteca sempre fica fechada entre a véspera do Natal e o dia 3 de janeiro, mas esse ano Olive não aparece para trabalhar nos seus primeiros turnos da volta do feriado, nem no dia 5 nem no dia 6. Quando seu chefe liga, ela diz que está doente e cobre a cabeça, voltando a continuar sem dormir debaixo das cobertas. No dia 7, o telefone toca três vezes, mas ela não atende. Mais tarde, quando Julia bate à porta e chama seu nome pela abertura da caixa de correio embutida na porta, Olive se agacha no chão e se encosta no radiador, segurando a respiração, ainda que as cortinas estejam fechadas.

Julia fica ali batendo por pelo menos vinte minutos, e Olive consegue ouvi-la murmurando com alguém nos intervalos entre as batidas. Imagina que seja a protegida dela, Nancy — uma menina cuja pele e cabelo escorrido têm uma cor sem graça de mingau e cuja personalidade também não está muito longe disso, na opinião de Olive. Ela ouve Julia suspirar e dizer *vou ligar para a polícia, estou preocupada, isso não combina com a Olive, deve ter algo errado.*

— Eu estou bem — grita Olive assim que ouve isso. — Só estou doente. É contagioso. Vai embora.

— Olive?

Os dedos de Julia aparecem pela abertura da caixa de correio na porta enquanto ela tenta espiar dentro da casa.

A vontade de Olive é empurrar a portinha e esmagar aqueles dedos enxeridos, vê-los ficarem vermelhos com a pressão até Julia berrar e os puxar de volta.

— Você está bem? Pode abrir a porta?

— Vai embora — diz outra vez, forçando uma tosse. — Você vai acabar pegando.

— Quer que a gente chame um médico, Olive?

— É só uma gripe.

— Nancy, liga para o consultório do médico, por favor?

— Eu não preciso de médico nenhum — grita Olive, aumentando o volume da voz a cada palavra.

Tudo fica em silêncio por alguns segundos, e Olive ouve as duas mulheres lá fora murmurando sobre ela.

— A gente já vai. Tire umas semanas de folga, Olive. A gente segura as pontas. Me avisa se precisar de alguma coisa... Melhoras — diz Julia, curta e grossa, e Olive as ouve indo embora.

Ela continua imóvel por alguns minutos, encolhida de camisola no cantinho embaixo do cabideiro. Está tudo escuro e apenas a luz de um carro passando ilumina o hall de entrada pela janelinha de vidro acima da porta.

Olive sente o próprio cheiro e o cabelo grudado na cabeça, ensebado há dias. Costuma lavá-lo toda manhã, mas tem estado meio desnorteada nos últimos dias, ou noites, ou nos intervalos entre um e outro. É o silêncio. Ela costumava amar o silêncio e, no geral, ainda ama. Por isso gosta tanto da biblioteca, porque, mesmo quando as pessoas falam com ela, é baixinho, como quandò ela está quase sozinha na igreja. As pessoas rezam sussurrando, fingindo para si que estão pedindo ajuda a Deus, mas Olive sabe que, na verdade, elas querem a ajuda de qualquer um que esteja perto o bastante para ouvir. Passou a vida ouvindo os sussurros e fingindo não ouvir.

Até quando Alonso era vivo e Kim era pequena, Olive aproveitava a hora tranquila que tinha de manhã depois que o marido saía para as minas e antes de a filha acordar, quando preparava sua lancheira, tirava a casca do pão de fôrma e abria cuidadosamente a da tangerina, montando-a de volta para que os dedinhos de Kim conseguissem abrir a fruta com mais facilidade. Às vezes, fazia o mesmo com o almoço de Alonso, sem pensar muito no que estava fazendo. Passava a blusa da filha na frente da televisão, vendo as manchetes se desdobrarem sem som, tentando tirar uma mancha de grama no poliéster branco que estava limpo e passado na manhã anterior. Se havia lama, Kim dava um jeito de encontrá-la. Sua filha era um ímã de caos, alegre e divertida como o pai. Tinha o sorriso dele, tão grande que acabava semicerrando os olhos castanhos, e quase todos os seus dentinhos ficavam à mostra. Suas covinhas eram tão grandes que dava para se perder nelas.

O silêncio, agora, é ensurdecedor, e, mesmo que a casa tenha estado silenciosa assim há mais de uma década, Olive nunca se sentiu tão assustadoramente só no mundo. Ela gosta de ficar sozinha, mas era bom saber que havia alguém, em algum lugar, que se importava com ela. Agora, todo mundo que ela já amou se foi. Ela aperta os dedos contra o crucifixo dourado que está pendurado em seu pescoço.

Vai até a cozinha e liga o rádio. O som de "Sonata ao luar" é um choque para seus ouvidos num primeiro momento, mas ela bota o volume no máximo e coloca o rádio dentro da pia para que o eco deixe o som ainda mais alto. Abre a gaveta, pega uns panos de prato limpos e passados e os joga na máquina de lavar, acionando o ciclo de lavagem mais longo, depois liga a secadora vazia. Coloca na televisão um programa de entretenimento também no volume máximo e se senta no sofá. Cruza e descruza as pernas. Assiste à família dos participantes rindo e ao apresentador abrindo um enorme sorriso com seus dentes brancos e brilhantes. Há muito barulho na casa. Tanto que não admira nada ela não conseguir ouvir a batida ritmada da música de Kim lá em cima enquanto ela se arruma para sair com as amigas, agora aos vinte e poucos anos, indo a bares na praia, rindo juntas e com homens que elas podem acabar beijando. Olive não ouve o toc-toc do salto alto de Kim no banheiro procurando sua sombra azul, não ouve o rangido dela descendo pelo corrimão e indo até a cozinha para uma bebida antes do pub, mesmo sabendo que Olive é contra. O barulho é tão alto que não tem como Olive escutar Alonso vindo da garagem, cantando uma música nova, errando a letra toda, desafinado, a barba mais grisalha do que jamais pôde testemunhar. Não vai ouvir o barulho do óleo quando ele joga um punhado de camarões na frigideira, nem o tilintar de taças de vinho de Kim e do pai brindando antes de a filha se despedir dele, com um beijo na bochecha, e terminar sua bebida. Ela provavelmente não conseguiria nem ouvir a porta batendo com um golpe de vento enquanto Kim sai pela noite afora e Alonso passa pela porta dos fundos para comer seu jantar no jardim. Ela não ouve quando, na ausência deles, Jamie entra, jovem e inteiro, com a Bíblia na mão, procurando por ela, subindo a escada sorrateiramente para encontrá-la na cama. Eles ainda estão aqui, ela pensa enquanto pega num sono leve, que rasteja através do ruído, silencioso como o túmulo.

17

KAYSHA
7 DE JANEIRO DE 2000

Mal dá para ouvir a voz de um jornalista na televisão da sala por causa do barulho das louças na cozinha. Eles seguem a mesma rotina de quando eram crianças agora que são adultos. Kaysha, a mais velha e responsável, lava; Deja, a eterna chata, seca; e Dev guarda. Ele dança enquanto faz isso, agora crescido, como todos eles. Acaba deixando uma caneca cair e começa a rir.

— Dev! — grita a mãe da sala, porque ele sempre foi desastrado e ela sabe disso. — Cuidado.

— Foi a Deja! — grita ele, se abaixando para pegar os cacos. — Ela fez de propósito.

Eles ouvem um *hum* da mãe, que não parece acreditar na história, e Deja faz uma cara feia para o irmão gêmeo, revirando os olhos e jogando o cabelo por cima do ombro.

— Que criança — diz, metendo o pano de prato na mão de Kaysha e saindo da cozinha.

Kaysha e Dev começam a gargalhar e terminam de guardar a louça. Os dois sempre foram mais chegados, apesar da diferença de idade entre eles e de Dev e Deja serem gêmeos. Eles brincam que Deja nasceu sem senso de humor e que Dev roubou todos os genes de personalidade ainda no útero, deixando para sua gêmea apenas um gosto por tarefas de casa e um vício em arrumar coisas que já estavam arrumadas.

O aniversário de vinte e sete anos dos gêmeos é na próxima semana, mas Dev vai passar na praia em Marbella com os amigos, então eles resolveram comemorar uns dias antes com um jantar em família e um bolo de supermercado. Ainda não acenderam as velas, mas Dev já enfiou o dedo na cobertura. Disseram para Kaysha convidar Sarah, que estivera apenas uma vez com a família, mas ela não a levou. Os gêmeos estão solteiros, porque Deja terminou com o namorado há algumas semanas e, embora Dev esteja sempre trocando de namorada, uma mais linda que a outra, no momento está sem ninguém. Kaysha prefere quando as coisas são assim, porque, quando estão apenas em família, todo mundo acaba indo se deitar, mais cedo ou mais tarde, e Kaysha e a mãe passam boa parte da noite em claro conversando. A mãe de Kaysha é sua pessoa preferida no mundo. Ela a vê como sua alma gêmea, e elas contam tudo uma para a outra. Quase tudo. Kaysha não a viu nem conversou direito com ela desde a ligação breve e tensa no Ano-Novo e não está animada para a conversa vindoura. Sabe que não pode mentir para a mãe, mas não quer comprometê-la também. Kaysha nota pela expressão no rosto de Roxy que a mãe quer conversar, que ela sabe que há alguma coisa errada.

Eles acendem as velas do bolo depois de cuidarem da louça, e os gêmeos se inclinam para soprá-las juntos. Deja acende tudo outra vez porque afirma que Dev soprou antes dela, então todo mundo tem de cantar *Parabéns pra você* mais uma vez apenas para Deja. Jogam Monopoly e Dev ganha depois que Kaysha vende Park Lane para ele por uma libra, e ele coloca um hotel lá, no qual Deja cai, perdendo feio, então ela vai se deitar. Às nove, Dev sai para atender uma ligação e vai embora alguns minutos depois, com um brilho nos olhos que todos conhecem bem. Romesh, pai dos gêmeos, mas não de Kaysha, está dormindo na poltrona, então só restam ela e sua mãe, e Kaysha percebe que nunca se sentiu tão ansiosa na presença de Roxy.

Roxy puxa Kaysha para perto, e ela deita a cabeça no ombro da mãe. O volume da televisão está baixo, mas não é como se alguém estivesse realmente assistindo.

— O que houve, meu bem? — pergunta Roxy, com a voz suave.

— Não posso te contar — diz Kaysha, sabendo que a mãe vai respeitar essa resposta, mesmo que isso a deixe ainda mais preocupada.

— Tudo bem — responde Roxy, acariciando os cabelos da filha. — Tem a ver com o seu trabalho e é confidencial?

Kaysha faz que não com a cabeça, sabendo que, se dissesse que era isso, a mãe daria o assunto por encerrado. Mas ela não consegue mentir para a mãe; nunca conseguiu. Seu estômago se embrulha. Ela odeia esconder as coisas de Roxy, mesmo quando é o certo a fazer.

Sua mãe permanece em silêncio por um tempo, depois pergunta como vai Sarah. Kaysha dá de ombros. Ela não quer conversar sobre Sarah. Se sente mal quando pensa na maneira como a tem tratado.

— Não muito bem.

— Voltou a beber? — pergunta Roxy.

— Voltou — responde Kaysha.

Durante um mês, antes do Natal, Sarah tinha conseguido cortar drasticamente a quantidade de álcool que ingeria. Falava em vender a casa e viajar, achar um lugar para recomeçar do zero. Kaysha quase acreditou. Desde a véspera do Ano-Novo, no entanto, ela tem bebido mais que nunca.

— Você sabe que não precisa continuar na casa dela, né? Você sempre será bem-vinda aqui.

— Eu sei — diz Kaysha, mas, por mais que ame sua família acima de tudo, não quer voltar a morar com eles.

— Ela não é responsabilidade sua.

— Ela só está passando por uma fase ruim agora.

Elas olham para a televisão, onde um detetive corre pela tela perseguindo um homem com uma arma.

Roxy diz:

— Você está saindo com aquela policial outra vez.

Kaysha se vira para ela.

— Como você sabe?

— Eu sempre sei — diz Roxy. — Pensei que você não quisesse mais saber dela.

Kaysha se ajeita, recostando-se no braço oposto do sofá e enfiando o pé por baixo da coxa da mãe.

— Você não precisa se preocupar com a Nova.

— Eu não disse nada — diz Roxy, cruzando os braços.

Ela fecha os olhos e não diz uma palavra, e Kaysha sabe que ela está tentando se concentrar na respiração para conter a raiva, ou preocupação, ou seja lá o que ela sinta ao pensar na filha dormindo com uma policial. Roxy aprendeu quando pequena a técnica com um hindu que fora seu vizinho. Dizia que o homem e a esposa eram legais com ela e a ensinaram a controlar a raiva quando seu pai foi embora. Uma vez, ele chegou a mandar um cartão de Natal para Roxy e seus irmãos com uma nota de cinco libras, mas eles nunca mais o viram.

O pai de Roxy era branco, e a mãe, negra. O tom de pele de Roxy era mais claro que o de seus irmãos e que o das pessoas de sua igreja, e seus amigos brancos diziam que invejavam o quanto ela era "bronzeada", colocando o braço ao lado do seu, durante o verão, para ver se a cor de sua pele queimada pelo sol se aproximava da dela. Afirmavam que a *consideravam branca*, como se aquilo fosse um elogio, e Roxy nunca duvidou disso, até crescer e entender que o que eles queriam realmente dizer é que *a consideravam uma pessoa* e que, se sua pele fosse mais escura, como a da mãe, eles talvez não vissem beleza nela.

— Pense no que eles fazem com gente como nós — acaba dizendo Roxy.

Kaysha resmunga e cobre os olhos com a mão. Elas já tiveram essa conversa inúmeras vezes.

— Eu sei, mãe. Mas nem todos são... você sabe. A Nova não é assim.

— Claro que não — diz Roxy, levantando-se do sofá. — Quer um chá?

— Quero — aceita Kaysha, ouvindo a respiração pesada da mãe na cozinha, depois o apito da chaleira e o tilintar das canecas.

Kaysha morou em Brixton até os treze anos e sabe bem como os negros são tratados pela polícia.

— Ela sabe como eles a trataram quando você foi estuprada? — pergunta sua mãe.

Kaysha se retrai, mas, ao contrário dela, a mãe nunca teve medo de falar sobre o que tinha acontecido. *Não falar sobre o assunto não vai mudar o fato de que aconteceu*, dizia. Kaysha concorda com esse sentimento dela e faz o que pode para não desviar do assunto, mas, quando se trata de seu próprio trauma, a coisa muda de figura. Nunca contou a Nova sobre o estupro, dizia para si mesma que era algo muito pessoal, que não queria que ela a enxergasse de forma diferente ou como uma vítima.

Quando Kaysha não responde, Roxy dilata as narinas.

— Você não contou porque tem medo de que ela trate você da mesma maneira. Lá no fundo, você sabe que ela é como eles.

— É que não temos esse tipo de relacionamento, mãe. É só sexo.

Roxy engasga com o chá e Romesh se mexe e recomeça a roncar.

— Não vem com essa. Eu vi como você ficou quando ela te deu o fora da última vez. Isso não é só sexo — diz Roxy. — Se você não confia nela...

— Eu confio.

— Se você diz.

— Bom, agora é que eu não vou poder contar, né? — diz Kaysha, indicando a televisão com um movimento da cabeça.

O noticiário das dez horas está no ar e o rosto de Jamie aparece na tela. Ele também estava em todos os jornais impressos. É o tipo de caso que, em geral, Kaysha faria de tudo para cobrir, mas deixou para um de seus colegas de trabalho. Não queria escrever nada de positivo sobre ele, porque você acaba tendo de fazer isso quando alguém morre, mesmo que se trate de um escroto.

— A polícia está investigando a morte de um homem que foi encontrado brutalmente assassinado em um hotel em Byker — diz o repórter.

Roxy se inclina para a frente na poltrona, boquiaberta. Ela lança um olhar para Kaysha.

— É ele — fala, os olhos arregalados.

Kaysha confirma com a cabeça.

— Só se fala nisso nos jornais nos últimos dias — diz Kaysha.

— Eu ouvi falar do caso, mas não tinha me dado conta de que era ele.

— Pois é.

— Foi por isso que você passou a semana toda chateada.

Kaysha não diz nada e fica encarando o carpete.

— Kay.

— Não fui eu.

— Tudo bem.

— Não fui eu, você precisa acreditar em mim. Não fui eu.

— Mas você sabe quem foi?

Kaysha esfrega o pescoço.

— Estou tentando descobrir.

— Foi a Sarah?

Kaysha sente uma pontada de raiva por sua mãe cogitar isso, mas logo o sentimento passa quando se lembra quantas vezes ela própria se perguntou se não poderia ter sido Sarah.

— Não, nós ficamos juntas praticamente a noite toda na véspera do Ano-Novo. Ela só ficou sozinha por mais ou menos uma hora.

— Dá pra matar alguém em uma hora.

— A Sarah ladra, mas não morde — responde Kaysha. — Não seria capaz de fazer isso de verdade.

— Mas ela tem um motivo para ter feito isso.

— Muita gente tem um motivo para ter feito isso.

18

KAYSHA
MAIO DE 1985

A dor começou no peito de Kaysha, irradiando para ombros, clavícula, pescoço e nuca ao bater numa superfície dura. O piercing de seu nariz estava sendo empurrado para dentro do septo e alguém soprava em sua boca; era como se estivesse submersa e sem respirar por muito tempo, tendo a vaga sensação de que iria morrer, e se sentia sedada. Os golpes pararam e ela ouviu passos, tossiu um pouco e sentiu a presença de alguém ao seu lado, ouviu seu nome sendo dito e o alívio na voz.

Ela recobrou a consciência algum tempo depois, enquanto dedos tocavam seu pescoço, o pulso, e seu nome era chamado novamente por uma voz grave. Tinha um pouco mais de controle dessa vez e abriu um olho, mas não conseguia ver muita coisa além do vulto de uma pessoa e a luz que a rodeava, que no momento parecia uma espécie de halo, então fechou os olhos e apagou novamente.

Na terceira vez, a luz atravessou suas pálpebras e ela conseguiu abrir os dois olhos; não reconheceu o quarto onde estava, então o pânico tomou conta dela em um ponto quase inacessível. Na mesma hora passou pela sua cabeça que algo de ruim devia ter acontecido, mas levou um tempo até que seu corpo começasse a reagir e sentisse vontade de sair correndo; e, mesmo quando essa sensação a invadiu, ela mal conseguia se mover.

Em dado momento, alguém entrou no quarto, a mesma pessoa de antes. Ele sorriu para ela, com um copo de água nas mãos, e a ajudou a se sentar e dar um gole. Ele tremia. Ela tossiu porque estava com a garganta seca e apertada, e se perguntou se tivera uma reação alérgica a algo, e, depois, se estava em um hospital, até perceber que não.

O quarto cheirava a suor e colônia barata, um fedor podre de mofo. Assim que bebeu a água, ela vomitou, e o homem a inclinou para a frente e bateu em suas costas. Ela vomitou sobre os joelhos e no chão, e continuou se engasgando com o vômito, porque não estava inclinada o suficiente. Quando parou, sentiu-se um pouco mais lúcida, olhou ao redor e notou que conhecia o homem que estava cuidando dela. Jamie. Ela não sabia o sobrenome. Eles tinham algum amigo em comum, estudavam na mesma universidade, ela estivera uma vez em uma festa na casa dele em setembro, antes de sair para aproveitar a noite. Não tinha ideia do que estava fazendo ali outra vez. Não achava que tinha ido ali por vontade própria.

Jamie a ajudou a se levantar, e ela pôs tudo para fora outra vez enquanto ele a segurava, mas dessa vez só havia bile. Ele a ajudou a sair do quarto, a conduziu por um corredor escuro até um banheiro e disse que ela devia tomar um banho, ligando o chuveiro, que ficava acima de uma banheira; e foi apenas quando estava sentada que ela percebeu que já estava nua. Jamie pegou a ducha e a entregou para que ela pudesse se enxaguar, mas não saiu do banheiro, apenas se sentou no vaso, olhando para o chão. Inspirava pelo nariz e expirava pela boca, determinado, como se estivesse tentando se acalmar.

— Obrigada — disse Kaysha, com a garganta queimando.

Ele olhou para ela, que puxou os joelhos em direção ao peito, tentando se esconder, embora ele já a tivesse visto.

— Você está bem? — perguntou ele, com a voz baixa e gentil, enquanto enxugava a testa.

— Eu morri? — perguntou Kaysha, direcionando a água morna para os joelhos para enxaguar o vômito.

O cheiro subiu e ela teve ânsia, e Jamie tampou as narinas com os dedos.

— Não — respondeu ele.

— Você estava tentando me reanimar — disse Kaysha.

— Estava — confirmou Jamie, olhando para ela. Ele estava pálido e vez ou outra levava a mão ao peito, como se estivesse checando se seu coração ainda estava batendo. — Pensei que você estivesse pior. Mas você está bem.

— O que aconteceu? — perguntou ela, movendo a ducha para que a água escorresse por seu peito, que estava dolorido.

O banheiro estava iluminado apenas pela luz de um poste lá fora que atravessava o vidro jateado, mas ela conseguia notar que havia marcas escuras em seu peito, hematomas novos ou mordidas.

— Estou tão dolorida.

Jamie fez um barulho com a garganta.

— É, acho que eu meio que... Eu não estava conseguindo sentir seu coração.

— Obrigada — murmurou ela outra vez.

Seus dentes rangiam. Ela pegou um sabonete e começou a esfregar o corpo. O sabonete escorregou, e ela se inclinou para pegá-lo no pouco de água que se acumulava no fundo da banheira. Quando passou o sabonete entre as coxas, notou que estavam sensíveis também. Tocou a vulva e segurou a respiração. A dor foi uma surpresa e a deixou sem fôlego, e por um segundo ela não conseguiu respirar. Jamie olhou para ela.

— Você está bem? — perguntou.

Ela fez que sim com a cabeça.

— Você pode me dar um pouco de privacidade? — pediu.

— Estou com medo de te deixar sozinha e você acabar desmaiando outra vez — disse ele, virando-se de costas e encarando a parede.

Ela não estava confortável, mas continuava confusa, cansada e grata por ele estar cuidando dela. Respirou fundo, apoiou um dos pés nas bordas da banheira, e se tocou, mordendo o lábio para conter o gemido. A dor era aguda e profunda, e, quando ela retirou os dedos, estavam pegajosos.

— Você pode acender a luz? — pediu.

Jamie se inclinou e puxou uma cordinha, e a luz fez os olhos de Kaysha arderem, e ela os apertou até conseguir enxergar. A claridade fazia sua cabeça doer, mas ela encarou os dedos. Havia sangue, fresco e vermelho-vivo, não era menstruação. Havia outra coisa também, algo leitoso, e ela tentou tirar mais daquilo de dentro de si, para confirmar. Seu coração estava batendo mais rápido do que deveria, e ela esfregou os dedos e soube o que era.

Quando olhou para cima, viu que Jamie ainda estava virado para o outro lado, mas a observava pelo espelho, com os olhos arregalados e sem piscar. Ela soluçou. Jamie não se mexeu.

— O que aconteceu? — perguntou ela outra vez, se esfregando com o sabonete, apesar da dor.

Ela queria enfiar o sabonete dentro de si, limpar qualquer vestígio dele de dentro dela.

— Como assim? — perguntou ele, cruzando as pernas.

Ela notou pela primeira vez que ele estava de roupão, suas pernas finas e brancas despontando por baixo de um tecido que lembrava raízes de uma planta. A água estava esfriando e Kaysha tremeu.

— Por que eu estou aqui?

Ela começou a girar os pulsos e tornozelos, a dobrar os joelhos e cotovelos, testando quanto controle ainda tinha. Seu corpo estava pesado e os membros pareciam desconectados e cansados.

— Está tudo bem — disse ele, desviando os olhos do espelho e voltando a encarar a parede, retorcendo as mãos. — Não se preocupe.

Ela queria dizer que não estava bem, que mal conseguia erguer os braços, que não achava que era capaz de andar, que não podia correr, que não sabia por que estava ali ou o que tinha acontecido. Mas não disse nada.

— Quer que eu te ajude a sair? — perguntou ele.

— Pode me passar uma toalha?

Havia um monte de toalhas no chão e Jamie olhou para elas.

— Acho que tenho uma mais limpa no quarto — disse, deixando o banheiro e mantendo a porta entreaberta. Ele voltou logo depois. — Não está totalmente limpa, mas está melhor que essas.

Ele se debruçou sobre Kaysha e passou o braço em volta dela, ajudando-a a se levantar. Cheirava a suor, e ela sentiu ânsia, mas não vomitou. Enquanto saía da banheira, ela escorregou um pouco e agarrou o ombro de Jamie e, ao fazer isso, o roupão dele se abriu. Antes que ele o fechasse, Kaysha viu seu peito. Estava cheio de marcas rosas, algumas tão profundas que chegavam a ser vermelhas, e ela demorou alguns segundos para se dar conta de que eram arranhões.

Kaysha se sentou na beirada da cama de Jamie; o ar estava tão frio que ela tremia, embora se sentisse quente. Jamie pegou uma pilha de roupas na ponta da cama e as colocou ao lado dela. Eram de Kaysha, e ela as pegou quando ele desviou o olhar. Faltava uma meia, e, quando ele notou isso, procurou debaixo da cama, mas, como não a encontrou, deu uma das suas para ela. Ele continuava de roupão e se sentou em uma cadeira, apoiando a cabeça na parede, com os pés descalços no chão. Após um tempo, ele se levantou e começou a se vestir e, enquanto colocava uma camiseta preta, ela teve um breve lampejo dele lhe entregando uma bebida cor-de-rosa na noite anterior, em um bar que cheirava a vodca.

Kaysha queria perguntar o que havia na bebida. Queria perguntar o que estava fazendo no quarto dele, tonta, quase morta, coberta de hematomas e sêmen. Queria dizer que sabia que jamais teria transado com ele, não se estivesse consciente, nunca. Queria dizer que sabia que ele não estava tremendo de preocupação ou vergonha, mas sim porque quase a matara. Queria dizer que sabia o que ele tinha feito, mas não disse, e, quando ele perguntou se ela precisava de uma carona até em casa, ela fez que sim com a cabeça e falou *sim, por favor.*

Assim que o carro de Jamie foi embora, Kaysha pegou um táxi para a delegacia. Mal passava das cinco e o sol já estava despontando. Nem trocou de roupa, só saiu de casa, e o motorista do táxi disse *Não quis ir a pé para não passar vergonha na frente dos outros depois de uma noitada dessas, hein?*, ela não respondeu e ele disse *Não é vergonha nenhuma, também já passei por isso várias vezes.*

A delegacia toda cheirava a desinfetante, e o cheiro era tão forte que o nariz de Kaysha parecia em carne viva, sensível, como se ela estivesse gripada. Ela respirava pela boca para evitar ficar enjoada. Tinha sentido o odor assim que chegou à recepção e esperava que algum policial notasse sua presença. Estava menos forte ali, diluído pelo ar fresco que entrava com o abrir e fechar da porta da rua, mas, na cela aberta para onde foi levada, que o policial chamara de *sala de espera*, o cheiro era bem forte.

Era uma sala sem janelas e o soquete da lâmpada estava vazio. Uma luminária de chão perto do vaso lançava uma luz âmbar no local. Havia uma pilha de revistas velhas em um dos cantos e um pôster preso em uma das paredes, com os dizeres "A POLÍCIA ENFRENTA O CRIME" e um desenho de um policial sorrindo, com um cassetete, ao lado de uma cabine da polícia. Alguém tinha pintado alguns de seus dentes de preto.

Kaysha fechou os olhos. O eco de vozes e o som de botas pelos corredores parecia mais alto. Até o som de seus pulmões parecia alto demais. Seu corpo todo parecia pesado. Tentou se concentrar em sua dor de cabeça e nos hematomas em seus quadris, em seu abdome latejando, deixando a dor se expandir e preencher cada parte de seu corpo.

Um policial de cabelos brancos entrou na sala depois de muito tempo e se apoiou no batente da porta, de braços cruzados. Era alto, forte e usava óculos que faziam seus olhos parecerem maiores do que eram.

— Senhorita Jackson? — perguntou, olhando-a de cima a baixo.

Kaysha assentiu, e ele fez um gesto com a cabeça, para que o acompanhasse. Eles atravessaram o corredor até uma sala com duas cadeiras e uma mesa. A sala era muito clara e abafada, e uma das paredes era um vidro preto. Kaysha sabia que era um espelho falso e ficou se perguntando se haveria alguém observando-a do outro lado. O policial se sentou, fez um gesto para que Kaysha se sentasse diante dele, pegou uns papéis e uma caneta mordida em uma gaveta. Ele ajeitou os papéis na mesa, acendeu um cigarro e fitou os olhos de Kaysha.

— Então — disse, soltando fumaça para o teto. — O que te traz aqui?

Kaysha respirou fundo.

— Fui estuprada.

— Por quem? — perguntou ele, olhando para ela por cima dos óculos.

— Por um cara chamado Jamie.

— Um cara chamado Jamie — repetiu, fazendo uma anotação no papel. — E onde isso aconteceu? Quando?

— Ainda agora... faz só algumas horas. Eu estava na casa dele, acho.

— Você acha?

— Não consigo me lembrar de muita coisa.

— O que você estava fazendo na casa dele?

— Não sei. Eu acordei lá — disse Kaysha.

— E onde sua noite começou, se não foi na casa dele?

Kaysha começou a falar o que conseguia lembrar em um tom inalterado, se concentrando nos fatos, tentando não deixar as emoções interferirem. Contou que ia se encontrar para beber com uma amiga na cidade para comemorar o fim das provas.

— Que curso você faz? — perguntou o policial, com a caneta pairando sobre o papel.

— Letras.

Ele ergueu a sobrancelha.

— Então você é boa em inventar histórias, né?

— Como assim?

O policial deu um riso debochado, balançou a cabeça, jogou fora a bituca do cigarro em uma lata de lixo vazia.

— Prossiga.

Kaysha continuou. Ela chegou ao pub por volta das sete, mas Denise ainda não havia chegado. O pub estava mais cheio do que ela esperava porque era noite de quiz, e ela acabou se sentando no bar porque não ia participar do jogo. Notou um casal em uma mesa próxima que estava terminando o namoro. O homem chorou quando a mulher foi embora, e Kaysha sentiu que estava se intrometendo em um assunto particular. O homem, que não parava de fungar, foi jogar no caça-níqueis, apertando botões com uma força desnecessária e depois, quando deve ter ficado sem moedas, socou a máquina e foi embora. Foi aí que Jamie sentou no banco ao lado, inclinando a cabeça em direção ao caça-níqueis. *Que babaca*, disse, sem nem um oi. Ela levou alguns segundos até notar que o conhecia, vagamente, e que não era um estranho qualquer.

Conversaram um pouco, Kaysha perguntou a ele sobre seu curso, seus amigos, se estava trabalhando, e ele não perguntou nada a ela, exceto quem estava esperando e se a pessoa ia demorar. Disse que era da área de ciências e que suas provas tinham sido bem difíceis. Kaysha falou para o policial que ela ficava procurando por Denise, que acabou nunca aparecendo, pelo menos não que ela se lembrasse.

Contou que, a certa altura, Jamie falou que ela era linda, como uma amazona, e ela revirou os olhos e foi ao banheiro. Quando voltou, Jamie tinha pedido outra bebida para eles. Havia um guarda-chuva de papel e uma cereja na borda da taça. Ela nunca tinha tomado esse tipo de drinque antes e achou o gosto estranho, mas também não sabia que gosto deveria ter para começo de conversa. Era a última coisa de que se lembrava antes de ser acordada.

— O que você vinha bebendo? — perguntou o policial, com um cigarro novo no canto da boca.

— Eu só tomei duas bebidas — disse ela.

— E quais foram as *duas* bebidas?

— A primeira era uma vodca-tônica e a que ele me deu era um coquetel que parecia ser de frutas.

O policial balançou a cabeça e anotou alguma coisa.

— E você tirou os olhos da sua bebida em algum momento?

— Ele tinha pedido outra pra mim quando fui ao banheiro.

O policial revirou os olhos e se recostou na cadeira, cruzando os braços.

— Senhorita Jackson, sua mãe não te ensinou a ficar de olho na sua bebida?

— Não, ela estava ocupada ensinando meu irmão a não batizar a bebida de garotas com drogas — disse Kaysha, as palavras saindo sem que pudesse se conter.

O policial zombou.

— Não estou convencido de que você foi drogada.

— Eu não estava bêbada.

— Os estudantes não costumam beber antes de sair?

— Às vezes, mas...

— Você devia estar bêbada — disse.

— Eu não estava.

— Você tem alguma memória do incidente?

— Não.

— Você se lembra de negar consentimento?

— Não, mas...

— Então, como sabe que foi uma relação não consensual? Quando você aceita que um homem pague bebidas para você, está dando um recado. Mas com certeza você sabe disso.

Kaysha não disse nada e ficou olhando para as mãos, os olhos se enchendo de lágrimas. Fora fazer uma queixa porque sempre dizia que era isso que outras garotas deviam fazer. Fazia parte de um grupo de mulheres na universidade, em sua maioria brancas, que defendiam um melhor tratamento para vítimas de violência sexual, e sua principal mensagem era que, após sofrer uma violência sexual, era importante procurar a polícia o quanto antes, porque, quanto mais pessoas denunciassem, mais eles seriam pressionados a ouvir e fazer alguma coisa. O grupo fazia marchas pelo campus e tinha feito protestos no monumento a Charles Grey, onde elas eram importunadas pelos transeuntes — geralmente homens brancos de meia-idade as chamando de vadias. Uma vez um homem derrubou uma das amigas de Kaysha no chão e disse que ela merecia ser estuprada. A polícia não fez nada.

— Mulheres como você são perigosas.

— Eu só quero registrar uma agressão.

— E como você sabe que foi uma agressão?

— Eu acordei nua no chão da casa dele, com ele tentando me reanimar.

— Reanimar? — repetiu o policial, se inclinando para a frente, sobre a mesa.

Kaysha fez que sim com a cabeça, fechando os olhos.

— Ele estava fazendo reanimação cardiopulmonar em mim.

— Então ele estava tentando salvar sua vida? — perguntou o policial, bagunçando o cabelo e depois o ajeitando. — Esse homem salvou sua vida e você quer denunciá-lo por estupro?

— Mas ele me estuprou.

— Sei.

— Você não acredita em mim?

O policial se ajeitou na cadeira, esfregando a mão na barba grisalha espetada.

— Eu não sei o que você estava esperando, senhorita Jackson. Você deixa um cara te pagar umas bebidas, não fica de olho no copo e, pelo que estou entendendo, foi para a casa dele voluntariamente. Eu não posso prender um homem por estupro se ele achava que você queria, né?

Kaysha apertou os olhos com a palma das mãos e prendeu a respiração por alguns segundos.

— Então é isso?

— Olha, quero que você pense bem no que está dizendo, senhorita Jackson. Uma acusação de estupro pode destruir a vida desse jovem. Pense em como essa história vai repercutir se continuar insistindo nisso.

Kaysha afundou na cadeira, deixando a dor de cabeça tomar conta.

— Você quer uma carona até sua casa? — perguntou o policial.

Kaysha abriu os olhos. Ele estava dobrando suas anotações ao meio e enfiando a caneta no bolso da camisa.

— Você não vai fazer o teste? — perguntou ela, arregalando os olhos, descrente. — Com o cotonete?

— Aquele que fazemos em casos de estupro?

— Isso — disse Kaysha.

— Ele é para casos de estupro, senhorita Jackson, não para mal-entendidos sexuais — respondeu ele, apressando-a para sair.

Ela se virou a tempo de vê-lo jogando as anotações no lixo.

Kaysha se apoiou na parede do lado de fora da delegacia, tentando se recompor. Não conhecia aquela parte da cidade. Só havia prédios comerciais e galpões, além de um restaurante fechado que nunca tinha visitado — não havia fachadas de lojas nem mulheres com bebês.

Quando era pequena, sua mãe sempre dizia que, se ela se perdesse, deveria pedir ajuda a alguma mulher com um bebê. Era mais seguro. A rua era íngreme, e lá embaixo, entre os prédios, dava para ver a estrutura de ferro de uma das pontes. Nunca conseguia diferenciar uma da outra, exceto pela ponte Tyne, porque ficava estampada no rótulo de cerveja, mas não era ela. Kaysha caminhou na direção contrária, se afastando do rio e se aproximando do barulho do trânsito.

Um sino de igreja começou a marcar nove horas em algum ponto da cidade. O alívio de estar em um local que conhecia logo deu lugar à claustrofobia quando Kaysha foi atingida por ondas de compradores pelas ruas íngremes de paralelepípedos que estavam cheias de barraquinhas com lonas de listras azuis e brancas. As multidões se apinhavam em volta de montes de frutas frescas e vegetais cheios de terra, araras com jeans falsificados, cestos de pilhas e isqueiros, seda para cigarro, argolas de cortinas, pilhas de carne fresca em superfícies refrigeradas, e vários peixes. As vitrines das lojas exibiam ternos em tons pastel, e homens de sobretudo fumavam sentados na frente da van de hambúrguer no final da rua Northumberland. Um ônibus panorâmico laranja e branco se arrastava pela rua estreita entre as lojas e Kaysha seguiu uma multidão pela rua que ficava em frente. Ele buzinou e eles aceleraram o passo, subindo na calçada na hora certa.

— Noite difícil, meu amor? Quer uma carona? — gritou um dos homens quando ela passou pela van do hambúrguer.

Ela deu o dedo do meio sem olhar para o cara, ao que ele berrou *piranha* e seus amigos começaram a rir. Kaysha foi se movendo pela multidão. Tinha usado todo o seu dinheiro no táxi até a delegacia, então precisou andar quarenta minutos até chegar em casa. As ruas foram ficando cada vez mais vazias conforme se afastava do centro em direção aos bairros residenciais. As lojas de redes conhecidas e os cafés foram sumindo e dando lugar a lojinhas de bairro apinhadas, com seus produtos caindo das caixas e cestas na rua, botecos anunciando café da manhã completo por três libras. Restaurantes com refeição para viagem se alternavam entre as lojas, e filas infinitas de casas vitorianas geminadas serpenteavam em cada esquina. Tinha se sentido claustrofóbica em meio à multidão, mas, agora, estava mais inquieta nas ruas silenciosas. Imaginava mãos a arrastando até um beco, dedos pegajosos tampando sua boca para conter seu grito, ninguém na rua para notar enquanto ela era arrastada para o canto, espancada, estuprada e assassinada, seu corpo jogado em um vão entre uma casinha de fundo de quintal e alguma cerca, para sempre desaparecido. Ao se aproximar de sua casa, apertou o passo até começar a correr. E, quando chegou à sua rua, estava a toda e com dificuldade de respirar. Morava em uma casa com cinco estudantes e havia na janela vitoriana uma placa da greve dos mineradores de 1984.

O corredor estava escuro, e a casa, silenciosa. Kaysha trancou a porta, deixou os sapatos em uma pilha no tapete e correu escada acima até o banheiro. Tirou o vestido e o sutiã, jogando-os na lixeira cheia de absorventes internos e lenços de papel, e abriu o chuveiro. Sua respiração continuava irregular. Os pulmões pareciam que estavam sendo comprimidos, seu coração martelava de encontro às costelas; conseguia sentir as batidas no peito e o sangue pulsar na palma da mão contra seus dedos. Os olhos estavam cheios de lágrimas e os soluços se alternavam com a respiração. O banheiro era pequeno e estava abarrotado de toalhas, xampus, hidratantes, sabonetes, esponjas e buchas, desodorantes para o corpo, perfumes, óleos para cabelo, condicionadores, escovas e pastas de dente e enxaguatórios bucais, chinelos e roupas íntimas usadas, pijamas e espelhos e um tapete de banheiro sujo. Kaysha sentia que tudo aquilo a sufocava e que a escuridão e sujeira do banheiro e da casa a cercavam, invadindo seu espaço, avançando sobre ela, enclausurando-a. Antes que o mundo acabasse, ela tateou até a caixa de descarga, conseguiu abrir a janela e enfiou o rosto na fresta, inspirando o ar fresco como se nunca tivesse respirado antes.

19

ANA
JULHO DE 1997

Ana teve a ideia após uma conversa sobre Kaysha Jackson. Ela estava no pub com Jamie, levando mais tempo no almoço do que o normal, demorando mais do que ousaria se estivesse sozinha, e eles recordavam juntos a época da faculdade. A conversa começou de um jeito leve, eles falaram dos bares que frequentavam, das bebidas exageradamente doces que tomavam, de velhos amigos e amantes. Jamie ficou sério depois de um tempo e disse: *Lembra daquela escrota que me acusou de estupro?*, e Ana fez que sim com a cabeça. Ela lembrava. A manhã em que tudo começou havia ficado registrada na sua memória. Tinha encontrado Jamie sentado na cozinha quando desceu para tomar um copo de água, ainda de ressaca e satisfeita após passar a noite com seu primeiro namorado, Chris. Jamie estava chorando naquela manhã, e ela nunca o vira chorar antes, e se lembrou da ternura daquele momento, das lágrimas dele rolando pelo rosto e entrando na boca, e não sabia se se apaixonava por ele ou se cuidava dele como se fosse um filho, e sentiu que poderia fazer qualquer uma das duas coisas com facilidade.

Quando Jamie notou sua presença, tentou falar, mas tudo que saiu foi um soluço, e ela o abraçou, pressionando seu rosto no cabelo dele, beijando sua cabeça, e ele se agarrou a ela, respirando em seu ombro. O corpo de Jamie continuou a tremer por bastante tempo, e ela esfregava suas costas e fazia sons reconfortantes, sem se dar conta de que devia estar cheirando a suor, sexo e bebida velha, mas ele também estava, então não tinha problema. Ela se lembrava da pilha de caixas de pizza ao lado da porta dos fundos, de como a pia estava cheia de louça e da maneira como Jamie fincava as unhas em sua cintura enquanto chorava. Sabia que ele não choraria na frente de mais ninguém, e Ana sempre considerou aquele momento um divisor de águas na amizade deles, porque ele tinha mostrado seu lado vulnerável para ela. Confiava nela. Anos depois, eles pensariam um no outro como sendo parte da família.

Quando ele parou de chorar, contou a Ana com a voz rouca que tinha cometido um erro. Que tinha usado drogas com uma menina chamada Kaysha, amiga de uma amiga que Ana conhecia de vista. Contou que não se lembrava de muita coisa, só sabia que eles tinham transado e que ela insistira em ir para a casa dele, ainda que não fosse bem o seu tipo. Ana foi concordando com a cabeça enquanto ele falava, ainda com a mão em seu ombro. Jamie disse que os dois apagaram depois de transar e que, quando acordou, ele notou que Kaysha não estava respirando. Ana se perguntou, por um momento, se havia um cadáver lá em cima, mas ele disse que tinha feito rea-nimação cardiopulmonar em Kaysha, que o choque causado pela situação o fez ficar sóbrio de novo e ele soube o que fazer. Conseguiu reanimá-la, ajudou-a a tomar banho depois que ela vomitou em tudo, cuidou dela e disse que estava com medo de que ela o denunciasse por um estupro que não havia cometido. Então começou a chorar outra vez e Ana o abraçou.

O instinto de Ana, como mulher, sempre foi acreditar na palavra das mulheres. Já tinha sofrido agressões antes, a maioria das mulheres que conhecia também, de uma forma ou outra. Ela simplesmente acreditava na palavra delas, porque nunca havia prova. Dedicava bastante tempo a corrigir delicadamente as pessoas que falavam que mulheres inventavam denúncias para prejudicar os homens. *Ninguém faz isso,* dizia. *Simplesmente ninguém. Só gente biruta.* Mas ela acreditou em Jamie. Ela o conhecia. Ele jamais seria violento com ninguém. Não precisava disso. Era muito bonito e conseguia tranquilamente achar mulheres dispostas a dormir com ele, jamais estupraria alguém. Ele nunca faria uma coisa dessas.

Ela nem fazia meu tipo, ele repetiu. *Eu provavelmente nem teria dormido com ela se não tivesse me drogado.* Ana pensou que Kaysha era, na verdade, exatamente o tipo de Jamie, mas não disse nada, porque não queria chateá-lo ainda mais. Ela estava com muita raiva de Kaysha, porque, além de sua mentira prejudicar Jamie, prejudicava as mulheres que tentavam denunciar casos de violência verdadeiros e eram ignoradas. Kaysha e outras mulheres como ela é que eram o problema. Se não existissem mulheres como Kaysha, talvez a palavra das demais não fosse questionada.

Ana se ofereceu para ir até a casa de Kaysha — alguém devia saber onde ela morava — para conversar, acalmá-la do susto, dizer que ela estava bêbada e pedir que não ficasse dizendo que Jamie era um estuprador, que bebesse menos ou parasse de se drogar com pessoas que ela claramente não conhecia bem o bastante para se sentir segura. Jamie comprimiu os lábios e pousou a mão no rosto de Ana ao ouvir a sugestão, mas fez que não com a cabeça. Disse que isso só faria com que ele parecesse culpado, desesperado, e ele não queria envolver Ana nisso. Ela assentiu e disse que tinha certeza de que tudo ia passar logo — era, afinal, a palavra dele contra a de Kaysha, e a polícia quase sempre acredita na palavra do homem, algo que Ana geralmente odiava nas acusações de estupro. Mas, dessa vez, vinha bem a calhar, porque Jamie estava dizendo a verdade.

Ana passou semanas preocupada com isso, rezava por Jamie toda noite, rezava para que Kaysha fizesse a coisa certa. Quando ouviu de sua amiga Evelyn os primeiros rumores de que Kaysha tinha sido estuprada, perguntou *Por quem?*, e Evelyn deu de ombros e olhou para o chão de uma forma que Ana sacou que queria dizer que Evelyn não queria ter de falar para ela que seu melhor amigo era um estuprador. *Olha*, disse Ana, segurando-a pelo braço, *você sabe como sempre digo que devemos acreditar na palavra das mulheres, mas isso não aconteceu. Eu estava lá. Eu saberia. Ela está inventando.*

Depois disso, Ana começou a dizer para várias amigas que Kaysha era uma mentirosa sempre que o assunto surgia e, depois de um tempo, passou ela mesma a puxar o assunto, sussurrando isso nos banheiros de boates para mulheres que mal conhecia, além de alertar os homens que se aproximavam de Kaysha no centro acadêmico. Ela só falava nisso, e gostava da aprovação que recebia dos homens que alertava.

Jamie foi até o bar e pegou outra cerveja para ele e uma taça de vinho para Ana — a terceira. A tarde parecia se alongar e brilhar diante deles, as possibilidades infinitas. O cavalo de latão que pendia das vigas do teto refletia a luz, remetendo Ana a um parque de diversões no cair da tarde. Ela se sentia entusiasmada, apesar do assunto da conversa, como se algo grande estivesse prestes a acontecer.

— Queria que houvesse um jeito de provar que ela estava mentindo — disse Jamie, tirando o rótulo de sua cerveja.

Ana enrolou uma mecha de cabelo nos dedos enquanto pensava.

— Deve ter — respondeu. Ela passava as pontas sedosas de seu cabelo na boca. O vinho fazia seu pensamento dar mais voltas que de costume, e nada parecia ter um rumo certo. — E se houvesse algum tipo de... algum tipo de teste?

— Teste? — disse Jamie, enrolando o rótulo da cerveja até formar um tubinho.

— Isso — falou Ana, franzindo a testa. — Que pudesse comparar amostras de esperma com a de um indivíduo, para provar... provar se alguém está mentindo sobre quem eles...

— Mas isso não me ajudaria, né? — disse Jamie. — A amostra teria batido, porque a gente transou. Só não tem como provar que não foi estupro. Ainda mais porque a gente tinha tomado... sei lá... a porra de um "boa noite, Cinderela". Um erro de principiante da minha parte.

— É, não te ajudaria — respondeu Ana, ainda pensando. — Não teria como a gente provar isso agora, mas a gente pode ajudar outras pessoas. Por exemplo... casos antigos de estupro, um jeito de analisar de forma eficiente amostras antigas de esperma.

— Mas isso já não se faz?

Ana deu de ombros.

— Até onde sei, não de um jeito confiável.

Jamie bebeu o restante da cerveja na garrafa e se ajeitou no banco.

— Você acha que consegue descobrir como fazer isso?

— Bom, é algo da nossa área, né? E se pudermos impedir que outras pessoas sejam acusadas injustamente, vale a pena.

— Parece trabalhoso.

— A gente dá conta, juntos — disse Ana, tamborilando as unhas na taça. — Aposto que você conseguiria convencer o Phil a aprovar isso como sendo um projeto especial.

Jamie se debruçou sobre o bar e segurou a mão de Ana, ou para impedir que continuasse batendo com as unhas na taça, ou como um gesto de ternura, ela não sabia ao certo.

— Acho que esse projeto é só seu.

— Você não quer me ajudar?

— Você não precisa da minha ajuda. A ideia é sua, sei que você consegue fazer isso sozinha. E, quando terminar, e sua pesquisa ganhar um monte de prêmios e mudar o mundo para homens como eu, você finalmente vai ser valorizada. Digo, valorizada direito, como cientista.

Ana apertou os dedos de Jamie, que ele havia entrelaçado aos dela. Seu irmão, sua alma gêmea. Seus olhos se encontraram.

— Eu te amo — disse ela, repetindo o que já dissera tantas vezes.

— Mas eu te amo mais.

SETEMBRO DE 1999

Ana foi a última a chegar à reunião, depois que uma sobrecarga na rede elétrica a deixou sem luz durante a noite, o que fez com que seu rádio-relógio não tocasse e ela se atrasasse — pela primeira vez em toda a sua carreira. Quando se sentou no fundo da sala de reuniões, sem ter tomado banho e com o couro cabeludo suando, todos os croissants já tinham acabado e o café estava frio. Phil fez um comentário sarcástico quando Ana entrou, como se fosse comum ela se atrasar e isso o irritasse havia anos, e ela se desculpou e se sentou. Jamie olhou para ela e deu uma piscadinha, o que a fez se sentir melhor. Era a reunião *dele*, afinal. Ele tinha pedido que Ana não faltasse — *era muito importante*, disse — porque tinha algo para anunciar. Ela ficou confusa, porque ele costumava lhe contar tudo que estava aprontando, mesmo quando ela não queria saber. Pensou, com uma pontinha de inveja, que talvez ele fosse ser promovido. Não seria nenhuma surpresa, embora os dois soubessem que ela era melhor no trabalho — fazia menos besteiras que Jamie e passava boa parte do tempo corrigindo os erros dele discretamente. Mas isso não importava para Phil — o que importava era que Jamie era charmoso, simpático, *um dos caras*. Ana não.

Phil pigarreou e passou a mão pelo rosto, que vivia corado, antes de falar. Começou dando as atualizações da semana sobre a empresa e seus números, como de costume, falando dos grandes projetos e um pouco sobre a festa de Natal — ela não aconteceria mais no Fed Brewery, como planejado, mas na sala de descanso, para poupar dinheiro, e eles forneceriam vinho e aperitivos.

— Peço que ninguém banque o bêbado espertinho e tente fazer fotocópias da bunda — disse, com uma sobrancelha erguida e um risinho para Jamie. — Se vocês quebrarem a impressora com esses bundões, vão ser descontados na folha de pagamento.

136

— Mas e se forem mulheres fazendo fotocópias dos seios? — perguntou Jamie, sério. — Aí tudo bem?

— Aí tudo bem, desde que eu e você recebamos uma das cópias — disse Phil, pegando um lenço para assoar o nariz. — Agora, vamos ao que interessa?

— E tem algo mais interessante que peitos? — perguntou Jamie, com as sobrancelhas arqueadas.

Phil sorriu. Mesmo da outra ponta da sala, Ana conseguia ver que ele estava com meleca no bigode.

— Bom, Jamie tem uma ótima notícia, tanto para ele quanto para a Parson's. Ele tem trabalhado em um projeto pessoal já faz um tempo, nas horas livres.

Phil parou de falar e olhou para Jamie, que confirmou com a cabeça. Ele parecia uma criança prestes a ganhar um certificado em uma cerimônia da escola. Ana olhou para Jamie outra vez e fez uma cara como quem diz: *Do que ele está falando?* Jamie comprimiu os lábios e piscou para ela, e depois voltou a olhar para Phil.

— E, sem que a gente soubesse, esse sem-vergonha inscreveu o projeto para o Prêmio de Inovação Científica da Coel Foundation.

Ana sentiu uma comichão que podia ser confusão, inveja ou raiva. O Prêmio Coel era o maior de todos. Ela mesma estava querendo inscrever sua pesquisa para a premiação agora, mas não terminara de redigi-la toda a tempo. A pesquisa estava concluída, e ela provavelmente poderia se inscrever se quisesse, mas queria que estivesse tudo perfeito. Em uma indústria em que ela vivia sendo subestimada, mesmo com todo o seu talento, sabia que só ganharia se fosse perfeita. Preferia esperar outro ano para se inscrever do que mandar algo mediano.

Phil fez uma pausa dramática, observando a sala para garantir que todos estivessem olhando para ele. Jamie sorriu, deixando os dentes à mostra e, antes que Phil dissesse *E ELE SIMPLESMENTE*

GANHOU ESSA PORRA, Ana já sabia. Ela conhecia a expressão de Jamie, e sentiu um peso no estômago e uma vontade de chorar, e, embora tentasse se convencer de que eram lágrimas de felicidade por Jamie alcançar algo tão maravilhoso, ela sabia que era apenas inveja. Todos na sala aplaudiram, e as pessoas que estavam mais perto de Jamie lhe deram tapinhas nas costas ou se esticaram sobre a mesa para apertar sua mão enquanto Ana secava as lágrimas que rolavam por seu rosto. Quando Jamie olhou em sua direção, ela fez um sinal de positivo com o polegar e depois olhou para o carpete, tentando se recompor. Devia estar feliz por ele e se odiava por não estar. Sentia que tinha sido deixada de fora, como se ele tivesse mentido para ela ao não contar que estava se inscrevendo no Coel, ao nem comentar que tinha um projeto. Ela sempre o mantinha a par do seu a cada etapa, mesmo que ele não quisesse se envolver. Era como um tapa na cara, como se sua amizade não fosse o que parecia. Talvez ela não o conhecesse tão bem quanto achava ou talvez ele não confiasse nela.

— Quero que você mesmo leia o resumo — disse Phil, entregando a pasta de plástico para Jamie. — É... incrível. Eu não sabia que você podia ser tão eloquente.

— Sempre encantador, Phil — falou Jamie, pegando a pasta e tirando os papéis de dentro dela.

— Estou brincando, obviamente — disse Phil. — Levanta, anda, levanta.

Jamie se levantou. Ele sorriu, olhando para Ana e, por uma fração de segundo, pareceu hesitar. Havia algo na forma como ele a olhou que fez com que ela prendesse a respiração, e aquele momento pareceu se prolongar, como quando você tropeça e paira no ar antes de cair no chão. Quando ele começou a ler, o que saiu de sua boca foi a voz dela, o trabalho dela, cada palavra, sem tirar nem pôr, e as palavras se espalhavam pela sala, exatamente da forma como ela as havia escrito.

20

ANA
JUNHO 1988

A versão de Tom de como Ana e ele se conheceram sempre parecia mais romântica. Então, quando as pessoas perguntavam, ela contava da perspectiva do marido. A mãe dele tinha decidido encontrar ela mesma uma noiva para o filho único, após passar anos desejando ter um neto e ele continuar solteiro, para sua irritação. Pôs um anúncio na seção dos corações solitários e recebeu doze cartas. Ela não as abriu, apenas entregou ao filho um dia, ele já com trinta e um anos, logo após o almoço de domingo. Tom suspirou e as jogou no lixo quando viu do que se tratava, mas Doris as pegou de volta e guardou no porta-luvas do carro dele enquanto cochilava no sofá depois do almoço.

Tom achou as cartas alguns dias depois quando procurava os óculos de sol. Ele resmungou, mas tinha tido um dia péssimo, e achou que pelo menos elas o fariam rir um pouco, talvez. A verdade é que ele adoraria encontrar uma mulher com quem pudesse construir uma vida juntos, mas odiava a ideia de ir a pubs para tentar conhecer alguém. Oito cartas tinham vindo com foto, algumas provocantes e outras apenas de rosto, mas ele estava mais interessado no que tinham a dizer. Algumas das mulheres pareciam solitárias, outras, apenas curiosas com o anúncio, que o descrevia alguns centímetros mais alto e fazia seu trabalho de faxineiro na faculdade parecer muito mais importante do que era na verdade. Sua mãe o descreveu como *executivo acadêmico de remoção de detritos*, e todas as cartas perguntaram sobre isso.

Ele leu e respondeu cada uma enquanto tomava uma cerveja. A maioria era bem genérica — descrevia hobbies, empregos, perguntava sobre sua vida, se ele queria ter filhos, se já era pai, se tinha algo contra sair com alguém que já era mãe, e assim por diante.

No primeiro parágrafo de sua carta, Ana escreveu que era transgênero, explicou o que isso significava e contou que gostava de botar as cartas na mesa antes de iniciar qualquer relacionamento, para que isso não virasse motivo de briga depois. Disse que não queria ser uma experiência para alguém buscando definir sua sexualidade, nem um caso exótico na vida de ninguém. Só estava interessada em amor se fosse verdadeiro. E não voltou a falar do assunto na carta, nem nas que vieram depois; escreveu sobre as bandas de que gostava, os livros que lera e contou que era uma cientista brasileira.

Eles não gostavam das mesmas músicas nem liam os mesmos livros, mas, com o passar do tempo, Tom se via lendo e relendo a carta de Ana. Algo na honestidade dela mexeu com ele, a sinceridade de sua escrita e a sensação de que ela — assim como ele — só queria algo sério ou então nada. Depois de uns dias pensando em como responderia, ele mandou uma carta com a foto dele, de barba aparada, que tirou especialmente para isso na Boots. Disse que ela parecia divertida e interessante, que a respeitava por contar a ele que era transgênero, que nunca tinha pensado em sair com uma pessoa trans antes, mas que achava que não se importava, que só pensava no quanto ela parecia legal. Que queria conversar mais.

Ela mandou outra carta na semana seguinte, e eles ficaram se correspondendo por três meses, exclusivamente por carta, até enfim decidirem se conhecer. Tom teve vontade de conhecê-la desde a primeira carta, mas tinha gostado de quão deliciosamente lenta e romântica havia sido aquela troca de correspondências. Ele se perguntava se cada mulher que via no supermercado ou na biblioteca podia ser ela, se o acaso os faria se encontrarem antes do que haviam planejado.

Decidiram sair para beber numa tarde de sábado na cidade, em algum lugar movimentado o bastante para que Ana se sentisse segura, mas não a ponto de impedir que eles conversassem. Ana sugeriu um restaurante no cais, que não costumava ser tão movimentado quanto o centro, mas que era lindo.

Tom chegou com um buquê de lírios, dez minutos atrasado, o que sempre acontecia não importava o quão cedo saísse de casa. E reconheceu Ana, embora ela nunca tivesse lhe mandado uma foto. Já a tinha visto no trabalho, alguns anos antes. Ele sempre a notava passando pelos corredores, geralmente carregada de livros. Costumava andar acompanhada por um homem alto e branco, com quem não parecia ter nada além de amizade, mesmo que desse a impressão de serem bem íntimos. Sempre a achara bonita, mas não havia pensado muito no assunto — não tinha o costume de conversar com alunos. Ela estava diferente agora — não apenas bonita, mas linda —, como se tivesse desabrochado.

O dia estava surpreendentemente ensolarado, e ela estava sentada a uma mesa para dois na calçada na frente do restaurante, com uma taça de vinho tinto na mão, observando o rio, onde um jet ski singrava a água. Ela usava um vestido de verão e um chapéu de palha, e o cabelo preto caía sobre os ombros, o sol na pele refletindo um tom dourado. Parecia uma atriz de televisão.

— Tom? — perguntou ela quando o viu. Ela se levantou e estendeu a mão para cumprimentá-lo, depois deu um beijo em cada bochecha dele. — Sou a Ana.

— Estas flores são para você — disse Tom, tímido, como se aquela fosse a Ana errada.

Ela era bonita demais para ele, e Tom sabia disso. Ela aceitou as flores, sorrindo, sentiu o aroma delas e em seguida pediu um recipiente a um garçom que passava, para poder botá-las na água.

— Eu conheço você — disse ela, olhando para Tom por cima dos óculos de sol.

Ele concordou com a cabeça.

— Da faculdade — falou, sentando-se, meio sem ar.

— Isso. Não esperava reconhecer você assim.

Tom dá de ombros.

— As pessoas não costumam reparar nos faxineiros.

— Eu devo ter te notado.

— Eu também te notei — disse ele.

Ana sorriu, semicerrando os olhos.

— Deve ser um trabalho difícil, limpar a bagunça dos estudantes.

— É mesmo. Mais do que eu imaginava. Não é minha especialidade. Não que tenha nada de errado com essa especialidade — falou, percebendo que estava se enrolando, mas sem conseguir se conter. — Sou formado em Ciência da Computação e queria dar aula, mas não tinha nenhuma vaga no departamento quando me formei, então aceitei a primeira vaga que a universidade me ofereceu, só para não se esquecerem de mim quando fossem contratar alguém. Já faço isso há alguns anos, e nada de emprego em TI.

— Uma hora dessas aparece alguma coisa.

— Tomara — disse Tom, sorrindo para ela.

Ela bebericou o vinho.

— Você é química?

— Sou.

— Que legal. E tem muitas mulheres trabalhando no seu... escritório?

— Laboratório — corrigiu. — Algumas, mas em funções administrativas, não são cientistas. É uma área que basicamente só tem homem. Não fizeram uma Barbie cientista ainda, né?

— É, não fizeram. Talvez a gente devesse mandar uma carta para a empresa da Barbie. Dizer para eles criarem uma.

— Boa ideia — falou Ana. Sua taça estava vazia, e, quando o garçom passou, ela pediu que ele trouxesse uma garrafa e outra taça, para Tom. — Como está a Izzy?

Izzy era a gata de Tom. Ele tinha mandado três fotos dela com as cartas, porque Ana disse que adorava gatos. Izzy tinha dezesseis anos e estava começando a ficar mais lenta, vivia indo ao veterinário por algum probleminha ou outro de saúde.

— Continua firme e forte — disse Tom.

Ana riu.

— Eu queria conhecer a Izzy.

— Acho que ela iria adorar conhecer você também.

— Não vejo a hora.

— Nossa. O seu sotaque é...

— Irritante, eu sei, meus amigos sempre me dizem. Anasalado demais.

— Eu ia dizer que é lindo. Você fala um inglês impecável.

— Ah, pois é, eu tenho falado inglês a vida toda — disse ela, erguendo uma sobrancelha.

Tom sentiu que tinha dito alguma coisa errada, mas ela sorriu.

— Você fala alguma outra língua?

— Não... quer dizer, fiz francês na escola, mas eu era péssimo. Tirei D. Mas, é, comecei a estudar português há umas semanas.

— Português?

— Pois é. Peguei um livro que vem com uma fita na biblioteca. E em setembro começa um curso noturno na faculdade e pensei em me inscrever, quem sabe?

— Português de Portugal ou português do Brasil?

— Tem diferença?

— O do Brasil é melhor — disse Ana, pondo a mão sobre o peito. — Na minha opinião, pelo menos.

— Não sei qual deles eu estou aprendendo.

— E por que você quer tanto aprender português? — perguntou ela, sorrindo com a taça de vinho na mão e se recostando na cadeira.

— Sabe como é. Os ingleses... a gente espera que todo mundo fale a nossa... que fale inglês. E a gente nunca se dá o trabalho de aprender outras línguas. E, sabe — disse ele, corando e tomando um gole de vinho. — Não quero que você ache que precisa falar sempre na minha língua.

Ana sorriu, erguendo a taça para Tom, que brindou com ela, e os dois beberam.

— Esquece o curso — disse Ana. — Eu te ensino.

SETEMBRO DE 1999

Boa parte da comunidade morava nos *cottages* centenários dos mineradores, construídos enfileirados, e que saíam da estrada como dois pulmões. Essas casas não tinham jardins, apenas quintais de concreto com varais de roupas estendidos por eles como teias de aranhas, cada um contendo nos fundos uma casinha de pedra que tinha servido como anexo no passado. Havia no vilarejo um pequeno centro comercial e alguns pubs que ocupavam as ruas como ilhas, além de uma igreja coberta de tapumes na entrada da floresta. O vale ao longe era cheio de campos e bosques, até o córrego em sua base dividi-lo em dois. Durante o inverno, quando a neve se acumulava pela grama e pelos telhados, e cobria de gelo as ovelhas e os galhos das coníferas, a paisagem parecia um cartão de Natal.

A casa de Ana e Tom ficava numa rua um pouco acima no vale, em comparação às demais casas, perto de um campo de golfe e de uma fazenda com rebanho da raça Highland. Foi uma casa barata, porque o vilarejo era considerado como sendo *barra-pesada*, o que na verdade só queria dizer que as pessoas eram pobres e que as drogas consumidas ali eram heroína e haxixe, e não a cocaína usada na cidade.

As chaminés soltavam fumaça na noite dourada de setembro, e um Mini Cooper vermelho tinha cruzado o topo da colina e parado na frente da casa de Tom e Ana, como costumava acontecer nas noites de sexta.

— Você só pode estar de sacanagem com a minha cara — disse Tom, inclinando a cabeça para o lado para olhar o carro através da janela da cozinha.

Ana levantou a cabeça, que estava apoiada em suas mãos fazia algum tempo. Tom endireitou os ombros.

— Eu vou lá fora dizer pra ele ir se...

— Não — disse Ana, pousando a mão no braço do marido.

Ela fungou, enxugou o rosto e passou a mão pelo cabelo. Olhou em volta. A cozinha estava uma bagunça desde o café da manhã.

— Você pode botar a louça na máquina?

— Vai defender esse cara de novo? — perguntou Tom, puxando o braço e olhando outra vez pela janela.

— Não, mas...

— Que babaca descarado — disse Tom. — Crente que vai só chegar numa boa como sempre.

— Tom — falou Ana, num tom firme.

Jamie estava recostado no carro enquanto Sadia tirava Ameera do banco traseiro. Trazia uma garrafa de champanhe na mão.

— Ele não vai entrar.

— Deixa que eu resolvo isso — disse Ana.

Ela se abaixou para ver o rosto no reflexo da porta do forno e esfregou o rímel manchado sob os olhos.

— Não sei como ele vai reagir se a gente fizer uma cena.

— Como assim, não sabe como ele vai reagir?

— Está tudo bem, só bota a louça na máquina, por favor — pediu Ana, endireitando os ombros e prendendo os cabelos num rabo de cavalo.

— O que foi que ele te falou?

— Nada. É só que... Não sei mais do que ele é capaz.

— Você conhece esse cara melhor que ninguém. O que ele pode usar contra você?

— Só me deixa lidar com ele sozinha — disse Ana.

Tom a acompanhou até a porta, e ela suspirou, segurando a maçaneta.

— Por favor, não começa.

— Vou agir exatamente como você — disse ele, mas seu olhar não inspirava confiança.

Assim que Ana abriu a porta, Ameera correu até ela. Ana pegou a menina e a encheu de beijinhos, parecendo um passarinho lhe dando bicadinhas. Ameera jogou os braços em volta do pescoço de Ana. Ela cheirava a massinha e tangerina, e Ana pressionou os lábios na bochecha da menina e soprou, para fazê-la rir.

Sadia entrou pela porta parecendo uma atriz de televisão, como sempre. Seus cachos soltos caíam sedosos e macios sobre o rosto, e os grandes olhos castanhos — tão parecidos com os de Ameera, embora isso não fosse exatamente possível — se semicerraram ao cumprimentar Ana com um sorriso.

— Oi — disse ela, inclinando o corpo para um abraço. Sadia reparou nos olhos inchados e no nariz vermelho de Ana quando se afastou. — Está tudo bem, querida?

— Está — respondeu Ana, apontando para os lírios que estavam em um vaso ao lado da porta. — Estou bem. Tom me deu flores, mas sou alérgica a elas.

— Seu tonto — disse Sadia, virando-se para Tom e balançando a cabeça em desaprovação. — O que você aprontou?

— Como assim? — perguntou Tom.

Sadia começou a rir.

— O que você aprontou para ter que dar flores para ela?

Tom olhou para Ana, depois para Jamie, que estava de pé na entrada, e se voltou para Sadia:

— Nem todo homem que dá flores para a esposa andou aprontando, querida.

Sadia riu outra vez, pondo as mãos na cintura.

— Você podia seguir o exemplo do Tom, senhor Spellman.

— Né? — disse Jamie, parecendo entediado.

Sadia estendeu as mãos para pegar Ameera, que estava no colo de Ana.

— Não — disse Ameera, se agarrando mais a Ana.

— Sentiu saudades da tia Ana? — perguntou Sadia, se esticando para passar as mãos no cabelo da filha.

Ameera fez que sim, apoiando a cabeça no ombro de Ana, que a beijou enquanto apertava a menina contra si. Sadia tirou os sapatos e entrou na cozinha.

Jamie se recostou no batente da porta, cruzando uma perna na frente da outra. Estendeu a garrafa de Moët e inclinou a cabeça para o lado, sorrindo para Ana, com o olhar terno — algo que sempre fazia quando ela estava brava com ele. Ana costumava achar fofo quando Jamie fazia isso, como se fosse um menino levado que sabia que estava encrencado, e ela acabava amolecendo e perdoando. Não funcionou dessa vez, mas ela pegou o champanhe, e ele sorriu e se aproximou. Beijou sua bochecha, e ela enrijeceu ao seu toque. Um gesto que tinham repetido inúmeras vezes antes, mas agora ela não retribuiu, não o abraçou, não beijou a bochecha dele também. Sentiu o queixo áspero de Jamie arranhar sua bochecha, temendo, por um segundo, que ele fosse morder sua jugular como um animal.

Ameera estava enrolando a corrente do crucifixo de Ana no indicador, e Jamie estendeu a mão para Tom, que não a apertou. Ele botou o braço na cintura de Ana e deu uma boa olhada em Jamie de cima a baixo.

— Ok — disse Jamie, seguindo Sadia cozinha adentro.

Quando ele sumiu de vista, Ana fulminou Tom com o olhar.

— Por favor, Tom — sussurrou Ana, seguindo Jamie.

Os gêmeos, que tinham quase dez anos, ouviram os Spellman chegando e desceram as escadas correndo para cumprimentá-los.

— O que vocês estão fazendo aqui? — perguntou Eloise a Jamie, desconfiada. — Papai disse que vocês não vinham hoje.

Jamie sorriu.

— Mas a gente vem toda sexta, querida.

— Eu sei, mas o papai disse que dessa vez vocês não vinham — disse Eloise, com as mãos na cintura da mesma forma que Tom fazia quando estava irritado.

Sadia franziu o cenho e olhou para Ana, que deu de ombros.

— Bom, o papai estava errado, né? — respondeu Jamie, se agachando para fazer cócegas em Eloise.

Em pouco tempo, ele estava segurando a menina de ponta-cabeça pelo tornozelo, ela gritando de alegria e esticando os dedos para tocar o chão, sem conseguir alcançar. Eles sempre faziam isso, Eloise amava Jamie, que lhe dava bastante atenção. Ana sempre adorou vê-los brincando, mas pensou, pela primeira vez, vendo a filha erguida acima do chão, que ele poderia deixá-la cair. Que poderia machucá-la se quisesse. Tentou afastar o pensamento, porque sabia que ele jamais machucaria Eloise, mas Ana também nunca tinha imaginado que ele lhe faria algum mal. Sentiu Tom ficando tenso ao seu lado e soube que a mesma coisa estava passando pela cabeça do marido.

Alexander estava sentado em cima da mesa da cozinha, contando a Sadia sobre uns biscoitos que Tom e ele tinham feito para um evento beneficente durante a semana, mas, quando viu Ameera, pulou da mesa e esticou os braços para pegar a menina do colo de Ana. Ameera deu um gritinho, deixou o colo dela e foi para o de Alex. Ele adorava brincar com ela, sempre a pegava e carregava para lá e para cá, mesmo ela tendo metade do seu tamanho e sendo pesada demais para ele. A cena acabou tocando o lado materno de Ana mais do que de costume. Ela queria mais um filho. No mínimo. Adorava pensar numa família grande, na casa cheia de crianças, de netos, sempre com o som do riso de bebês ou com marquinhas de dedos pegajosos nos vidros das janelas. Tom e ela tinham decidido que tentariam adotar outra vez quando Ana terminasse o projeto e, se ela ganhasse o prêmio, usariam o dinheiro para comprar uma casa maior. Mas ela já não tinha mais certeza de que aquilo iria acontecer — não só a casa, não sabia se eles poderiam arriscar adotar outra criança. Jamie sabia demais. Ela sentiu aquilo como uma perda — a perda dos filhos que ela nem conhecia, mas que poderia ter conhecido. Era uma perda para Tom também, o que só a deixava se sentindo pior.

— Vocês não fizeram comida? — perguntou Jamie, pondo Eloise no chão e pegando a garrafa de Moët de volta de Ana.

Ele colocou a bebida na geladeira e pegou uma cerveja de uma das prateleiras.

— A gente pode pedir comida — ofereceu Sadia, antes que Ana pudesse responder, olhando para ela. — Ou podemos ir embora, se não for uma boa hora.

— Não, não vão embora! — disse Alex, de quatro no chão, brincando de cavalinho com Ameera. — É uma boa hora.

— Não seja boba — falou Ana, abrindo um armário e pegando uma garrafa de vinho tinto e duas taças. Deu uma taça para Sadia e depois procurou um saca-rolhas em uma gaveta. — É só que eu estava com vontade de pedir comida chinesa. Tudo bem?

— Irado — disse bem baixinho Eloise, que estava sentada aos pés de Jamie, amarrando seus cadarços um no outro.

Jamie não notou sua presença e Ana não disse nada.

— Claro, parece uma ótima ideia — comentou Sadia, estendendo a taça para Ana encher.

Ana notou que Sadia também vira Eloise, mas não alertou Jamie.

— Faz uma vida que não como comida chinesa. Jamie só quer saber de kebab.

O rosto de Jamie ficou sério, e Ana se perguntou se Sadia havia descoberto sobre a adolescente. Ana tinha visto Jamie seduzindo a menina em um pub, e ele disse que a conhecia porque ela trabalhava na loja de kebab que ele frequentava. Era muito nova, e Ana disse isso para Jamie, mas, quando ele riu e falou para ela não se preocupar, Ana não tocou mais no assunto. Era mais fácil assim. Jamie não mencionou mais o nome dela até algumas semanas atrás, quando contou que a menina tinha engravidado. Ana fingiu que não ouviu, porque preferia não saber. Imaginou que, quando a menina desse à luz, ia acontecer o mesmo de quando Ameera nasceu — Jamie ia levar o bebê para Sadia, que ficaria encantada e talvez se sentisse tão feliz que nunca perguntaria como Jamie conhecia tantas jovens dispostas a entregar seus bebês para ele. Ana tinha tentado não pensar no que Jamie teria dito para a mãe biológica de Ameera a fim de convencê-la a abrir mão da bebê.

Ana sabia que estava sendo egoísta. Estava furiosa com o Prêmio Coel e sabia que era o fim de sua amizade com Jamie, mesmo que ele achasse que poderia reconquistá-la como sempre fazia — mesmo que ela tivesse de fingir que o perdoara. Havia ignorado repetidas vezes várias coisas sobre Jamie ao longo de seus quinze anos de amizade, tomado o partido dele mesmo quando não tinha certeza se deveria, deixado que ele se safasse com coisas pelas quais deveria tê-lo confrontado, e foi então que percebeu que era fácil perdoá-lo por prejudicar os outros, porque ela o amava mais que a eles. Ele fora, por muito tempo, a pessoa mais importante da sua vida, até as crianças chegarem. Colocava Jamie acima de Tom, às vezes. Mais vezes do que deveria ter colocado.

Quando a comida chegou, Ana distribuiu as embalagens de alumínio na mesa com uma pilha de pratos e talheres, e todos se sentaram, como faziam na maioria das sextas à noite, fosse ali ou na casa dos Spellman. Sadia começou a servir uma tigela de arroz e pedacinhos de frango para Ameera enquanto todos faziam seus pratos. Tom ficou o mais longe possível de Jamie.

— Então — disse Sadia, quando todos começaram a comer, sorrindo. — Jamie tem um anúncio a fazer.

— Mais um? — falou Tom, sem tirar os olhos de seu *satay*.

— Ah, vocês já souberam? — perguntou Sadia.

Ana manteve os olhos na comida, respirou fundo e prendeu a respiração, contando até cinco.

— Eu te disse — comentou Jamie, colocando arroz em seu prato e espalhando com o garfo. — Anunciaram no trabalho.

— Ah, eu tinha entendido que... — disse Sadia, parecendo momentaneamente confusa. Seu rosto se animou, e ela se levantou. — Vamos brindar, então?

Tom olhou para Ana, do outro lado da mesa. Ele inclinou a cabeça, as narinas dilatadas. Ela estendeu o braço e tocou sua mão, se levantando também. Sadia pegou a garrafa de champanhe na geladeira e a trouxe para a mesa, e Ana pegou umas taças de uma prateleira, presente de casamento da mãe de Tom. Passou um pano nelas para retirar a poeira enquanto Sadia abria a garrafa.

— A gente pode tomar também, mamãe? — perguntou Eloise, se debruçando sobre uma das taças para observar as bolhas douradas.

Jamie riu.

— Não, é só para adultos — disse, bagunçando o cabelo de Eloise.

Tom abriu a boca para falar, mas Ana se antecipou.

— Você pode tomar um *pouquinho* com limonada — respondeu, servindo meio dedinho de champanhe em duas das taças.

Eloise ergueu o punho e mostrou a língua para Jamie, que empinou o queixo e não disse nada.

— Você é demais, mamãe — elogiou Eloise.

— É bom se lembrar disso da próxima vez que eu mandar você arrumar o quarto — disse Ana, completando as taças com limonada e as entregando aos gêmeos.

Quando todos estavam com a taça na mão, Sadia se levantou novamente. Ela ergueu a taça.

— Ao meu brilhante marido — disse. — Um cientista premiado. Estou tão orgulhosa, você se dedicou tanto para isso.

Jamie sorriu e brindou com Sadia, depois esticou o braço para fazer o mesmo com Ana, Eloise, Alexander e, finalmente, Tom, que recolheu a taça quando Jamie aproximou a dele e começou a beber. Ana botou a mão na coxa do marido. Sadia franziu a testa por um instante, mas não disse nada, e todos beberam e encheram a taça de novo, até a garrafa esvaziar.

— Há quanto tempo você vinha trabalhando nessa pesquisa, Jamie? — perguntou Tom uns minutos depois. Eloise estava catando as ervilhas de sua comida e fazendo uma carinha sorridente com elas no canto do prato. — Quantas horas você diria que levou para concluir tudo?

Jamie abriu a boca para responder, mas Sadia falou antes.

— Demorou tanto, Tom. Na verdade, ele está trabalhando nisso há anos, correndo de um lado pro outro. Ele mal para em casa.

— Bom... — Jamie tentou falar, mas Sadia continuou.

— Mas tudo vai ter valido a pena quando a verba da pesquisa sair — disse. — Estou doida para reformar a cozinha.

— Se a Ana tivesse passado tanto tempo fora de casa, eu provavelmente acharia que ela estava aprontando alguma... alguma coisa extracurricular — comentou Tom, piscando para Jamie.

Jamie fulminou Tom com o olhar, e Sadia gargalhou alto demais. Ela se virou para o marido, fingindo estar brava, e arquejou:

— É isso que você estava fazendo?

Jamie revirou os olhos:

— Claro.

— Talvez seja bom ficar de olho, Sads — disse Tom.

— Tom — chamou Ana, levantando-se e tocando o cotovelo do marido. — Tenho uma caixa de bombom lá em cima, para a sobremesa. Vem me ajudar a procurar.

— Eu ajudo, mamãe — ofereceu Alex.

— Não, você fica aqui. Termine seu prato. O papai vai me ajudar — disse Ana, subindo as escadas, seguida por Tom.

— O que foi? — perguntou Tom assim que ela fechou a porta do quarto.

— Para com isso — sussurrou Ana. — Eu disse para você deixar quieto.

— Por que ele está aqui, Ana? Como pode você deixar esse cara levar o crédito por uma pesquisa que você vem fazendo há quase três anos, que fez você meio que abandonar a mim e às crianças, e a gente não reclamou, nem uma única vez, e você vai deixar que ele volte a frequentar a sua casa assim? E eu ainda tenho que ficar sentado quietinho e tratando bem ele?

— Olha...

— Você está apaixonada por ele? Nunca achei isso, mas... sei lá. É isso?

— Não seja ridículo — disse Ana.

— E o que mais eu devo pensar? Ele está te chantageando com alguma coisa?

— Ele não está.

— Mas poderia?

— É claro que sim, Tom. Ele pode me expor.

— Mas não é só isso, né?

Ana olhou para o marido e entendeu que não adiantava mentir. Ele sabia que ela estava escondendo alguma coisa.

— Não.

Tom se sentou na beirada da cama e cruzou as pernas.

— Então me diz o que é.

— Ele sabe sobre a adoção — falou Ana, e Tom ficou olhando para ela por alguns segundos até se dar conta do que ela estava querendo dizer, e então arregalou os olhos.

— Nem minha mãe sabe disso — respondeu Tom.

— Eu sei.

Tom cobriu a boca com a mão, para evitar dizer algo do qual se arrependeria depois. Ana se sentou ao seu lado na cama. Quando ela tinha dezoito anos e decidiu deixar o Brasil, sua mãe vendeu a aliança de casada, uma herança da avó do pai da Ana — que era rica —, para juntar dinheiro e comprar um novo passaporte para Ana. Um passaporte falso com o nome *Ana Maria Cortês* e um pequeno *f* no campo *sexo/sex* que a deixou tão eufórica que começou a chorar. Ela só voltou ao Brasil uma vez desde então, para encontrar os pais no Rio durante uma semana com Tom, seis meses antes de eles adotarem os gêmeos. Ela se sentiu ao mesmo tempo abraçada pela cultura que amava, mas um pouco deslocada depois de ter passado tanto tempo longe. Seus pais a tinham visitado duas vezes, a primeira um ano depois de ela se mudar para a Inglaterra, e a outra em 1998. Quando eles a visitavam, ela ficava consciente da condição de gringos deles.

Ana não havia saído da Inglaterra nem uma vez sequer desde a ida ao Brasil, porque usar o passaporte era arriscado demais. Tinha tanto medo de ser descoberta e presa que era mais fácil não usar, embora tivesse precisado recorrer a ele quando adotaram os gêmeos. Se tivesse contado a verdade sobre si, Tom e ela não teriam conseguido adotar as crianças. Se alguém descobrisse que eles adotaram as crianças com um passaporte falso, tomariam os dois deles, e ela e, provavelmente, Tom seriam presos. E ela contara tudo para Jamie anos antes, porque dividia tudo com ele, mesmo tendo prometido a Tom que jamais diria a ninguém.

— Não acredito nisso — disse Tom.

Ele estava chorando. Ana botou a mão no joelho de Tom, e ele se afastou. Ouviram uma batida na porta.

— Mãe? — chamou Alexander do outro lado. — Eloise vomitou em tudo.

— Já estou indo, meu amor — disse Ana. — Só dois minutinhos.

— Ele deve ter virado a Eloise de cabeça para baixo outra vez — falou Tom.

— Eu sei.

— Não acredito nisso.

— Eu sei.

— Eu nunca... Nunca fiquei tão puto...

— Eu sei. Eu sei — disse Ana, cobrindo os olhos com a mão. — Mas agora não é o momento. Temos que manter o Jamie sob controle até eu pensar numa maneira de resolver isso.

— Parece ser o único jeito, né?

— A gente conversa mais tarde — disse Ana.

— Não tenha a menor dúvida disso.

Tom tinha razão: Jamie voltara a brincar com Eloise depois da janta e ela vomitara no linóleo. Quando Ana desceu, Sadia estava limpando a sujeira, quase vomitando também no processo. Eloise estava sentada no colo de Jamie, com cara de dó de si mesma, e Alex via desenho com Ameera na sala.

— Sadia, deixa que eu cuido disso, sério — disse Ana, pegando o papel-toalha que ela estava usando e se ajoelhando ao seu lado. — Ellie, o papai está preparando um banho de banheira para você. Vai lá para cima, por favor.

— Mas eu não quero ir dormir, ainda — reclamou Ellie. — Posso descer quando acabar?

— Vamos ver — disse Ana, enrolando o papel-toalha na mão.

Sadia se levantou e colocou a cabeça para fora da janela aberta da cozinha.

— Desculpa, sou péssima com vômito — falou, tomando ar. — Mesmo que seja da Ameera.

— Obrigada por tentar — disse Ana. — Não precisava.

— Mas foi culpa do Jamie ela ter passado mal, para começo de conversa — disse Sadia, incomodada.

Jamie bufou.

— Tudo é minha culpa sempre — falou.

— Certo — disse Sadia, fechando a janela e olhando na direção contrária à da lata de lixo que Ana estava enchendo de papel-toalha usado. — Vou pegar a cria e vamos para casa. Você está bem para dirigir, J, ou peço um táxi?

— Estou — respondeu ele. Seus olhos acompanharam Sadia enquanto ela ia até a sala, então se virou para Ana. Era a primeira vez que ficavam a sós desde que ela soubera do prêmio. — E aí? Disse para o Tom se acalmar?

— Ele só está cansado — disse Ana.

Ela se levantou, lavou as mãos e, quando se virou, Jamie tinha se deslocado até ela e parado ao seu lado.

— Está tudo bem entre a gente, né? — perguntou ele, embora ela soubesse que aquilo não era bem uma pergunta.

— Claro — respondeu.

Jamie levantou a cabeça e a encarou, e ela o encarou também. Era a primeira vez que o via como as outras pessoas deviam vê-lo às vezes — seus olhos tinham uma expressão que ela nunca havia notado, mas que podia ver agora. Se já tivesse reparado nisso antes, saberia que ele não era seu amigo, nunca fora. Era o olhar — pensou, do nada — que Kaysha Jackson tinha visto enquanto ele a estuprava, e, pela primeira vez, Ana se deu conta de que Kaysha tinha dito a verdade.

Na segunda-feira seguinte, Ana e Tom tiraram a manhã de folga para assistir a uma apresentação dos gêmeos na escola. Era um amálgama do que a turma achava que aconteceria no novo milênio. Algumas crianças mostraram desenhos de carros voadores e máquinas de teletransporte, uma criança recitou um poema que fizera sobre como o Bug do Milênio poderia dar fim a toda tecnologia, levando todos de volta à Idade das Trevas, e outra criança apenas subiu no palco para dizer que tudo continuaria igual — o que Ana achou um pouco decepcionante, embora concordasse com isso. Eloise se enrolou em papel-alumínio e caminhou pelo palco com uma vassourinha e uma pá de lixo, os membros rígidos, fingindo ser um robô que limpava a casa. Alex estava de narrador e ficava ao lado do palco apresentando cada estudante com uma voz de apresentador de televisão, lendo as falas escritas nos cartões coloridos que ele e Tom tinham preparado juntos na noite anterior. Tom ficou no corredor o tempo todo, registrando tudo aquilo com sua filmadora portátil.

Enquanto assistia, Ana pensou que eram esses os momentos que faziam a vida valer a pena, as pequenas coisas entre os grandes acontecimentos, e desejou que aquele instante se prolongasse mais um pouco, seus filhos iluminados pela luz do palco, o calor do marido ao seu lado. Ela era apenas alguém em meio à multidão, vivendo a vida que sempre sonhara. Parecia bom demais para ser verdade.

Quando foi para o trabalho, à tarde, feliz apesar de tudo, viu que alguém tinha rasurado com caneta a placa em sua porta para *Senhor Cortês*. Ela arrancou a placa e a jogou no lixo com tanta força que a lixeira virou e um resto de maçã saiu rolando pelo linóleo. Quando se virou, Jamie estava encostado no batente da porta, os braços cruzados. Ele sorriu.

— Mentira tem perna curta — disse.

21

JOSIE
8 DE JANEIRO DE 2000

Os ônibus que vão para a cidade passam pela casa de Josie Kitchen a cada dez minutos, mas ela deixa que sigam enquanto continua andando. Não desvia das poças, por isso seu Air Max já está ensopado. Deixa o capuz escorregar para trás quando a neve fica mais intensa, e ela se dá conta de que, quando chegar à delegacia, o cabelo vai estar pingando, emoldurando seu rosto daquele jeito que acontece nos filmes quando as mulheres aparecem na porta de alguém, prontas para se declararem ou pedirem perdão. Ela se lembra de ter aprendido sobre falácia patética na aula de literatura e imagina que, *se estivesse* em um filme, estaria chovendo, e não nevando. Chovendo torrencialmente. Josie esfrega o olho, mesmo sabendo que seu rímel vai acabar manchando e escorrendo pelo rosto. Ela se pergunta se está parecida com o autorretrato que fez na aula de artes uma vez, quando se desenhou chorando, toda desgrenhada, indefesa, mas de um jeito belo. Tinha batizado a obra de *"não correspondido"*, e a intenção era capturar a tortura intensa, a beleza triste de amar Jamie quando ele nem sabia seu nome. Naquela época, achava que sentimento nenhum a consumiria como o desejo por Jamie. Não acreditava que nada pudesse ser mais angustiante.

As espumas que protegem seus fones de ouvido estão encharcadas, e ela só consegue pensar nos flocos derretidos entrando na peça de plástico por baixo ou escorrendo pelo fio até o walkman em seu bolso, escangalhando-o. Não faria diferença, ele seria tomado dela de qualquer jeito, assim que a trancafiassem. Devia tê-lo deixado em casa para o irmão caçula, Tony, pelo menos ele faria uso do aparelho, o que era melhor do que ficar trancado com suas roupas molhadas em um armário da polícia. Pensa em Tony deitado em sua cama, ouvindo cada uma de suas fitas porque o fazem se lembrar dela. O impacto que sua prisão terá sobre ele a preocupa. Pelo menos, enquanto ela estiver na cadeia, ele terá o quarto só para si.

Ela está ouvindo uma fita que gravou na mesma época que pintou *"não correspondido"*, músicas do *Top 40* que gravou com muita dedicação num domingo à noite — só músicas tristes que pioravam seu humor em vez de levantar seu astral, e, enquanto caminha, se deixa inundar pela nostalgia. Ela se permite ser sugada de volta para seu passado, quando as emoções eram mais simples e fáceis de administrar. Tenta pensar em Jamie como o via na época — antes de conhecê-lo de verdade. Ouviu essa fita tantas vezes que já sabe a ordem das músicas de cor, sabe que tem um ou dois segundos da voz do locutor entre "Something About the Way You Look Tonight" e "Torn", porque ela demorou a apertar o botão para interromper a gravação. Lembra-se de ter gravado as músicas numa sequência que ia crescendo em intensidade, de modo que, quando ouvia a fita na cama à noite, ficava tão tomada pelas emoções ao fim da fita que mal conseguia dormir e às vezes arranhava as coxas com as unhas até sangrarem, só para dar vazão a todos aqueles sentimentos acumulados.

Ela acredita que a última canção, "Time to Say Goodbye", de Andrea Bocelli e Sarah Brightman, já estará tocando quando se aproximar da delegacia. Não é bem o tipo de música que ela costuma ouvir, mas era popular na época em que gravou a fita, e ela gosta da sonoridade, tão grandiosa que a preenche por dentro, além de preencher tudo ao seu redor, fazendo-a sentir que existem coisas maiores que ela. Está a caminho da delegacia por algo maior que ela. Está indo porque é a coisa certa a fazer, está indo para salvar as outras mulheres, está indo para salvar seu bebê de si mesma. Quem sabe o que poderá fazer se ficar sozinha com ele?

Ela só chora quando começa a tocar "Un-Break My Heart", e, quando finalmente o choro vem, é difícil contê-lo. Ela se esgueira na entrada de um beco e se recosta em uma parede. Acima dela, algum cano solta o vapor do chuveiro ou da louça de alguém na noite de janeiro, brusco contra a escuridão do céu. Outro ônibus passa por ela, quase vazio, as janelas embaçadas iluminadas pelas luzes alaranjadas do interior. Por um breve instante, um segundo ou nem isso, ela se imagina se jogando na frente dele, imagina a escuridão, na eternidade vasta e vazia, livre de Jamie Spellman, de si mesma e do que fizera. Ela não acredita mais em Deus, mesmo tendo estudado tantos anos em escola católica. Deus não teria permitido que isso acontecesse com seu bebê.

Ela sente o bebê se mexendo em seu ventre e não se joga na frente do ônibus. Pensa em voltar pelas ruas lamacentas para o apartamento que fica em cima da loja de kebab do pai. Queria poder fazer isso, mas não é mais seguro ela viver em meio às outras pessoas. Não pode correr esse risco. Pela segurança daqueles à sua volta, precisa ser trancafiada. Principalmente pela segurança de seu bebê, pensa, tocando a barriga.

O frio e a umidade atravessam o tecido de seu casaco — um casaco de segunda mão dado por sua prima Jenn, que é um ano mais nova, mas meio palmo mais alta —, e ela treme, batendo os dentes enquanto tenta ganhar coragem. Começa a tocar "It's All Coming Back to Me Now" — os primeiros acordes estão faltando porque ela não tinha conseguido apertar o botão de gravar a tempo —, e ela funga e enxuga o rosto, se encolhendo de frio. É a coisa certa a fazer. Precisa se entregar. Não contou a ninguém aonde ia, porque sabia que alguém tentaria impedi-la. Talvez ligue para o pai quando permitirem que faça uma ligação e explique que não estará em casa para jantar, que ele vai precisar achar outra pessoa para trabalhar nas noites de sábado para ele.

Enquanto pensa nisso, ela se dá conta de que não voltará ao café também. Fica se perguntando o que vai acontecer quando não aparecer no próximo turno, como vão acabar descobrindo o que fez. Vão contar para os clientes, e aqueles que são legais e deram uma gorjeta no Natal para ela e tricotaram casaquinhos para seu neném ficarão com nojo dela. Imagina Sadia indo até o café com a filha e os baristas cochichando na cozinha depois que sair. *É ela, ela é a mulher do cara que a Josie matou.*

Josie tinha quatorze anos quando conheceu Jamie e se lembra do momento com a clareza característica das obsessões adolescentes. Era o primeiro sábado antes das férias escolares, comecinho da noite na loja do pai, ela sentia frio nas pernas porque usava uma minissaia e meias três-quartos e estava discutindo com ele sobre o comprimento da saia, que ela havia subido o máximo que pôde. Mostrou a mão espalmada para o pai, algo que o irritava, e ligou o rádio no volume máximo. Estava tocando "Rotterdam", e Josie se recostou no balcão. Fazia vinte minutos que não aparecia nenhum cliente, e ela se sentia revoltada de ser forçada a passar todas as noites de sábado ali enquanto os seus amigos enchiam a cara no parque Leazes.

A música acabou e começou a tocar "Children", sua canção favorita de todos os tempos, que sempre despertava algo nela; lhe dava vontade de dançar, de dirigir a toda velocidade por uma estrada americana em um conversível com suas amigas. A música a fazia se sentir viva, e Jamie entrou em sua vida nos primeiros segundos em que o som do piano começou a ecoar pela loja. Seus olhares se encontraram, o coração de Josie disparou, e ela esqueceu de respirar, e aquele pareceu o acaso mais perfeito de todos. Seu pai correu para diminuir o volume do rádio e olhou para Jamie como quem pede desculpas. *Para com essa merda*, chiou o pai, mas Josie não lhe deu atenção. Aquele homem era provavelmente o ser humano mais bonito que ela já vira na vida real. Ele estava usando uma jaqueta de aviador de couro e óculos de sol, e ela achou que fosse uma espécie de Brad Pitt de Newcastle, ou um integrante de uma *boy band*, ou algo do tipo. Tempos depois, ela sempre dizia a ele que tinha sido amor à primeira vista.

Seu pai anotou o pedido de Jamie e Josie se sentiu aliviada, porque não achava que seria capaz de articular nem um simples *como posso ajudar?* para *aquele* homem. O pai voltou para a chapa para preparar a comida, e o homem pôs algumas moedas na palma da mão aberta de Josie. De onde estava, do outro lado do balcão, ela conseguia sentir a fragrância da loção pós-barba dele, e parecia cara, não aquelas falsificações que seu pai passava, quando usava alguma coisa. De repente, ficou com vergonha da sua roupa, desejando ter vestido algo melhor, mais adulto. Cogitou se esconder debaixo do balcão ou sair pela porta dos fundos para o beco até que ele fosse embora, porque não aguentava pensar nele olhando para ela com aquela aparência tão sem graça.

Ele se encostou na parede enquanto aguardava o pedido, dois kebabs de frango com molho de alho extra. Estava com um polegar metido no bolso da jaqueta e batucava com a palma da mão no couro, no ritmo da música, e para Josie aquilo era a coisa mais irada que já tinha visto. Ela imitou esse gesto por meses sempre que queria parecer indiferente, enfiando os polegares no cinto e batucando.

Quando o homem foi embora, ela subiu correndo para o quarto, embriagada de atração. Nunca tinha se apaixonado tão rápido por alguém e não podia deixar de pensar *é isso, é disso que todas as músicas, filmes e poemas falam*. Começou a rir de si mesma, sentia como se tivesse sido atropelada por um trem e passou o restante da noite na cama, sem fazer nada, apenas ouvindo música e observando o estrado do beliche acima do seu, pensando em como seria viver com o homem do kebab de frango, mesmo sabendo que parecia loucura. Ficou sonhando com o casamento deles, em ter filhos com ele, em dormir ao seu lado todas as noites pelo resto da vida.

Ela o guardou nos pensamentos, como um segredo, como se algo além de um choque elétrico tivesse acontecido quando seus dedos se tocaram na hora em que lhe entregou o troco. Era um sentimento intenso demais e que não se bastava e, de repente, os meninos da escola pareciam imaturos e indignos de sua atenção. Tinha marcado de ir ao cinema na terça-feira com Michael Phillips, mas ligou para ele e disse que havia mudado de ideia. Não tinha mais tempo para isso — precisava de um homem mais velho.

Para a alegria de Josie, o homem voltou no mesmo horário na semana seguinte. Ela estava na expectativa disso, então tinha vestido uma calça boca de sino da Miss Sixty que pegou emprestada com a melhor amiga e uma camiseta que sabia que estava um pouco pequena, então acabava subindo e deixando parte de sua barriga à mostra. Sem falar que ficava justa no peito. Passou uma sombra cremosa nas pálpebras, fez as sobrancelhas até ficar quase sem nada e se encheu de perfume da Body Shop. Quando desceu para assumir o balcão, se sentia a própria Britney Spears.

— Não quero nem saber o quanto você se arrumou, ainda assim não vai sair para beber — disse seu pai quando ela acabou de descer a escada, a encarando e depois se voltando para as cebolas que estava picando.

Herman, o chapeiro, deu um sorriso debochado.

— Credo, pai, só estou tentando me esforçar por essa droga de loja — devolveu Josie, indo para trás do balcão, apoiando a cabeça na palma da mão e tentando parecer particularmente entediada.

Quando Jamie chegou, embora, é claro, ela ainda não soubesse seu nome, Josie teve de conter o sorriso. Era melhor parecer indiferente que interessada, como lera numa revista naquela manhã.

— Como posso ajudar? — perguntou ela, tentando soar sensual, como vinha treinando.

— Vai sair, linda? — devolveu Jamie, colocando os óculos de sol no alto da cabeça.

Seus olhos eram de um azul-acinzentado, e ele sorriu para ela. Os dentes não eram os mais certinhos que Josie já tinha visto, mas os incisivos eram bem pontiagudos, e ela se lembrou de novo de Brad Pitt, mas dessa vez em *Entrevista com o vampiro*. Decidiu que ia passar a chamá-lo de Brad em sua cabeça até descobrir seu nome verdadeiro.

Depois disso, ele passou a ir lá todo fim de semana, e Josie às vezes ficava conversando com ele por um tempo sobre algum filme recém-lançado ou sobre música, e, quando ele ia embora, ela passava o restante da noite emburrada. Pensava nele o tempo todo, sentia falta de ar e empolgação quando o via e mau humor quando estava longe dele, e sabia que estava apaixonada. Num domingo, saiu para passear pela vila com sua melhor amiga, Lou, que botava as mãos leves em ação sempre que queria algo que não podia pagar — e ela nunca podia pagar nada. Josie fez com que Lou roubasse para ela um frasco da loção pós-barba que Jamie usava, depois de cheirar várias até descobrir a certa. Ela borrifava toda noite em seu travesseiro e imaginava que estava dormindo ao lado dele.

Nas noites de domingo, Josie ficava no quarto com seu diário, ouvindo o *Top 40* na Radio One, escrevendo páginas e mais páginas de letras de músicas que achava que descreviam seus sentimentos, e depois ficava fantasiando com Jamie encontrando seu velho diário um dia, dez anos depois, e pensando em como ele ficaria comovido ao ver que ela ficava pensando nele, e então ele revelaria que fazia a mesma coisa, cantava músicas no carro a caminho do trabalho e pensava nela até finalmente ficarem juntos.

Ela o achava perfeito. Gostava de como passava os dedos pelo cabelo e, às vezes, algumas mechas caíam sobre seus olhos. Gostava de como sempre perguntava como tinha sido o dia dela, de como se debruçava no balcão e mostrava para ela o celular, que era sempre o que havia de mais moderno. Herman e seu pai se matavam de rir toda vez que ela tentava mencioná-lo nas conversas, como quem não quer nada, só porque gostava de falar dele. Eles a provocavam, dizendo que estava apaixonada, e, depois de um tempo, passaram a se referir a ele como seu namorado, o que a fazia morrer de vergonha, principalmente quando falavam isso na frente de Jamie. Ela dizia para não serem ridículos, claro que não gostava dele, ele era velho, *eca*, e eles gargalhavam.

No quarto, enquanto Tony dormia, ela escrevia sobre Jamie em seu diário. Escrevia parágrafos curtos e pouco elaborados sobre como sabia que ele estava dando mole para ela, que não era acidental a maneira como o dedo dele tocava sua mão por mais tempo do que necessário quando pagava pela comida. O jeito como sorria e olhava bem dentro dos seus olhos como se pudesse enxergar sua alma. Depois disso, ficava deitada no escuro, embaixo das cobertas, com a mão enfiada na calça do pijama, imaginando situações em que ele voltava depois de fecharem a loja, em que ela estaria fumando escondida nos fundos depois de seus pais dormirem, e ela então iria para o carro dele e eles transariam. Não escrevia isso no diário. Tinha criado um código, caso alguém o lesse — o que era sempre possível. Transar era batata frita. Ela escrevia, *Nossa, como eu queria que eu e Brad pudéssemos sair e comer batata frita. Um montão de batata frita.*

Dois anos se passaram, mas Josie não perdeu o interesse nele. Às vezes saía com meninos da escola, geralmente de um ano acima e, uma vez, dois anos acima, mas, quando estava com eles, pensava em Jamie. Foi descobrindo fragmentos da vida dele a cada semana e ia reunindo-os até que acabou sentindo que o conhecia. Ele tinha uma esposa, de quem não gostava, e uma filhinha. Era cientista, tinha um belo carro, sua cerveja preferida era Budweiser. Seu filme favorito era *Laranja mecânica*, que Josie não tinha visto, mas fingia que sim. Um dia ela o viu parar do lado de fora da loja para conversar com um dos entregadores que estava esperando o próximo pedido. Ela queria uma desculpa para falar com Jamie outra vez, então pegou umas moedas do caixa para fingir que tinha esquecido de entregar o troco, o que não era verdade. Saiu de trás do balcão, mas, antes que deixasse a loja, ouviu seu nome e parou, escondida pela porta.

— É, a menina tem uma quedinha por você — dizia o entregador enquanto Jamie ria.

— Claro que tem, olha só pra mim.

— Mas ela é muito novinha.

— Você sabe o que dizem — falou Jamie, rindo outra vez. — Criança que faz criança não é mais criança. Até mais, parceiro.

O entregador tossiu e cuspiu. Josie sabia, no fundo, que o que Jamie dissera era repugnante, que ele não devia se referir a ela assim, mas então decidiu achar graça naquilo. Ele só estava brincando. Não estava falando sério. O que ele quis dizer, na verdade, é que não a achava assim tão nova. Ela torcera, nos dois últimos anos, que ele esperasse até ela fazer dezesseis anos, quando atingiria a maioridade sexual, e a levasse embora. Que ele confessasse os sentimentos, dissesse que a amava desde o primeiro dia que a vira, mas que não pudera fazer nada. Mas isso não aconteceu. Antes de seu aniversário, comentou que faria dezesseis anos dali a umas semanas, mas no dia ele agiu como sempre.

Numa tarde de domingo, Josie estava deitada na cama de Lou com a amiga. Eram melhores amigas desde os cinco anos de idade, embora não tivessem muito a ver uma com a outra. Josie era uma adolescente rebelde, tinha o cabelo loiro descolorido com água oxigenada e usava botas da Rockports que seu pai conseguira para ela em uma feira de coisas usadas. Lou era gótica. Usava preto da cabeça aos pés e pensava na morte o tempo todo. Na verdade, pelas leis implícitas da escola, elas deviam ser inimigas mortais, mas sempre foram inseparáveis. Lou gostava de Smashing Pumpkins e dizia para todos que era Wicca, porque tinha um gato preto, mas estava mais interessada em transar, como todo mundo.

Quando ela disse que Jamie ainda não tinha tentado nada, Lou começou a rir.

— Claro que não, ele nunca vai tentar nada com seu pai por perto.

— Não, eu encontro com ele do lado de fora às vezes, quando saio para fumar — disse Josie, enrolando uma mecha de cabelo com o dedo.

— Malditos homens, né? — respondeu Lou, imitando a mãe, que estava sempre saindo com alguém que, no fim das contas, acabava se revelando um escroto.

Lou pegou uns livros de uma pilha de baixo da sua cama.

— Eu não vou fazer nenhum feitiço — disse Josie, revirando os olhos, mas pegando um dos livros mesmo assim.

Tinha uma capa de veludo preto e, mesmo que magia não passasse de enganação, como suspeitava Josie, pelo menos era um livro bonito. As magias estavam impressas em uma fonte antiga e havia ilustrações de pentágonos, ervas e cristais. Havia receitas de feitiços de vingança, poções para ajudar a dormir melhor, para atrair boa sorte, para atrair o amor. Josie parou em uma página que tinha uma poção do amor e Lou fez um som de aprovação.

— É essa que vamos fazer — disse, passando os dedos pela lista de ingredientes no topo da página.

Exatamente três semanas depois, quando Josie estava perdendo a última gota de esperança que a poção de amor lhe dera, finalmente aconteceu. Tinha entrado num pub com Lou, as duas usando o decote como identidade, quando Josie viu que Jamie estava no bar. Os pelinhos de sua nuca se arrepiaram, e ela estava pronta para ir falar com ele quando notou uma mulher alta de cabelos escuros ao seu lado. Ele falou alguma coisa e a mulher gargalhou, balançando a cabeça. Josie imaginou que fosse a esposa dele e se sentiu triste, porque não parecia que eles estavam prestes a se divorciar, como ele sempre falava. Talvez não fosse a esposa, podia ser uma nova namorada, alguém da idade dele, que tinha um emprego e uma casa própria, e não uma adolescente espinhenta que dividia o quarto com o irmão caçula. Ela se sentiu uma idiota, ridícula por sequer pensar que algo poderia rolar entre eles, ela não passava de uma criança para ele. Claro que nunca iria querer nada com ela.

A vontade de Josie foi ir embora, mas Lou pediu uma sidra e uma cerveja preta para elas antes que pudesse dizer qualquer coisa. Elas se sentaram no canto, torcendo para que a proprietária — que era boa em detectar menores de idade bebendo — não as notasse, e Josie ficou encarando a nuca de Jamie, torcendo para que ele se virasse e a visse.

— Nossa, você está falando à beça hoje, hein? — Lou acabou dizendo, cruzando as pernas e enxugando as gotinhas de condensação de sua cerveja.

— É ele — disse Josie.

— Quem?

— *Ele* — repetiu Josie, apontando com a cabeça para o bar. — O louro de jaqueta de couro.

— Do lado da mulher de vestido branco?

— Isso.

Jamie se virou para olhar a mulher e, por um segundo, Josie e Lou conseguiram ver seu rosto de perfil. Seus cílios pareciam inacreditavelmente longos daquele ângulo, e Josie ficou observando como suas bochechas formavam vincos quando ele ria.

— Ele é bonito — disse Lou, dando de ombros. — Mas meio velho.

— Eu gosto de homens mais velhos — disse Josie, apoiando o queixo no punho. — É que sou madura para a minha idade.

— Você está se achando a Cher Horowitz, né? — disse Lou.

— Quem me dera.

— Qual é o nome dele?

— Não sei — respondeu Josie, corando. — Eu o chamo de Brad.

— Brad? — repetiu Lou, achando graça. — Quem se chamaria Brad por essas bandas?

— É que ele se parece um pouco com o Brad Pitt.

Lou cuspiu a sidra na mesa e começou a tossir.

— Fala sério.

— Parece um *pouco*, sim.

— Você está precisando de óculos — disse Lou, observando a proprietária pegar a bolsa e sair do pub. — Vou pegar outra cerveja pra gente enquanto ela está fora.

Josie tomou a metade da cerveja que ainda tinha no copo enquanto Lou ia até o balcão do bar. Parou ao lado de Jamie, e Josie sentiu inveja do quanto a amiga estava perto dele. Enquanto Josie observava, Lou deu um tapinha no ombro de Jamie e começou a falar com ele. Apontou para Josie, e Jamie olhou para trás, procurando. Parou quando viu Josie e sorriu, piscando para ela. A mulher de cabelos pretos também olhou e depois desviou o olhar. Lou pegou as cervejas que o barman pôs na sua frente e voltou para a mesa.

— O que você disse? — sussurrou Josie, pegando um cigarro no maço de Lou e acendendo com as mãos trêmulas.

— Disse que você acha que ele é a cara do Brad Pitt.

— Mentira.

— Juro. Às vezes os feitiços precisam de uma mãozinha, mas sempre dão certo — disse, dando uma golada na cerveja, respirando fundo e se levantando.

— Aonde você vai? — perguntou Josie.

Lou pegou dois cigarros do maço e os deixou na frente de Josie.

— Eu não vou ficar de vela — disse. — Depois me liga e conta como foi.

Lou saiu antes que Josie pudesse dizer alguma coisa, e o homem ocupou a cadeira que acabara de vagar.

— Tudo bem? — falou ele, pondo duas cervejas na mesa.

Ele empurrou uma em sua direção. Josie piscou, sentindo-se meio hesitante.

— Aquela é a sua esposa? — perguntou.

Ele começou a rir.

— Não, é só uma amiga. Não precisa ficar com ciúmes.

Josie não sabia o que dizer, seu rosto ardia de vergonha e ela nunca se sentira tão empolgada.

— Por que eu teria ciúmes? — disse, esbaforida e mais alto que o normal.

Ele apenas sorriu e tomou um gole da cerveja.

— Quer dizer que você me acha parecido com o Brad Pitt? — perguntou. Josie sabia que estava corando e torceu para que o pub estivesse escuro o bastante para ele não notar. — Mas eu sou mais bonito.

— Eu não falei isso.

— Sua amiga me contou que você gosta de mim.

— É mentira — disse Josie, morrendo de vergonha. — Eu tenho namorado, na verdade.

— É mesmo? — perguntou ele, se aproximando dela.

Pôs a mão em sua coxa e apertou de leve, se inclinando para beijá-la. Josie se sentiu zonza. O beijo durou apenas um segundo, mas pareceu uma eternidade, o momento mais decisivo de sua vida até ali. Sentia-se mais adulta que nunca, o desejo percorria seu corpo em ondas, mas também se sentia tão jovem, minúscula entre suas mãos de adulto.

Ele se afastou e deu um gole, depois a olhou tão intensamente que ela precisou desviar o olhar.

— Você vai me causar problemas — disse, se aproximando dela, colocando uma mecha de seu cabelo atrás da orelha.

Ela tremeu quando o nariz dele roçou em sua nuca.

— Não vou, juro.

— Vamos para outro lugar — disse Jamie, com a voz mansa.

A respiração de Jamie fez cócegas em suas orelhas, e ele apertou sua coxa outra vez. Josie concordou, sem ar, sentindo que era um passo grande demais, mas que agora era tarde para recuar.

Só depois, num quarto úmido de hotel, sentindo-se dolorida e perplexa, mas ainda sendo fundamentalmente ela mesma, foi que descobriu qual era o nome dele.

22
NOVA
8 DE JANEIRO DE 2000

Nos fundos da delegacia tem um pátio pequeno onde ficam as latas de lixo, além de uma mesa meio apodrecida de piquenique onde eles almoçam nos dias quentes — o que raramente é o caso. Nova joga a bituca do cigarro em uma lixeira de plástico que acumula água de chuva, e ele se apaga. Está nevando, mas ela nunca sai com seu casaco mais quente, então fica só mais um minuto para se recompor e volta para a sala de interrogatório.

A menina está pálida e tem espinhas no queixo, parecendo uma colegial, bonita mesmo chorando. Tem os cabelos descoloridos, mas é possível notar a raiz castanha começando a despontar, e suas unhas são compridas. Fica cutucando a sujeira que está por baixo delas enquanto Nova se senta outra vez e pega suas anotações de dentro da gaveta.

— Obrigada por aguardar — diz Nova, e a menina dá de ombros e olha para o espelho falso.

Nova sabe que a inspetora-chefe está vendo tudo do outro lado do espelho. Josie não quis o advogado, e Nova tentou evitar que ela se sentisse coagida com muita gente na sala. A inspetora-chefe queria participar, mas Nova a convenceu de que isso poderia assustar

Josie — sabe que ela está doida para assumir o caso, porque acha que Nova não está conseguindo obter respostas rápido o suficiente. Na verdade, Nova só não está preenchendo a papelada. Havia algo nas conversas que teve com aquelas mulheres que parecia pessoal demais para colocar nos relatórios, embora ela soubesse que estava arriscando seu emprego ao fazer isso.

— Você precisa de alguma coisa? Quer mais água?

Josie faz que não com a cabeça.

— Estou bem, obrigada.

— Tá bom, me avise se precisar de alguma coisa — diz Nova, recostando-se na cadeira.

A menina aquiesce, e Nova continua:

— Então, onde a gente estava mesmo?

— No solstício.

— Isso, certo, então... Então você participou de um ritual em Penshaw com uma cobra. Sei tudo sobre esse dia.

— Sabe?

— Sei — diz Nova. — Mas o que isso tem a ver? Porque ele não morreu naquela noite, certo?

— Eu encontrei com ele mais uma vez, um dia depois do Natal.

— E o que aconteceu nesse dia?

Tudo indicava que Jamie Spellman havia morrido no primeiro dia do ano ou então na noite da véspera do Ano-Novo. A esposa disse que o vira pela última vez na tarde do dia 31, então não tinha como ser antes disso. A não ser que Sadia estivesse mentindo, claro.

— Ele foi levar umas roupas e outras coisas pra minha casa — diz, seus olhos começando a encher de lágrimas outra vez.

Nova oferece uma caixa de lenços para Josie, que pega um.

— Para o bebê.

— Certo, e vocês conversaram?

— Eu disse para ele dar o fora — responde, empinando o queixo. — Não preciso de nada dele. Ele queria levar meu bebê. Vivia dizendo que ia tirar a criança de mim, então apareceu do nada com uma caixa com roupas de bebê usadas da filha dele, tentando ser legal, e eu falei para ele ir se f... Disse para ele ir embora.

— Imagino que ele não tenha gostado disso.

— Não. Ficou de crueldade comigo de novo. Disse o de sempre, o que costumava dizer. Que ia me processar e tomar a guarda da criança, que ninguém confiaria em uma adolescente idiota para criar um bebê no lugar de um homem adulto, com esposa e casa.

Nova arqueou uma sobrancelha.

— Depende do homem, né?

— Achei mesmo que... Eu estava morrendo de medo que ele fosse tomar o bebê de mim.

— Foi por isso que você o matou?

Josie faz que sim com a cabeça.

— Josie... Se ele tivesse entrado na justiça, você ainda teria alguma chance. Você poderia ter conseguido uma moradia social e, mesmo que não ganhasse a guarda, teria direito a visitas. O que vai acontecer agora?

— Eu sei.

Nova respira fundo.

— Então, você voltou a vê-lo na véspera do Ano-Novo?

— Não, aquela foi a última vez que me encontrei com ele vivo. No dia depois do Natal — diz, olhando para a mesa. — Eu disse que queria que ele morresse. Fui arrogante porque me sentia poderosa. Empoderada. Depois de Penshaw.

— A última vez que o viu ainda *vivo*?

Josie olha para Nova e fica pensando, por um segundo, como se escolhesse as palavras.

— Sim, foi a última vez que o vi.

Nova franze o cenho.

— Além do dia em que você o degolou, Josie?

— Eu não... Eu não o degolei fisicamente.

— Você disse que o matou. Você o matou de alguma outra forma e outra pessoa continuou o serviço? Alguém se ofereceu para se livrar do corpo por você? — pergunta Nova, sentindo o olhar da inspetora-chefe através do vidro.

— Não, bem... Não sei o que aconteceu com o corpo dele. Nós o matamos... Eu o matei com o ritual. É realmente poderoso. Eu também não acreditava, fiz só para me livrar da minha raiva e frustração, e sacrificamos a cobra, e é claro que eu não achei que daria certo, no fundo. Eu não acreditava em nada daquilo, só que ele morreu, porque eu desejei tanto isso...

— Josie, você não o matou — diz Nova, tentando ser firme, embora se sinta fraca de alívio.

— Matei — responde a garota, se inclinando para a frente, de olhos arregalados. — Você precisa me prender. Eu matei Jamie e estou com medo de acabar matando mais alguém, só por... só por querer muito isso.

— Josie...

— E se eu fizer mal ao meu bebê? — fala Josie, e as lágrimas começam a rolar pelo rosto. — E se ela chorar o tempo todo e eu não conseguir dormir e eu desejar que ela morra e ela acabar morrendo? Você tem que afastá-la de mim... por favor.

— Está bem. Vamos fazer uma pausa por um segundo e tentar nos acalmar — diz Nova, se endireitando na cadeira e se inclinando sobre a mesa para pegar as mãos de Josie. Ela aperta os dedos da adolescente, e Josie aperta de volta enquanto chora. Nova encara o espelho, ciente de que vai ser zoada depois, mas não pode deixar que uma adolescente grávida tenha um ataque de pânico sob seus cuidados. Ela não o matou. — Respira, Josie.

Nova respira fundo com Josie por alguns minutos, até a adolescente parar de chorar. Ela continua tremendo, mas enxuga os olhos com a manga e olha para Nova.

— Obrigada.

— Está tudo bem — diz Nova. — Então quer dizer que você não o matou fisicamente, com suas mãos, com uma faca, machado, veneno ou qualquer outro objeto... Você não causou nenhum ferimento físico a Jamie Spellman?

— Bem, não, mas...

— Tudo que você fez foi lançar... lançar um feitiço, desejar que ele morresse, e ele morreu? E você está assumindo a responsabilidade por isso?

— Isso, mas não era só um feitiço...

— Está bem. Pode parar. Vamos dar uma pausa de cinco minutos — diz Nova, levantando-se para sair outra vez da sala.

23

KAYSHA
8 DE JANEIRO DE 2000

Kaysha fala todo dia com cada uma das mulheres, uma ligação rápida ou mensagem de texto para saber se estão bem, ver quem andou falando com a polícia, se alguém soube de algo que ela ainda não sabe, se nota algum tom de culpa na voz delas ou, quem sabe, para tentar conseguir uma confissão. Kaysha sabe que seria mais prudente não entrar em contato com elas, mas há muitas engrenagens, muitas pessoas envolvidas num segredo muito grande, muitas vidas que podem ser arruinadas. Ela precisa ficar de olho em todas.

Olive está há dois dias sem responder a nenhuma mensagem ou atender a nenhuma ligação, quando Kaysha decide lhe fazer uma visita. É quem mais a preocupa, porque ela nunca esteve tão empenhada com o grupo quanto as outras. Todas demoraram um tempinho para confiar em Kaysha e umas nas outras, mas Olive nunca chegou a confiar totalmente em ninguém. Zombava das histórias das outras, dando a entender que estavam exagerando ou mentindo. Quis ligar para a polícia na véspera do Ano-Novo, e Kaysha ainda teme que ela acabe fazendo isso.

Kaysha para na entrada da casa, com o capuz sobre a cabeça, batendo na aldrava e na caixa de correio da porta. Já estivera ali antes, quando fora sondar Olive, tentando decidir se devia incluí-la no grupo, mas o tamanho da casa sempre a surpreende. Olive é bibliotecária, e seu falecido marido era minerador, e essas casas — majestosas casas geminadas vitorianas que dão para o mar do Norte e para o priorado de Tynemouth — devem ser bem caras.

— Olive, abre a porta — sussurra Kaysha pela abertura da caixa de correio quando suas batidas ficam sem resposta. — Só quero saber se você está bem.

Depois de alguns segundos, Kaysha ouve o barulho da fechadura e, quando Olive não abre a porta para recebê-la, interpreta isso como um convite e entra na casa. Está tudo escuro, mas Kaysha consegue ouvir o som de uma televisão atrás de uma porta à esquerda. Ela tira os sapatos e vai acompanhando o som pela sala até a cozinha, onde encontra Olive sentada a uma mesa de jantar redonda. A cozinha é lindamente decorada, mas mostra os sinais do tempo — os azulejos estão trincados e o papel de parede tem algumas manchas. Uma das portas francesas que dão para o jardim está com o vidro quebrado e coberto com fita.

— O que você quer? — pergunta Olive quando Kaysha entra no recinto. Sua voz é rouca, como se não falasse há dias.

— Só queria ver se você estava bem — responde Kaysha, se aproximando da mesa e usando o mesmo tom calmo e pausado que usa com sua tia Zainab, que já está caduca. — Não tive mais notícias suas.

— E por que teria? — pergunta Olive.

— Preciso que você me mantenha informada se está bem até tudo isso passar — diz Kaysha, apoiando a mão em uma cadeira na frente de Olive. — Posso?

Olive comprime os lábios e Kaysha se senta. Faz apenas uma semana desde que a vira pela última vez, mas ela parece ter emagrecido. Está usando o que parece ser um pijama velho de criança do Popeye, mas que ainda assim fica grande nela. Parece tão frágil, como se fosse de papel.

— O que você quer? — pergunta Olive outra vez, passando os dedos pelo cabelo oleoso.

Seus movimentos são ágeis e arredios, como os de um pardal.

— Eu não disse nada para ninguém.

— Só queria saber se você estava bem.

— Estou ótima.

— Não é o que parece — diz Kaysha. — Pensei ter ouvido a televisão quando entrei... Você estava conversando com alguém?

Olive olha para a cadeira ao seu lado e depois para o teto.

— A gente fala sozinha mais vezes, quanto mais velha fica. E muitas vezes é a única conversa decente que a gente tem no dia.

— Você foi trabalhar essa semana?

— Você foi? — pergunta Olive.

— Não tanto quanto de costume, mas tenho trabalhado — diz Kaysha.

Ela escreveu algumas matérias curtas para o *Chronicle* — para ir se virando até ter tempo de trabalhar em algo grande outra vez.

— Claro que sim. Claro — diz Olive, franzindo o cenho. — Como é que você pode... como você continua a vida normalmente, como se um homem bom não tivesse morrido?

— Ele não era um homem bom.

— Não se deve falar mal dos mortos — diz Olive, tocando um crucifixo dourado pendurado no pescoço.

— Você é católica?

— Por que você quer saber?

— Porque sim — responde Kaysha, dando de ombros.

— Protestante — diz Olive.

— E tem ido à igreja?

— Vou à igreja todo dia — diz Olive. — Quase todo dia.

Kaysha leu que os sacerdotes não devem falar o que ouvem no confessionário, mas não sabe se a regra se aplica quando o assunto é assassinato. Não sabe nem se os protestantes se confessam. Ela fica se perguntando se Olive acabou contando. Sua vontade é perguntar, mas ela teme colocar alguma ideia em sua cabeça se isso ainda não tiver lhe ocorrido.

— Você precisa de alguma coisa? — pergunta Kaysha.

— Do que eu precisaria?

— Não sei, posso fazer compras para você, se quiser: leite, pão, cigarro... o que estiver faltando.

— Eu não fumo.

— Qualquer coisa.

Olive se debruça sobre a mesa, as unhas fincadas na madeira.

— Já descobriu quem foi?

— Não — diz Kaysha, sem desviar o olhar.

— Aposto que foi sua namorada.

— Não foi a Sarah — diz Kaysha, em tom firme, mesmo sabendo que algumas das mulheres também desconfiam dela.

Sarah parece a pessoa mais provável: era a mais desbocada, sugeriu várias vezes com um brilho nos olhos que elas deviam *dar uma de Michael Myers nesse escroto.*

— Você está protegendo a Sarah.

— Olive, presta atenção, a gente não sabe quem foi. Mas já está feito, e tudo que podemos fazer é cuidar umas das outras. Ele fez mal a todas nós, e não estou tentando dizer que apoio o que aconteceu... mas... agora já era.

— Mas, e se essa assassina, seja lá quem for, mas vamos chamá-la de Sarah... E se ela fizer isso de novo? E se resolver decapitar o próximo homem que olhar torto para ela?

— Jamie não morreu por olhar torto para alguém — dispara Kaysha. — Morreu porque era um escroto e pagou pelo que fez.

— Ele era bom.

— Ele era um assassino de merda, Olive — diz Kaysha, agarrando seu punho.

Os olhos de Olive se arregalam.

— Vai embora.

— Ele tirou tudo de você. Por que ainda está protegendo esse cara?

— Sai da minha casa — ordena Olive, o rosto vermelho de raiva.

24

NOVA
10 DE JANEIRO DE 2000

O quarto de Lou Alderman é exatamente o que se esperaria de uma adolescente ocultista, embora o restante da casa não seja. A casa é toda pintada em tons suaves de pêssego e areia, há buquês artificiais de rosas-brancas e girassóis espalhados em belos vasos e as cortinas têm pregas perfeitas que parecem ter sido cuidadosamente passadas. O dia lá fora está nublado, mas a casa é bem iluminada.

Já as paredes do quarto de Lou são de um roxo-escuro, que parece quase preto, e suas cortinas estão fechadas. Maços de ervas e flores desidratadas pendem do teto por cordas e há velas espalhadas pelas superfícies de uma forma que deixa Nova preocupada com o risco de incêndio. Tem um incenso aceso em uma prateleira, e o quarto está insuportavelmente abafado e perfumado. Acima da cama de Lou, na parede, há um desenho emoldurado do *sigillum* do culto.

— Imagino que você não vá negar seu envolvimento, né? — pergunta Nova, apontando o quadro.

Lou sorri e tira um emaranhado de lenços e um gato preto de uma poltrona para Nova se sentar, e depois se senta na cama, de pernas cruzadas, com o gato aninhado entre os joelhos. Nova se senta na poltrona e se inclina para a frente. Não sabe por que ficou surpresa quando soube que era tudo coordenado por uma adolescente — é claro que era. Elas são cheias de potencial e sempre subestimadas.

— Olha, eu não vim aqui te prender — diz Nova, e Lou se recosta na parede.

— Ué, mas você me prenderia pelo quê?

— Roubo, para começo de conversa. Destruição de patrimônio público. Posso continuar listando — diz Nova, e Lou inclina a cabeça, como quem está entendendo. — Mas, como disse, não quero te prender. Estou disposta a deixar tudo para lá, mesmo que tenha me causado horas infindáveis de sofrimento.

— Por quê?

— Por que não vou prender você?

— Isso.

— Porque você tem a vida toda pela frente, e uma ficha criminal não vai te ajudar a fazer o que precisa fazer.

Lou dá de ombros.

— Todo mundo aqui é fichado. E daí se eu for também?

— É verdade, e todo mundo acabou ficando preso aqui. É ridículo, porque todo mundo faz besteira quando é novo e isso não devia arruinar o resto da sua vida, mas é o que acaba acontecendo quando não se tem dinheiro suficiente para enterrar os erros do passado. Você é inteligente, pode se dar bem se fizer por onde.

— Como você sabe que eu sou inteligente?

— Quantas pessoas estão na sua gangue? Cinco? Dez? E você é a líder. Você convenceu todas essas pessoas de que matar uma ovelha e dizer umas palavras mágicas iam resolver os problemas delas. Não é fácil fazer isso — responde Nova, se recostando na poltrona e cruzando as pernas. — Imagina se você usar toda essa inteligência para algo bom. Você poderia fazer qualquer coisa.

— Tipo o quê? Ser policial? Defendendo leis de merda que fodem a vida dos pobres e de todo mundo que não é branco? Não, obrigada. Isso não é para mim — diz Lou, endireitando os ombros.

A convicção de Lou pega Nova de surpresa, mas ela não tem como discordar. Não consegue mais acreditar na polícia e pensa que, se pudesse voltar atrás, com a sabedoria que tem agora, jamais teria entrado para a instituição para começo de conversa.

— Não estou sugerindo...

— Faço isso porque as pessoas precisam de ajuda. Adoro os feitiços, mas fazemos para empoderar as pessoas. A lei não está a nosso favor aqui. Ela só ajuda as pessoas dos casarões a manterem suas coisas bonitas longe das nossas mãos.

— Não discordo disso.

— E mantém as mulheres em seus devidos lugares.

— Sim, às vezes.

— Meu pai estuprou minha mãe. E, mesmo ela sendo corajosa o suficiente para denunciá-lo, disseram que aquilo não era um caso de polícia porque eles eram casados, então não era estupro. Você sabia disso? Nós ainda somos propriedade. Eu não podia deixar Josie se tornar isso para aquele velho esquisito com quem ela estava transando.

Nova arqueia as sobrancelhas. Nunca tinha realmente achado que o culto tivesse matado Jamie Spellman, mas talvez estivesse errada. Ela se inclina para a frente.

— Você o matou, Lou? — pergunta Nova com a voz baixa, olhando nos olhos da adolescente. — Para proteger a Josie?

Lou começa a rir.

— Eu faço um ritual e mato umas ovelhas sarnentas e isso quer dizer que sou capaz de arrancar a cabeça de um homem? Fala sério, cara.

— Então o que você quis dizer quando falou que não podia deixar isso acontecer com a Josie, se não o matou? Você pediu que algum dos seus seguidores o matasse?

— Não. Olha, eu não mato gente e nem acho certo isso. Só quero empoderar as pessoas. Gosto que as meninas se sintam poderosas. Queria que Jo soubesse que podia superar esse cara. Com sua energia.

— Sabia que ela acha que o matou de verdade? — diz Nova, encarando as mãos e depois olhando para Lou. — Ela acha que é uma assassina. Implorou que eu a prendesse porque ela não quer colocar mais ninguém em risco. Ela está com medo de matar o bebê acidentalmente. Você sabia disso, né?

Lou arregala os olhos por um instante e depois afasta os cabelos longos do rosto.

— Não... Nós só fizemos um feitiço para que tudo o que a pessoa faça volte em dobro para ela. Ele ter sido morto é culpa dele, não nossa.

— Como assim?

— É que, tipo, tudo que a gente projeta no mundo volta com mais força. Em dobro. Eu não sabia que ele ia acabar desmembrado, né? Fico me perguntando o que ele fez para merecer isso, deve ter sido ainda pior do que o que ele fez com a Josie.

Nova sempre teve certa dificuldade com religiões, não acreditava nem deixava de acreditar. Não foi criada na igreja, mas respeita o poder que a religião tem para as pessoas, e às vezes se pega rezando quando está desesperada, quando não tem como fazer mais nada. Quando pensa na morte, queria acreditar em algo, para que fosse menos assustadora. Mas acredita em carma; a ideia de que cada ação tem uma reação é algo mecânico o suficiente para fazer sentido.

Nova aquiesce.

— O que você acha que ele precisaria ter feito para merecer esse destino, então? Se não acha que manipular uma jovem a ter um bebê para ele seria motivo suficiente?

— Sei lá. Talvez algo ainda pior? Talvez não. Acho que ele fez um monte de coisas ruins. Ele tinha essa energia. De ser uma pessoa má — diz Lou, se esticando para pegar algo sob o travesseiro.

Ela pega uma sacola de veludo preta com um sol e algumas estrelas bordadas.

— Vamos ver o que o tarô diz.

Nova fica observando enquanto Lou embaralha as cartas, que são maiores e mais interessantes que as de um baralho convencional; ela vê partes de rostos e construções enquanto as cartas se movem nas mãos da menina. Lou enfim para e tira as primeiras três cartas do topo da pilha, e as coloca diante de si, viradas para cima. Ela comprime os lábios, e Nova quer saber o que as cartas dizem, mesmo que ache que não acredita nelas.

— O que dizem as cartas?

— Bom — diz Lou, jogando o cabelo para trás. — Temos o oito de espadas, o Diabo, e depois o nove de espadas. É como... como se elas dissessem que ele abusava das pessoas. São sobre armadilhas e promessas falsas, e depois há um sentimento de desesperança ao redor dele. Não acho que seja ele que sinta essa desesperança, ela só o rodeia.

— Certo.

— Mas essa não é a história toda — diz Lou, tirando outra carta da pilha e a colocando sobre as demais.

A carta está de ponta-cabeça, e Nova lê *O imperador* na parte inferior. Lou caçoa.

— O que não é nenhuma surpresa.

Nova levanta os ombros e Lou continua.

— O Imperador tem a ver com autoridade e controle, mas num sentido mais... mais paternal do que eu pensaria para o Jamie. O Imperador não costuma ser um cara mau. Mas, assim, invertido — continua ela, desenhando um círculo no ar com a ponta do dedo —, ele se torna um tirano. Perdeu o controle e está furioso com isso. E fará de tudo para recuperá-lo.

Nova concorda com a cabeça.

— Isso é tudo?

Lou tira mais uma carta do baralho e não fala nada por um tempo. Ela bate com o dedo sobre cada carta, depois só sobre a primeira, a terceira e a quinta.

— Oito, nove e dez de espadas — diz. — Como uma história, mas uma tragédia. Ele tornava tudo ruim por onde passava, e, então, aquele fim. Fala de derrota e morte.

— A morte dele?

— Talvez, mas acho que não, por causa das outras cartas. Foi algo que ele fez.

— Você acha que ele matou alguém? — pergunta Nova.

Ela fica se perguntando se Lou está usando as cartas como forma de contar que sabe mais do que o que está dizendo. Se pergunta se Jamie realmente matou alguém e pensa na passagem da Bíblia sobre a qual a cabeça dele estava apoiada. *Olho por olho.* Até então, Nova achava que era apenas uma indicação de que a morte fosse por alguma vingança, mas agora pensa que a passagem pode indicar mais uma punição equivalente ao crime de alguém. Olho por olho, um assassinato por outro assassinato. Tenta não se deixar levar. Sabe que está se permitindo envolver por Lou. A adolescente é mesmo poderosa.

Lou dá de ombros, encarando as cartas.

— Pode ser algo simbólico.

— O que você acha?

— Não sei. Acho que você vai descobrir, né? Em algum momento — diz Lou, olhando para Nova sem sorrir.

Nova sente o celular vibrar no bolso e essa é sua deixa para ir embora. Por uma fração de segundo, teme que seu telefone estivesse ligado o tempo todo, numa chamada com alguém que iria demiti-la por deixar Lou se safar. Ela olha a tela, mas é apenas Jenna, da polícia científica.

— Certo, tenho que ir, mas não se esqueça do que eu disse. Chega de sacrifícios de animais.

— Vou me comportar — promete Lou, juntando as cartas e as guardando na bolsa de veludo.

Quando Nova se levanta e olha para ela, só consegue enxergar uma menininha tentando entender o mundo.

No carro, o telefone de Nova toca outra vez, e Jenna diz que o resultado do exame de sangue de Jamie chegou e que seria bom Nova ir dar uma olhada. O laboratório fica em um prédio industrial num bairro rico da cidade, e Nova odeia quando tem de ir até lá por causa do cheiro de produtos químicos, que lembra um hospital. Jenna a encontra na recepção com um café, e elas vão até sua sala, onde abre alguns relatórios no computador. Nova não entende nada dos gráficos e abreviaturas, mas vai concordando como se entendesse enquanto Jenna segue com a explicação, apontando para as linhas de jargões com as unhas feitas.

— Enfim, resumindo — conclui Jenna um tempo depois, pondo a caneca vazia no parapeito atrás dela. — Uma quantidade enorme de drogas entrou no corpo dele antes de ser morto.

— Que tipo de droga? — pergunta Nova.

— Uma quantidade enorme de Diazepam, que é uma escolha curiosa. É um ansiolítico poderoso. Também conhecido como Valium.

— Então não deve ter sido premeditado, né?

— É pouco provável.

— Alguma chance de que ele tenha tomado os remédios por conta própria? Uma overdose?

Jenna pressiona o nariz.

— Uma tentativa de suicídio? Não parece a melhor opção de remédio para isso... Depende do estado mental dele, acho. Se fosse uma dose menor, eu até acharia que ele mesmo tinha tomado para ajudar a dormir, ou algo do tipo... mas, como eu disse, era uma quantidade enorme para ser considerada coisa do dia a dia.

— Certo. E você descobriu mais alguma coisa?

— A quantidade de álcool também estava bem elevada. Álcool não reage bem com Diazepam, então imagino que ele estivesse dormindo.

— Ah, mas não parece que seja esse o caso — diz Nova.

O perito da autópsia havia conversado com ela alguns dias antes para informar o que tinham conseguido descobrir sem o corpo.

— Pelo ângulo de alguns dos golpes de machado... Eles acham que foi um machado, algo pesado e com a lâmina cega, não uma faca de cortar carne. E acham que Jamie estava em pé quando recebeu o primeiro golpe. O ângulo indica que foi um golpe de baixo para cima, como se alguém tivesse golpeado num ângulo de quarenta e cinco graus para cima. Num primeiro momento, pelo menos. Claro que ele esteve no chão na maior parte dos golpes. Foram muitos.

— Então você acha que foi uma mulher? Quer dizer, por ser alguém mais baixo.

— Hum. Alguns diriam que não. É um crime brutal demais para uma mulher, mas algo nisso tudo parece... sei lá, como se fosse uma mulher que chegou ao seu limite.

— Bom, é interessante você dizer isso, porque o Diazepam é um remédio controlado, não algo que você consegue com um traficante, a não ser que a pessoa já seja viciada.

Mais tarde, quando Nova observa a lista de remédios encontrados na casa dos Spellman durante a busca, nota que não havia nenhum remédio prescrito para Jamie, mas havia quatro remédios de Sadia, e Diazepam era o primeiro da lista.

25

SADIA
11 DE JANEIRO DE 2000

Sadia planeja o velório do marido — ou cerimônia fúnebre — tão rápido quanto o previsto se ele tivesse morrido em circunstâncias normais, algo que a polícia depois acharia suspeito, como se ela estivesse com pressa de enterrar a ideia dele, já que certamente não tinha como enterrar o corpo.

Não há caixão. O vigário chegou a sugerir que exibissem um caixão vazio na frente da igreja, como fazia nos casos de pessoas cujos corpos tinham sido estilhaçados por bombas em campos de batalha, ou que haviam se perdido no mar, ou simplesmente não tinham sido encontrados. Sadia não aceitou, achava que só chamaria ainda mais atenção para o fato de que Jamie não estava inteiro. Ela não queria que as pessoas pensassem que estava enterrando a cabeça sem o corpo, quando na verdade nem isso ela podia enterrar. A cabeça continuava sob custódia da polícia, em um refrigerador em algum lugar, apodrecendo lentamente.

O velório é na igreja em que Jamie passou dois anos com o avô, anos importantes de sua formação, como sempre dizia. Segundo Jamie, foi ali que ele se tornou homem, sob o olhar severo do pai de sua mãe — a única figura paterna que conhecera. O velho nunca fora amoroso ou bondoso, mas pelo menos o acolhera aos quinze anos, mesmo sem nunca o ter visto antes. Reconheceu seus traços nos olhos frios e cinza do neto e em sua mandíbula retraída, e sabia que era o filho bastardo de Alice. Fez Jamie rezar todo dia pelos pecados da mãe e aprender a Bíblia do início ao fim. Os anos de Jamie com o avô não foram felizes, mas ele sempre dizia que aprendeu mais sobre o que era certo e errado naqueles dois anos com Joseph Spellman do que nos dezesseis anos com tia Maureen.

Joseph tinha até concordado em pagar os estudos do neto, apenas porque o rapaz tinha prometido estudar teologia e se tornar clérigo também. Mas Jamie acabou se inscrevendo em bioquímica e só foi desmascarado quando o avô abriu sua carta de aceite. Quando soube da mentira, ameaçou cancelar o pagamento se Jamie não mudasse de curso. Um dos fiéis encontrou Joseph morto, caído sobre uma fonte com a cara na água, um dia após Jamie partir para a faculdade. Não deixou nada para a filha desgarrada nem para o neto adolescente, e cada centavo, tirando o que já tinha sido pago para a faculdade de Jamie, foi para a igreja.

26

MAUREEN
11 DE JANEIRO DE 2000

As outras disseram que ficaria suspeito se Maureen não fosse ao velório, então põe o vestido preto que estava no fundo do armário fazia dez anos, esperando voltar a caber um dia, além do chapéu azul-marinho que comprou para o casamento da enteada em julho. Eles não combinam, mas ela não liga. Sente uma pontada de satisfação quando John ajuda a fechar o zíper que mal passava por seus quadris há algumas semanas. O estresse sempre a deixa mais magra. Finalmente algo positivo. A única coisa positiva no meio de toda aquela situação, exceto, é claro, pela ausência de Jamie no mundo.

A sensação de triunfo começa a desvanecer conforme John dirige para fora do vilarejo e segue contornando a cidade rumo à igreja. Fazia trinta e cinco anos que não a via e ficaria feliz em passar o restante da vida sem vê-la de novo. A igreja se sobressai contrastada ao céu, com seus traços bruscos e espigões pontiagudos. Fora construída, segundo seu pai dissera uma vez, nos moldes da catedral de Colônia. Ele gostava do seu ar sério e gótico. Dizia que era bom para afastar medrosos e incrédulos.

— É aqui, então? — pergunta John, quando Maureen indica o estacionamento para ele. — Lugarzinho meio sombrio, né?

Ela concorda com a cabeça. Sabe que John está inquieto; a nova informação que tem sobre sua vida paira entre os dois, e ele sente que não a conhece mais. Chegou a dizer isso ontem, e Maureen teme que ele a deixe. Ainda assim, veio ao velório com ela, e ela é grata por isso.

As primeiras fileiras estão totalmente ocupadas quando eles entram, exceto pelo primeiro banco, onde estão apenas Sadia e a filha. Maureen se esgueira até a última, e John para ao vê-la fazendo isso.

— Não prefere sentar lá na frente? Tem espaço.

— Vamos ficar aqui. Não quero me impor — sussurra ela, dando um tapinha no lugar ao seu lado.

— Mas você é da família, deveria ficar lá na frente.

— A gente pode ficar aqui — diz Maureen, indicando que se sente.

John ergue as sobrancelhas, mas acaba se sentando. Sua respiração é ruidosa, e ela lhe entrega uma bombinha azul que estava em sua bolsa sem dizer nada. Maureen tenta se acalmar. Achava que a igreja pareceria menor aos seus olhos, já que era muito jovem quando esteve ali pela última vez, mas parece grande como sempre. Esmagadora. A igreja que frequenta atualmente é pequena e moderna, um lugar quentinho e limpo, com paredes pintadas da cor da magnólia e onde os cultos são conduzidos por um vigário sempre risonho.

Já faz mais de quinze anos que seu pai morreu, mas ainda consegue sentir sua presença ali. Sempre achara que, se ele fosse americano, seria um daqueles pastores que você vê na televisão, gritando e gesticulando de forma violenta enquanto diz ser capaz de curar os doentes com o poder divino que lhe foi confiado pelo Senhor. Dizia que tinha um dom para a conversão, e realmente seus bancos viviam cheios, e, sempre que alguém morria ou se mudava, ele dava um jeito de preencher aquele espaço com algum pobre coitado que importunava ou constrangia a entrar para sua igreja.

Jamie sempre bocejava nos cultos metodistas que eles frequentavam na pequena capela onde Alice fora enterrada, e, embora Maureen o repreendesse por isso, não podia culpá-lo. O diácono era um idoso debilitado, com voz rouca que mal dava para ouvir além das duas primeiras fileiras, e, no verão, quando era impossível aplacar o calor, Maureen várias vezes acabava pegando o sobrinho dormindo encostado em seu braço, quando ela mesma sentia que também estava prestes a apagar.

Depois que saiu de casa, Jamie acabou indo para lá. Ela não tinha telefone em casa, mas o fazendeiro tinha recebido uma ligação breve de Jamie algumas semanas depois que ele partiu, dizendo que estava em segurança com o avô e que Maureen não precisava se dar ao trabalho de procurá-lo. Quando o fazendeiro deu o recado através do endereço que Maureen deixara com ele quando se mudou, ela riu. Não tinha a menor intenção de ir atrás de Jamie. Estava feliz por ele estar bem, mas ficou inquieta só de pensar no garoto, tão cheio de ódio, sendo criado pelo pai dela. Sabia que não tinha sido uma boa mãe para ele, mas seu pai era pior do que ela jamais tinha sido. Não era de estranhar que o menino tivesse acabado daquele jeito.

Maureen observa a igreja encher como sempre ocorre nos velórios de pessoas jovens e se ressente de haver mais pessoas ali do que no de Alice. Ela merecia muitas pessoas. Ele não. Percebe, olhando em volta, que a maior parte das outras mulheres também está aqui, se camuflando no mar de roupas pretas e expressões tristes.

Josie, que parece prestes a explodir, está chorando no final da terceira fileira. Ela nunca parece fazer nada além de chorar. Maureen se surpreende ao ver que Sarah está no banco ao lado do dela, nos fundos, a cabeça encostada na parede e a tatuagem do pescoço bem à mostra. Olive está quatro fileiras à frente de Maureen, movendo a cabeça como um filhote de réptil, com fome de algo. Quando o vigário — um ruivo de óculos e bochechas redondas e rosto bondoso, que parece o completo oposto do pai de Maureen — pigarreia e olha ao redor, as portas se abrem outra vez e Ana entra com um homem que Maureen acredita ser seu marido. Ele tem a mesma altura que ela, mas não é tão bonito. Maureen se pergunta se o marido de Ana já teve ciúmes da amizade de Ana com Jamie, se já suspeitou de eles terem um caso, se confiava na esposa. Ana está de terninho preto, que acompanha seus movimentos como um vestido caro faria. Não é a primeira vez que Maureen fica impactada com a elegância dela.

27

ANA
11 DE JANEIRO DE 2000

Como era de esperar, Sadia está na primeira fileira e se vira para olhar na direção de Ana e Tom quando eles entram na igreja. Ela se levanta parcialmente e acena para que se aproximem e se sentem em seu banco, que está praticamente vazio. Ana beija seu rosto e se senta, sussurrando um "oi" para Ameera, que está encolhida ao lado da mãe, com um coelhinho de pelúcia em uma de suas mãozinhas. Ela está com um vestido azul-escuro e quieta, como se sentisse a tristeza do ambiente — que existe, ainda que seja pouca. Ana imagina que muitas pessoas estão ali mais por obrigação, aquela sensação de que você tem de ir ao velório de uma pessoa que conhecia, mesmo que não fossem amigos de verdade. Ou que tivessem sido amigos no passado e depois deixado de ser. Ana não está ali de luto pelo Jamie que morreu, mas pelo que veio antes: o Jamie que a deixou dormir em seu sofá quando ela não tinha para onde ir, o Jamie que se sentava a algumas mesas de distância quando Ana tinha um primeiro encontro, apenas para ver se estava tudo bem. O Jamie que conseguiu um emprego para ela, que nunca a tratou diferente nem a expôs, até que o fez. Ela sabe que, se parar para analisar cada gentileza que ele fez, provavelmente vai encontrar algum motivo escuso, mas ela não faz isso. Não durante o velório dele. Na igreja, tenta recordar o melhor de Jamie.

Há um breve momento de silêncio depois que Ana e Tom se sentam e todos encaram uma foto enorme de Jamie num porta-retratos em cima de uma mesa próxima ao púlpito. Está cercada por coroas de flores brancas, e nela ele aparece sorrindo e segurando uma garrafa de cerveja, com Ameera com cerca de um ano no colo. Ana sabe que é apenas o lugar, a expectativa da tristeza e as palavras tocantes, ainda que vazias, que o vigário começou a dizer, mas sente as lágrimas brotando dos olhos à sua revelia.

Ela é grata por ter saído sem maiores danos de sua amizade com Jamie, quando se compara às demais. Tirando Maureen, Ana era quem o conhecia fazia mais tempo. Muito mais que Sadia. Ana e Jamie se conheceram no primeiro dia de faculdade. Ela havia acabado de chegar ao país, um feito que só foi capaz de realizar depois que seus pais juntaram cada moedinha para comprar o passaporte falso — o que trazia seu nome social, *Ana Maria Cortês* —, enviando-a para o outro lado do mundo para começar uma vida nova.

Ana viaja enquanto o vigário fala, lembrando-se de Jamie à sua maneira. Ela não tem como explicar para as outras mulheres as coisas de que sentirá falta. Sabe que as coisas horríveis que ele fez desbancavam cada coisa gentil que havia feito por ela, e sabe que Jamie era um manipulador. A amizade deles provavelmente não era verdadeira para Jamie. Recentemente, Ana pegou na biblioteca um livro sobre narcisistas e reconheceu Jamie nos parágrafos densos sobre fazer amizade e seduzir pessoas vulneráveis e facilmente manipuláveis. Ela estava vulnerável quando o conheceu, mal começara a ser quem realmente era, e sua amizade muitas vezes era mais importante para ela que seus próprios valores. Achava que a aprovação dele a mantinha segura.

Ela decide se permitir, durante o velório, abraçar as boas lembranças que tem de Jamie, de antes de ele roubar sua pesquisa, antes de as reuniões começarem e ela descobrir que ele havia feito coisas muito piores com as outras. Pensou nele na faculdade, nas inúmeras noites de porre com vodca barata, quando ficavam na rua até o sol nascer entre os prédios, e as vans de comida mudarem dos hambúrgueres para sanduíches de bacon. Ela deixa que as memórias a confortem por um tempo e então se recorda das outras coisas que ele também estava fazendo naquelas noitadas, naquelas em que desaparecia com uma garota e Ana voltava sozinha para casa. Não aceitava a ideia na época, mas todos os sinais estavam lá. Ela se recusara a reconhecê--los na ocasião e nos anos que se seguiram. Quando pensa em sua recusa obstinada em acreditar na palavra de Kaysha, no seu egoísmo, na sua total descrença de que Jamie Spellman poderia ser alguém além do homem que ela precisava que fosse, sente mais vergonha do que jamais sentira por qualquer outra coisa na vida. Sente vergonha até por tentar se lembrar das coisas boas dele, como se todo o resto não as anulasse. Começa, então, a pensar nas suas próprias ações e reza por perdão. Reza para que possa compensar Kaysha de alguma forma. Quando Kaysha era jovem, corajosa e disse para suas colegas de faculdade que Jamie era um estuprador e pediu que se afastassem dele, Ana fez de tudo para que todas achassem que ela estava inventando a história. No fundo, Ana torce para que tenha sido Kaysha quem matou Jamie, apenas para poder ajudá-la a encobrir o crime.

28

JOSIE
11 DE JANEIRO DE 2000

Josie vai ao velório sozinha, embora tenham lhe dito para não comparecer. Kaysha falou que quanto menos delas fossem, melhor, porque a inspetora com certeza apareceria para ver quem estava lá. Os assassinos quase sempre acabam voltando até o corpo, para mexer na ferida.

Ela está completamente esgotada. A inspetora Stokoe disse que a morte dele não era culpa sua, que Jamie foi decapitado com uma arma de verdade, e não por seu feitiço, mas Josie não acredita muito nisso. Não sabe mais em que acreditar.

Sadia está sentada na frente da igreja abraçada à sua filhinha, e Josie fica observando enquanto ela afaga o cabelo da menina e acaricia suas costas. Já as vira juntas antes, no café, sempre grudadas uma na outra, como duas metades da mesma coisa. Sadia sempre parecia saber o que dizer para fazer a filha sorrir, ou se acalmar, ou prestar atenção. Sempre pareceram muito tranquilas na companhia uma da outra, e Josie sente um pouco de inveja por não ter esse tipo de relação com a mãe, que é caótica e nada maternal. Ela não é ruim, nunca abandonou os filhos nem os maltratou, eles sempre foram alimentados e tiveram um lar, mas Josie sempre sentiu que faltava algo em seu relacionamento, como se não existisse amor da parte da mãe, que parecia ter mais raiva que amor pelos filhos.

Josie teme sentir a mesma coisa em relação ao seu bebê. Teme que, por ser de Jamie, a criança acabe nascendo problemática e má como ele. Teme não ser amorosa o bastante para anular a metade de Jamie no bebê, porque ela não teve um bom exemplo de maternidade no qual se inspirar. Teme que sua metade também seja perversa e má, porque é uma assassina, ou pode ser que seja. Josie acha que talvez não tenha idade para saber como criar uma criança sozinha. Mesmo que consiga uma moradia social para ela e o bebê, como a inspetora Stokoe sugeriu, ainda estará sozinha com o bebê. Não saberá o que fazer. Esse não era o plano. Jamie devia estar lá com ela, segurando sua mão e lhe ensinando a cuidar da criança, a lhe dar amor, a ser uma mãe como Sadia.

Todo mundo acha que Josie engravidou por acidente, por algum descuido dela ou de Jamie, porque ninguém engravida de propósito de um homem casado aos dezessete anos. Josie sempre fica confusa quando tenta lembrar por que parou de tomar a pílula, como Jamie tentava convencê-la a ter um bebê mesmo sem ter se divorciado ainda da esposa, mesmo sem Josie ter deixado seu quarto de infância, mas ele conseguiu. Ele fazia parecer que era a única escolha certa. Josie engravidaria, teria uma casa, ele iria morar com ela. Viveriam juntos, como uma família, e não teriam mais que fazer nada escondido. Se ela tivesse seu bebê, se estivesse disposta a fazer aquilo por ele, ele não teria dúvidas do seu amor. Seria um excelente pai. Uma noite, em um quarto de hotel, ele tirou delicadamente a cartela de pílulas de sua mão quando ela estava prestes a tomar uma. Guardou a cartela no bolso. *Confia em mim*, disse ele, *vai ser tudo perfeito*. Depois disso, fizeram amor de forma tão carinhosa que ela acreditou nele.

Meses depois, quando a gravidez estava avançada demais para Josie poder voltar atrás, Jamie mudou. Começou a dizer o quanto ela era infantil; no início, apenas um comentário seguido de um abraço ou um carinho no rosto. Depois ele explodia com ela, dizendo que tinha cometido um erro, que ela era muito nova. Que tinha achado que ela fosse mais madura. Ele perdia a paciência por qualquer coisinha. Quando ela chorava, o que era frequente, Jamie alternava entre consolá-la e insultá-la, e, quando Josie tentava dizer que era culpa dos hormônios, que seu corpo estava mudando e era normal que ficasse tão emotiva, ele apenas zombava dela.

Por fim, quando ela já estava se sentindo completamente confusa com seu corpo e com o comportamento instável de Jamie, ele passou a dizer que Josie não daria uma boa mãe. Foi como se tivesse levado um tapa quando ouviu isso pela primeira vez.

— Mas você me engravidou — disse, sentando-se na beira da cama do hotel onde sempre se encontravam. — A ideia foi sua.

— Do que é que você está falando, Josie? — disse ele, com os olhos arregalados. — Nós só temos um caso, por que eu iria querer que você engravidasse?

— Um caso?

— Você não acha mesmo que eu deixaria minha mulher e filha, que eu deixaria meu lar e minha vida por *você*, né?

— Mas você vai se divorciar — disse Josie.

Jamie começou a rir.

— Ah, é? Quando eu te disse isso?

— Várias vezes — respondeu Josie hesitando, confusa. Ele falava com tanta segurança. — Você disse... Você sabe o que você disse. Você queria este bebê.

— Pensa um pouco, cara, por que eu iria querer? Tenho um casamento feliz e já tenho uma filha.

— E por que eu teria um bebê? Tenho dezessete anos! Você é casado. Você disse que queria isso.

— Você está viajando — disse, resmungando. — Você não tem condições de criar essa criança, não vive no mundo real.

Josie estava com o coração na boca.

— A gente dá um jeito... Você vai me ajudar.

— Como assim, você acha que vou dar uma escapadinha todo dia para te ajudar a criar essa criança, quando você nem deixou de ser uma? Vê se cresce.

O coração de Josie estava disparado. Sentia-se quente e prestes a chorar, confusa com a mudança repentina de atitude de Jamie ou com a sua própria percepção. Tinha certeza de que ele queria o bebê. Ele pegou suas pílulas, a convenceu.

— Mas a ideia foi sua — disse, afundando numa cadeira e olhando para ele.

Ele a encarou com repulsa.

— Dá um tempo, você é que estava tentando me amarrar. Só que não vai funcionar.

— E o que você espera que eu faça agora? — perguntou, com a voz falhando.

Ele comprimiu os lábios.

— Você vai ter que se virar. É só continuar dividindo o quarto com seu irmão, tenho certeza de que mais uma pessoa naquele apartamento sujo não vai fazer muita diferença.

— Você nunca nem esteve lá — disse Josie.

— E eu preciso? Não tem como ser grande, né? Fala sério, cara. — Ele se sentou na cama, bufando. — Você estragou tudo.

Josie mordeu o lábio. Não achava que tinha estragado nada, achava que tinha feito exatamente o que ele queria. Talvez ela *não soubesse* o que era real e o que não era.

— Uma saída poderia ser eu levar a criança comigo — disse Jamie baixinho, passando a mão pelo cabelo como se estivesse refletindo.

— Levar para onde? — perguntou Josie.

— Para casa. Comigo.

— Para a casa onde você vive agora... com sua mulher?

— A gente podia adotar o bebê.

— Como você vai adotar seu próprio bebê? — perguntou Josie.

— Sadia não pode saber que é meu, né?

—- Não estou entendendo o que você está falando — disse Josie, prestes a chorar. — Ele é o meu bebê.

— Eu vou ter que dizer que você é só uma menina que conheci na loja de kebab, que acabou engravidando e não tem como criar o bebê. Não é bem uma mentira, né?

— E se eu contar a ela que o bebê é seu?

Jamie se agachou na frente de Josie, sorrindo. Ela se sentiu aliviada por um segundo, esperando que ele a abraçasse. Em vez disso, ele apertou o pescoço dela, sem muita força, mas firme o bastante para que ela soubesse que estava falando sério. Ele puxou o rosto dela para perto do seu.

— Você não vai fazer isso.

Depois da cerimônia fúnebre, Josie espera do lado de fora da igreja. Não está calor, mas o sol está brilhando no céu depois de quase duas semanas de neve e dias frios e nublados. Ela vê Sadia apertando a mão e beijando o rosto das pessoas, com Ana ao seu lado fazendo carinho em suas costas e Ameera apoiada em sua perna. Sadia toca brevemente a cabeça da filha, reconfortando-a, confirmando que ela continua ali. Josie pensa, e não é a primeira vez, que Sadia parece ter nascido para ser mãe.

— O que você está fazendo? — pergunta alguém atrás de Josie, e ela se assusta.

A inspetora está encostada em uma lápide, os braços cruzados. Josie põe a mão no peito.

— Você me assustou — diz Josie, respirando fundo.

— O que você está fazendo aqui? — pergunta de novo a inspetora.

— Só estou... de luto. Como todo mundo — responde Josie, encarando os pés.

A inspetora tinha lhe dito, no fim do depoimento, para não aparecer no velório, porque pareceria suspeito e seria horrível para Sadia.

— Você disse que não viria.

Josie dá de ombros.

— Eu só precisava colocar um ponto final nas coisas.

— Por que você está encarando a sra. Spellman?

— Eu queria dizer a ela que sinto muito por sua perda.

— Você não fez isso na entrada como os outros?

— Não — responde Josie, e as duas ficam em silêncio por um minuto, observando Sadia. — Ela é uma mãe incrível, né? Esse bebê sempre foi para ela. Eu me dei conta disso há alguns dias. Era isso que ele queria. Só me usava de incubadora ambulante para a mulher dele.

— Como assim?

— Ela não pode ter filhos — disse Josie baixinho, como se estivesse contando um segredo que não era seu. — Então ele queria dar meu bebê para ela.

— Ele te disse isso?

— Não. Quer dizer, sim, mas só sugeriu isso depois, quando percebi que ele não ia se separar dela e eu ia ter que criar a neném sozinha. Disse que ele e Sadia poderiam criar a bebê, porque eu não tinha condições de fazer isso. Acho que foi tudo de caso pensado. Esse bebê não era para ser meu.

— Puta merda — diz a inspetora baixinho, acendendo um cigarro. — Mas e agora? Você continua tão convencida de que vai ser uma péssima mãe a ponto de entregar seu bebê para a sra. Spellman?

Josie endireita os ombros e enxuga uma lágrima.

— Olha — diz a inspetora, pondo a mão no ombro de Josie, que se vira para encará-la. — Vai para casa. Toma um banho, pensa no que você realmente quer. Ninguém tem o direito de te dizer se você pode ou não ser mãe, muito menos um homem que te tratava da forma como *ele* te tratava. Várias pessoas têm bebês ainda jovens; é difícil, principalmente quando se está sozinha, mas, se for isso que você quer fazer, então vai ficar tudo bem. Você vai dar um jeito. Existe ajuda se você precisar. Se você decidir que *não* quer ser mãe, pelo menos não ainda, tem gente que pode ajudar você com isso. Não toma nenhuma decisão apressada nem entrega seu bebê só porque ele queria isso. Pensa com calma, porque sua vida vai mudar para sempre, independentemente de qual for a sua decisão.

29

SARAH
11 DE JANEIRO DE 2000

Sarah sai pela porta lateral e atravessa um vão numa cerca viva para evitar esbarrar em Sadia e Ana na entrada principal. Não deveria estar ali, então teve de esperar Kaysha sair para o trabalho. Pegou dois ônibus, mas, ainda assim, chegou cedo, então ficou em um cantinho escuro na última fileira enquanto o local enchia. Ela se pergunta quem são todas aquelas pessoas. Quantas conheciam Jamie e, dessas, quantas de fato estavam de luto? Às vezes, o choque de uma morte repentina acaba fazendo as pessoas confundirem o que estão sentindo com tristeza, antes que se deem conta de que não é tristeza de verdade. Elas se sentem felizes por haver menos uma pessoa horrível no mundo ou, no mínimo, indiferentes.

Sarah não está indiferente. Ela foi tomada por uma alegria perversa e intensa desde que viu a cabeça de Jamie no quarto de hotel. Às vezes, quando alguém que ela odiava morria, ela pensava *Bom, é uma perda para os filhos dele, né*, mas não é capaz de sentir nem isso agora. Ameera está melhor sem ele em sua vida, e o fato de que talvez nem se lembre muito dele quando crescer é melhor ainda. Sarah está tão contente com a morte de Jamie que isso a consome. Sabe que, se não estivesse podre por dentro, não seria tomada por um sentimento de euforia tão sombrio. Sempre achou que, se um dia ele realmente saísse de sua vida, se morresse ou fosse morar bem longe, ela poderia seguir em frente. Achava que seria feliz. Talvez abrisse um bar ou entrasse para a faculdade, para estudar artes, como queria quando criança. Quem sabe, em outra vida, ela poderia estar morando na Califórnia e dando aulas de desenho numa praia com uma taça de vinho na mão e uma esposa linda ao lado. Conseguiria tomar uma taça só sem sentir vontade de terminar a garrafa e beber outra logo em seguida. Mas ela não tinha tomado essas decisões porque vinha de uma família de fracassados, destinada a ser assombrada pelo passado. Jamie estava fora de sua vida havia quatro anos, mas Sarah não conseguia desapegar dele.

Ela entra numa lojinha na esquina da rua atrás da igreja e compra um litro de gim para completar o cantil de bolso, bebe como se fosse água e depois volta para comprar outra garrafa. Fuma um cigarro agachada junto à parede, onde um cachorro está com a guia presa a um cano. O cachorro late para os passantes, e Sarah cogita fazer o mesmo só para assustá-los. O evento de celebração da vida de Jamie será no clube da associação de trabalhadores no fim da rua, onde ele costumava beber aos dezesseis anos, ou pelo menos foi o que disse para Sadia. Sarah já tinha ido lá algumas vezes, então acertou o caminho sem dificuldades, guardou o pequeno cantil na bota e entrou.

O lugar está lotado, tomado por fumaça, e Sarah vai até o bar e pede um drinque. Sadia está conversando com um homem baixo e calvo, assentindo enquanto ele fala. Parece encurralada, como acontece com mulheres em bares quando são abordadas por homens nos quais não estão interessadas. Você acaba tendo de ser educada para não correr o risco de ser morta. Talvez Jamie devesse ter sido mais educado.

Vendo que Sadia está ocupada, Sarah esquadrinha o lugar à procura de Ameera e a vê sentada a uma mesa com Ana e um homem que deve ser o marido de Ana. Sarah se derrete ao ver a menininha, a franjinha castanha sedosa caindo sobre os olhos expressivos enquanto ela brinca com o canudo no copo de refrigerante. Ela é linda. Tão, tão linda que Sarah se pergunta como Jamie produziu uma criança de aparência tão angelical, mas, pensando bem, a maldade dele não transparecia em seu rosto. A beleza dele era atraente, os cílios longos, o cabelo de cantor de *boy band*, o sorriso fácil. Só diante de um ataque de fúria dele, quando era tarde demais e você já estava presa em uma armadilha, é que seus olhos o denunciavam. Tanto ódio para uma pessoa só. Tanto horror. Sarah temia que fosse genético, o lado sombrio dele com o dela combinados contaminariam aquele serzinho. Quando Sarah deu à luz, mal olhou para a bebê, teve medo de amá-la se a encarasse por muito tempo. Agora que a vê de verdade pela primeira vez, não consegue desviar o olhar, então cruza o salão e se senta à mesa ao lado. Ana toma um susto, mas Sarah se debruça na mesa inclinando o corpo para Ameera e sorri. Os olhos escuros da garotinha encontram os seus e, naquele momento, tudo que Sarah vê é a si própria, uns vinte e poucos anos atrás, com tanto potencial e o mundo inteiro a seus pés. Linda.

— Oi, minha flor — sussurra. — Sou sua mamãe.

Ana é rápida, como se Ameera fosse sua filha e estivesse sendo abordada por uma bêbada descompensada. Ela pega a menina no colo e a entrega ao marido, que vai até Sadia. Ameera se agarra nele, mas se vira para olhar para Sarah. Ela continua segurando o canudo.

— Que merda é essa? — dispara Ana.

— Porra, você parece que foi treinada pelas Forças Especiais — diz Sarah, rindo e virando seu gim-tônica de uma vez. — Você tem costume de arrancar crianças das mães?

Ana fecha os olhos por um instante e aperta as têmporas.

— Hoje não, Sarah.

Sarah começa a sentir o gim fazendo efeito. Está bebendo desde que acordou. Ela tem bebido cada vez mais nos últimos quatro anos, até que passou a precisar de uma garrafa inteira de gim para começar a se sentir ligeiramente bêbada. Mas ela não faz ideia do quanto bebeu hoje. É um dia especial, tem o direito de comemorar. Ana está com as mãos espalmadas na mesa, e Sarah põe as suas por cima, como se fossem namoradas se entreolhando num encontro romântico.

— Quando, então? — pergunta Sarah. — Se não agora, quando? Ela perdeu o pai, precisa da mãe.

— Verdade, mas você não é a mãe dela.

— Ela saiu da minha barriga — dispara Sarah. — Ainda tenho as cicatrizes.

— É, mas você entregou a menina e nunca nem mandou um cartão de Natal, então não vem com esse papo de que agora está pronta para fazer parte da vida dela.

— Ah, não fode, você nunca entenderia.

Ana arregala os olhos e afasta as mãos das de Sarah. Quando volta a falar, sua voz é ríspida e baixa.

— Vai se foder, Sarah.

Sarah ri — mas não é um riso sincero, ri para Ana saber que não se arrepende do que acabou de dizer — e se levanta. Quando procura, não consegue ver Ameera em lugar nenhum. Sente como se algo contorcesse suas entranhas, e um incômodo por trás do nariz, então vai até o banheiro. É um clássico banheiro decadente que se encontra em clubes desse tipo, com uma máquina de absorventes na parede que não é reabastecida há anos e um sabonete rachado na pia. Há três reservados e Sarah escolhe o único que tem uma privada com tampa. Ela faz xixi e termina de beber o que sobrou no pequeno cantil, depois se encosta na parede, sentindo o gelado da superfície no rosto. Quase pega no sono, exausta, mas aí ouve alguém entrando e as outras duas portas dos reservados serem abertas com um estrondo, como se tivessem sido chutadas, depois a sua também se escancara e a fechadura frágil cai no chão.

— Que porra você acha que está fazendo? — pergunta Sadia, enfurecida.

Sarah dá de ombros e sobe as calças.

— Mijando. E você?

— Fica longe da minha filha — diz Sadia, entrando no reservado com Sarah e fechando a porta.

— Você está com uma cara péssima — fala Sarah.

Ela sabe que não está articulando bem as palavras, e o rosto de Sadia entra e sai de foco.

— Como você se atreve a dizer que é a mãe dela? Como você ousa falar isso, porra?

Sarah levanta os ombros e sorri.

— Mas eu sou, não sou? Fui eu que a pari.

— É, foi. E essa foi a última coisa que fez por ela. Você não trocou uma fralda, não cuidou dela quando ficou doente, não estava lá para ensinar a falar ou andar ou escrever a porra do nome dela. Nem teve que explicar para ela por que o papai nunca mais vai voltar para casa.

— Eu nem queria ser mãe, eu fui... Eu só tive a menina porque ele me forçou — devolve Sarah, avançando na outra, mas Sadia a empurra contra a parede com um baque. Sarah sente que está perdendo as forças e a raiva se esvai. — Ela é tão linda.

— É maravilhosa — diz Sadia baixinho.

— Eu podia tomá-la de volta, sabia? Podia mesmo — diz Sarah, erguendo o olhar para Sadia e se esforçando para manter os olhos focados.

Sadia tira as mãos dos ombros de Sarah e se agacha junto à porta do reservado.

— Você não faria isso — diz Sadia.

— Eu poderia.

— Você não faria isso se a amasse.

— Eu a amo mais do que você jamais seria capaz de amar, ela é sangue do meu sangue.

— E você é sangue do sangue da sua mãe, e olha no que deu? — diz Sadia.

Sarah arqueia as sobrancelhas, reagindo com surpresa diante do fato de ela se lembrar dos detalhes de sua vida compartilhados durante as reuniões.

— Olha — fala Sadia, esfregando o rosto. — Você não pode aparecer do nada depois do enterro do pai dela e dizer que ela é sua filha. Ela já passou por coisa demais. Mas talvez você possa vir vê-la em algum momento.

— Você não pode me dizer...

— Sarah! Estou te oferecendo uma trégua. Você pode vê-la, a gente pode ir ao parque ou algo assim. Mas você tem que estar sóbria. Não quero você bêbada perto dela, ela ficou assustada. E você está me assustando.

— Não sei se consigo ficar perto dela.

Sadia joga a cabeça para trás e resmunga.

— Você precisa se decidir.

— É muito difícil, Sadia. Eu não queria ter um bebê e não quero amá-la, mas penso nela o tempo todo. Então eu bebo e bebo e bebo até esquecer, aí acordo e me lembro de novo. Só queria não acordar mais — fala Sarah, tapando a boca.

Ela nunca tinha verbalizado isso antes.

— Sarah — sussurra Sadia, estendendo a mão para tocar o cabelo de Sarah e a puxando num abraço.

Os joelhos de Sarah batem no chão, e ela começa a chorar nos ombros de Sadia. Não sabe quanto tempo fica ali, com Sadia afagando seu cabelo, mas quase pega no sono. Sadia tem cheiro de talco e algo doce, como balinhas Parma Violets, e por um instante Sarah se sente pequena, minúscula, uma criança sendo consolada pela mãe, e deseja isso para Ameera também. Depois de um tempo, acaba se afastando e esfregando o rosto.

— Desculpa — diz Sarah.

Sadia pega um pacote de lenços de papel na bolsa e o entrega a Sarah, que assoa o nariz.

— Olha, a gente vai dar um jeito. Vamos conversar de novo daqui a uns dias, quando você estiver sóbria. Vou ligar para a Kaysha e pedir para ela vir te buscar, tudo bem?

Ela concorda e se deixa conduzir para fora do banheiro, passando por uma ruiva que as segue ao saírem do estabelecimento e conversa com Sadia baixinho, sem que ela consiga ouvir. Sarah se senta em um banco do lado de fora, sem se importar que esteja molhado. Enrola um cigarro e tenta acender, mas o vento apaga a chama antes que consiga.

— Aqui — diz a ruiva, parando na frente dela e fazendo uma concha com as mãos em volta do cigarro.

— Obrigada — agradece Sarah, soltando a fumaça.

Ela oferece o cigarro para a mulher, que se senta ao seu lado e o pega. Após algumas tragadas, ela o devolve para Sarah e tosse.

— Tem tempo que não fumo — diz, sorrindo.

Quando Sarah não fala nada, ela continua.

— Vou ficar aqui com você até sua namorada vir te buscar, tudo bem?

— Sadia pediu para você ficar de olho na bêbada, né? — pergunta Sarah.

— Mais ou menos isso — diz a mulher, com um sorrisinho, e estende os dedos pedindo o cigarro.

Sarah o entrega para ela. A mulher é bonita, tem um maxilar forte, um nariz comprido e sardas que a fazem parecer mais jovem do que as marcas de expressão ao redor da boca e dos olhos sugerem.

— Você é sapatão? — pergunta Sarah, semicerrando os olhos.

A mulher começa a rir e se engasga com a fumaça que sai do nariz.

— Como você sabe?

Sarah ri, debochada.

— Eu sempre sei.

— Ainda bem que existe o *gaydar*, né? — diz a mulher. — Será que você já me viu nas noites por aí?

— Não, eu nunca frequento esses lugares. Fui criada como uma moça direita — diz Sarah, prolongando as vogais da última palavra para soar como a mãe. — Fui criada para ser boazinha e recatada.

— Entendi — diz a mulher. — Mas é divertido.

Sarah levanta o queixo, e elas dividem o cigarro até acabar, e depois ela enrola outro. Começa a chover; a mulher pega um guarda-chuva na bolsa, e elas se aninham debaixo dele.

— Acabei ouvindo um pouco da sua conversa no banheiro — diz a mulher, comprimindo os lábios. — Não era minha intenção, mas eu precisava fazer xixi. Vinho me faz ir ao banheiro toda hora.

Sarah faz que sim com a cabeça.

— Tudo bem. Eu não devia ter gritado, né?

— Parece que sua relação com a Sadia é complicada.

Sarah começa a rir.

— É, é mais ou menos por aí. É, sim, é complicado.

A mulher não diz nada, esperando que ela continue, e há algo nela que faz Sarah se sentir confortável a ponto de botar tudo para fora.

— Basicamente... Bom, resumindo, eu tive um caso com o marido dela, engravidei, e agora ela está criando a minha filha.

A mulher se vira para ela e não diz nada por algum tempo. Sarah não consegue decifrar sua expressão.

— Pois é... — prossegue Sarah, cruzando os braços, sem conseguir encontrar as palavras certas. — É.

— Que horror. E ela não te deixa ter contato com a criança?

— Não. Bem. Eu nunca quis ter contato. Não nasci para ser mãe. Bebo demais — diz Sarah, soltando o ar ruidosamente pelo nariz. — A criança está melhor com ela.

— Você acha isso mesmo? — pergunta a mulher.

— Eu ia acabar fodendo a cabeça da menina. Ela ia aprender a abrir uma garrafa de vinho antes mesmo de falar — diz Sarah sem sorrir. — Sadia é boa. Melhor que eu.

A mulher aperta o ombro de Sarah.

— Deve ser muito difícil para você. Sinto muito que tenha que passar por isso.

— Pois é — diz Sarah, tirando o pequeno cantil da bota e dando um gole antes de lembrar de que está vazio.

Kaysha para o carro na rua e buzina, e Sarah se levanta.

— Aquela é sua namorada? — pergunta a ruiva, espremendo os olhos ao ver o carro de Kaysha.

— É — confirma Sarah, mexendo nos bolsos para ver se estava com seu telefone, as chaves e o isqueiro. — Obrigada por me fazer companhia. Tchau.

— Tchau — diz a mulher. — Se cuida.

Sarah balança a cabeça e entra no carro, e Kaysha dá partida sem dizer oi. Sarah sabe que ela está possessa, então também não diz nada que possa deixá-la ainda mais contrariada, apenas reclina o banco e põe a mão sobre os olhos enquanto elas aceleram pela cidade. Quando Sarah está quase pegando no sono, Kaysha pigarreia.

— Você disse que não iria.

Sarah resmunga e bota os pés no painel do carro.

— Não começa.

— Você sabe quem estava se aconchegando a você naquele banco? O que você disse para ela?

— Nada importante, era só uma mulher qualquer.

— Não, Sarah, aquela era a Nova.

Sarah abre os olhos e encara Kaysha.

— Era ela?

— Era.

— Por isso que você queria transar com ela de novo — diz Sarah, com a voz arrastada, embora esteja triste e com raiva.

— Para com isso.

— Agora eu entendi... é claro que você *precisava* dela investigando o caso. Muito conveniente — fala Sarah.

— Você sabe que era só para eu poder controlar...

— Não fode. Você nunca disse que ela era assim.

— E que diferença faz?

— Nenhuma.

Sarah sabe que Kaysha nunca conta tudo para ela, que é inescrutável. Desde a morte de Jamie, as coisas entre elas estão péssimas, o que é uma diferença gritante de como tudo estava antes. Nas semanas que antecederam o Ano-Novo, o grupo se reunia regularmente e, embora nem todas concordassem com qual seria a solução para o comportamento de Jamie, parecia que algo importante estava acontecendo. Para Sarah, ser parte de um grupo de mulheres que tinha decidido agir contra um homem que fizera mal a todas elas era como se *todas as mulheres* finalmente se posicionassem. Parecia que algo relevante estava prestes a acontecer, e isso, junto com o novo milênio que se aproximava, fazia com que Sarah se sentisse mexida, empolgada pela expectativa e alegria diante do que imaginava ser o início de uma nova era para as mulheres. Um pequeno gesto de rebeldia que levaria a algo muito maior — algo que faria a diferença.

Kaysha tinha orquestrado tudo. Disse a Sarah que vinha acompanhando secretamente a vida de Jamie fazia algum tempo, ficando de olho nele, se culpando sempre que não conseguia perceber o que ele estava aprontando até que fosse tarde demais, mesmo sabendo que não havia nada que ela pudesse fazer, na verdade. Ficar de olho nele tinha se tornado quase um hobby para Kaysha, uma obsessão, porque ela achava que era a única pessoa que realmente o via como ele era e ninguém acreditava no que ela dizia. A polícia não tinha acreditado nela quando Jamie a estuprou, e ela sabia que não acreditariam nas outras mulheres sozinhas, mas, se ela as juntasse, se as unisse, então talvez alguém lhe desse ouvidos.

O grupo se reuniu pela primeira vez no início de novembro, e Kaysha começou contando sua história. Uma a uma, cada mulher explicou sua relação com Jamie. Umas, como Olive, nunca tinham aceitado o fato de ele ter feito alguma coisa errada. Algumas contaram versões diferentes de suas histórias ao longo das semanas, revelando aos poucos os detalhes mais sombrios de suas vidas com Jamie, até que tudo tivesse sido esclarecido e elas percebessem que não era mero acaso, não era um caso isolado, o fato de Jamie as ter tratado tão mal, e que algo precisava ser feito.

Sarah sempre se sentiu mal por Sadia, embora, lá no fundo, onde os seus poucos instintos maternos se escondiam, nutrisse certo ressentimento por ela. Sadia foi enganada por Jamie todos os dias de seu casamento, e ele a fez acreditar que a tratava com carinho e respeito todos esses anos, que a amava. Talvez fosse verdade, mas pelo visto não era o suficiente. Talvez ele tenha feito o que fez com Sarah e Josie por Sadia, porque a amava muito, ou talvez dissesse isso a si mesmo para justificar sua necessidade de controlar todo mundo.

30

NOVA
11 DE JANEIRO DE 2000

Nova continua sentada no banco, na chuva, depois que Kaysha sai dirigindo, a pele formigando. Demora um pouco até sua mente processar o que seus olhos viram. A bêbada devia ser Sarah — Sarah, a *namorada* de Kaysha. E ela teve um caso com Jamie Spellman. E Sadia estava criando a filha de Sarah, o que a deixa enlouquecida ou, pelo menos, triste. E ainda tem Josie, outro dos casos de Jamie, pronta para se tornar a próxima Sarah e entregar o bebê para Sadia. A confusão de Josie quanto ao que fazer com o bebê ganha uma nova perspectiva. Antes, Nova achava que ela estava insegura quanto à maternidade porque era jovem, mas agora acredita que Jamie deve ter planejado a coisa toda — fez Josie se sentir confusa e despreparada de propósito. Ele tinha fodido com a vida de todas, menos de Kaysha — pelo menos até onde Nova sabia, mas Kaysha devia estar envolvida porque se importa demais com as pessoas; ela sempre defende o fracos e oprimidos, mesmo quando acaba se encrencando por isso. Desta vez, era uma encrenca das grandes. Quatro mulheres, todas potencialmente envolvidas. Talvez tenha sido apenas uma delas ou talvez tenham agido juntas. Ou, ainda, talvez não tivesse sido nenhuma delas.

Se Nova não tivesse reconhecido Kaysha na fita do circuito interno de televisão, poderia ter sido enganada quando ela apareceu na noite seguinte à sua porta pedindo para tentarem de novo. Nenhuma das duas se desculpou, elas só continuaram como se os últimos seis meses não tivessem existido. Nova sabe que tudo isso é extremamente antiético, a relação delas sempre foi assim, mas agora era ainda pior. Kaysha sempre conseguia arrancar algumas pistas dela, um nome ou lugar, um ponto de partida para começar a investigar sua próxima matéria. Nova consegue o mesmo de Kaysha, mas Kaysha tem de ser mais cuidadosa com o que diz — Nova não pode aparecer no lugar certo e na hora certa com muita frequência. Nova poderia ser demitida por dar pistas a uma jornalista, mas Kaysha poderia ser morta por dar dicas à polícia.

Às vezes, Nova queria que Kaysha e ela tivessem se conhecido sob outras circunstâncias e que seu relacionamento pudesse ser legítimo. Mas sempre se pergunta se ele seria tão passional se não fosse proibido, se Kaysha não acabaria virando parte da rotina, fazendo as duas se sentirem entediadas e insatisfeitas. Talvez tenha sido por isso que Nova se convenceu tão rápido a desistir de morar com Kaysha antes — não suportava pensar que a paixão pudesse esfriar. Com o tempo, tudo cai na rotina, e você acaba percebendo tarde demais que negligenciou por muito tempo a melhor coisa da sua vida, mas não há como evitar. Tudo acaba ficando chato depois de um tempo. Ela não quer que isso aconteça com Kaysha. Precisa acreditar que está correndo algum risco. Quando está com Kaysha, às vezes se sente como o James Bond, dormindo com uma mulher que tem ligações com o inimigo, uma sempre seduzindo a outra em troca de informações. Por outro lado, toda vez que Nova está abraçando Ella e tudo está tranquilo e gostoso, ela fecha os olhos e imagina que está com Kaysha.

Nova sabe que esse episódio do caso amoroso delas vai ser o último, pois Kaysha tinha ido longe demais. Nova não pode fazer vista grossa para um assassinato. Nesse momento, ela começa a pensar no que sabe e tenta preencher as lacunas. Já se sabe, pelos exames de sangue de Jamie, que ele tomou os remédios de Sadia ou foi dopado. Talvez Sarah o tenha matado, e Kaysha, escondido o corpo. Talvez Josie tenha participado, talvez não. Encobertar um assassinato parecia algo que Kaysha seria capaz de fazer, se fosse necessário. Pelo menos era mais provável do que ela matar alguém. Nova se pergunta, com uma ponta de ciúmes, se Kaysha esconderia um corpo por *ela*, depois se questiona, e não é a primeira vez, se está no emprego certo.

Nova observa as pessoas deixando o clube da associação de trabalhadores até que vê Olive Farrugia sair e andar até o ponto de ônibus do outro lado da rua. Tinha passado a manhã toda de olho em Olive, porque ela estava agindo de um jeito esquisito — parecia falar sozinha e olhava ao redor, ansiosa, como se algo estivesse prestes a acontecer. Nova tinha de acompanhar o velório para ficar de olho em todo mundo, principalmente em Sadia, cuja casa estava sendo vasculhada naquele momento. Nova tinha deixado um policial à paisana na frente da casa de Sadia a semana inteira, monitorando suas idas e vindas, se certificando de que ela não fugiria. Olive é um caso totalmente diferente. Nova começou a investigá-la depois de uma dica de um colega aposentado, John Jones, que se lembrava de Jamie de um caso antigo. Jamie teve algum tipo de relacionamento com Olive na época em que ela viveu uma tragédia na família, e John achava que Olive poderia saber de algo, uma pessoa improvável que poderia se mostrar útil. Alguém que talvez tivesse passado batido por Nova. Curiosamente, John agora era marido da tia de Jamie. Esse caso estava rodeado de coincidências estranhas, ou talvez não fossem coincidências coisa nenhuma. Ela ainda estava tentando entender como tudo aquilo se conectava. Não era a primeira vez em sua carreira que considerava montar um quadro de evidências, como naqueles filmes policiais americanos, com linhas vermelhas ligando as fotos das mulheres que

Jamie Spellman conhecia e um retrato grande dele no centro. Ela só não tinha espaço para isso na delegacia.

Nova observa enquanto Olive atravessa a rua. Parece atordoada e quase é atropelada duas vezes antes de chegar ao outro lado, aparentemente alheia ao perigo à sua volta. Nova atravessa a rua correndo até ela, preocupada que vá sozinha para casa, e Olive mal parece notar a presença da inspetora ao seu lado.

— Senhora Farrugia — diz Nova, tocando seu ombro. Olive toma um susto. — Quer uma carona até sua casa?

Olive a olha de cima a baixo, os olhos se demorando nos cabelos de Nova antes de alisar os seus próprios com os dedos. Ela não diz nada, mas olha para o fim da rua, onde o ônibus deve aparecer a qualquer instante. Nova tira seu distintivo do bolso e o mostra para ela.

— Sou a inspetora Nova Stokoe da Polícia da Nortúmbria, posso te dar uma carona?

Olive semicerra os olhos, mas concorda e a segue pela rua até o Escort de Nova, que está parado em uma via lateral. Elas entram e Nova liga o aquecimento, esfregando as mãos na frente dele antes de dar a partida.

— Está um frio lá fora, né? — diz.

— Na verdade, está quatro graus mais quente que ontem — fala Olive.

Sua voz sai baixa e com aquela rouquidão de quem fica muito tempo em silêncio.

— Quem diria, hein? — responde Nova, seguindo com o carro. — Para onde você está indo, meu bem?

— Tynemouth — diz Olive.

— Eu adoro Tynemouth. Minha avó me levava ao mercado aos domingos para comprar livros baratinhos — conta Nova, sentindo um quentinho no coração ao se lembrar da avó.

— Que fofo — diz Olive, parecendo entediada.

— Você mora perto do mercado?

— Não muito longe — diz Olive. — Moro em frente ao mar. Na Grand Parade.

— Tudo bem, sem problemas — responde Nova, olhando para sua carona. — Uma tragédia, né? Jamie. Tão jovem.

Olive se mexe no banco.

— Vocês eram amigos? — pergunta Nova.

— Há muitos anos. Ele frequentava a mesma igreja que eu. Às vezes, eu conseguia levar a Kim, minha filha, também.

— Que nome lindo. Minha primeira namorada se chamava Kim.

Olive olha demoradamente para ela e então alisa a saia sobre as coxas. Nova sorri, pensando em sua Kim, com quem só esteve uma vez, em um passeio a Whitby com sua turma quando tinha onze anos. Depois de andarem pela cidade, eles passaram algumas horas brincando na praia, chapinhando nas ondas. Uma turma de outra escola também estava lá, e as crianças acabaram se misturando, construindo juntas castelos de areia e fazendo amizade enquanto os professores ficavam sentados em grupos, fumando e tomando latas de Coca-Cola. Nova tinha brigado com sua melhor amiga no ônibus naquela manhã, então estava sozinha, sentada, observando o mar enquanto tentava parecer pensativa e mal-humorada de um jeito atraente. Uma menina da outra escola se sentou ao seu lado e começou a conversar. Ela também era ruiva, tinha belos olhos azuis e, quando sorriu, Nova sentiu um friozinho na barriga. Logo ficaram amigas e Nova, sabendo que nunca mais a veria, resolveu dizer a Kim que gostava dela, algo que nunca dissera para nenhuma menina antes, embora tivesse gostado de muitas. Na verdade, só gostava de meninas.

— Você é lésbica? — sussurrou Kim.

Nova deu de ombros.

— Não sei. O que é lésbica?

— Uma menina que gosta de meninas em vez de meninos — respondeu Kim, levantando o queixo e sorrindo.

— Não sabia que tinha um nome para isso — disse Nova, sentindo uma onda de empolgação invadindo seu corpo.

Se existia uma palavra para isso, devia haver outras pessoas como ela também, pensou.

— Tem sim. O nome é lésbica. Nossas vizinhas são lésbicas.

— Que legal — disse Nova.

Então sentiu uma súbita vontade de chorar. Esfregou os olhos com os punhos e Kim colocou a mão em suas costas.

— Tudo bem ser lésbica, *eu* acho. Minhas vizinhas são muito legais. Mas minha mãe não acha certo. Ela quase teve um treco quando eu disse que gostava da srta. Larkin — disse Kim, apontando para uma professora jovem a alguns metros que estava apoiada nos cotovelos com os olhos fechados e os cabelos acobreados balançando com o vento.

— Você também é lésbica? — perguntou Nova, o rosto corando.

Kim deu de ombros.

— Não sei. Só sei que gosto da srta. Larkin. Não sei de quem vou gostar depois.

Um dos professores de Nova chamou sua turma e disse que estava na hora de irem embora, então Nova pegou seu caderno e um lápis na mochila.

— Sei que isso é meio aleatório — falou Nova, quase sem ar, escrevendo o número do seu telefone no papel e arrancando a folha. — Mas você quer ser minha namorada?

Kim riu, jogando o cabelo para trás, e Nova notou as sardas no rosto e no pescoço da menina.

— Claro, por que não?

— Legal — disse Nova, pondo seu número de telefone na mão de Kim. — A gente se vê então.

— Tchau — falou Kim.

Nova foi acenando enquanto andava até o sr. Almond, que soprava o apito de professor de Educação Física. Nova passou semanas esperando pela ligação de Kim, dizendo para si mesma que tinha uma namorada — o que fazia uma onda de alegria percorrer seu corpo —, mas a menina não ligou e ela nunca mais viu Kim.

— Mas, e então, você conhecia bem o Jamie? Ele era amigo da sua filha? — pergunta Nova após alguns minutos de silêncio enquanto a cidade passava como um borrão por elas no carro.

— Ele era *meu* amigo — diz Olive. — Da igreja, como eu disse.

— Você o tinha visto recentemente?

Olive ignora Nova e vira a cabeça para olhar pela janela. Após alguns minutos, ela repete a pergunta, com a voz um pouco mais alta. Olive resmunga.

— Como você sabe quem eu sou, mesmo? — diz, irritada.

— Seu nome surgiu nas minhas investigações sobre o passado do sr. Spellman — explica Nova. — Um dos meus colegas de trabalho lembrou que vocês conviviam alguns anos atrás.

— Sim, mas faz muito tempo.

— Sinto muito por sua filha.

Olive não diz nada.

— Imagino que tenha sido uma situação horrível — prossegue Nova.

— Ele ficou arrasado quando ela... bem... — diz Olive, encarando Nova; ela assoa o nariz. — Ele me deu apoio.

— Que bom.

— Ele era um homem bom.

— Que bom ouvir isso, para variar.

— Bem, se você perguntar para as mulheres erradas, vai ouvir um monte de absurdos — diz Olive, endireitando a postura.

— Você acha que ele tinha algum inimigo?

Elas param atrás de uma longa fila de carros. Nova consegue ver as luzes do tráfego à frente. Olha para Olive, que está batendo com o dedo nos lábios e mirando o nada, o olhar perdido.

— Senhora Farrugia, a senhora conhece uma mulher chamada Kaysha Jackson? — pergunta Nova, puxando o freio de mão e se virando para encará-la.

Não sabe bem por que pensou em perguntar isso, não tem nenhuma prova de que Kaysha a conheça, mas pergunta mesmo assim, só por via das dúvidas. Kaysha está sempre um passo à frente de todos, inclusive de Nova, e, se Olive for parte do quebra-cabeça, ela acredita que Kaysha teria descoberto isso primeiro. Olive comprime os lábios e infla as narinas, e Nova tem a impressão de que ela está medindo as palavras. O trânsito começa a diminuir na frente de Nova, mas ela não volta a dirigir, apenas continua encarando Olive. Está com o coração na boca, tamanha a sua expectativa. Por fim, Olive acaba balançando a cabeça em negativa.

— Não conheço ninguém com esse nome.

— Tem certeza? — diz Nova, com o peito apertado.

Alguém começa a buzinar e ela resmunga e volta a dirigir.

— Absoluta.

Depois de deixar Olive, Nova vai para casa. Ela liga o aquecedor, veste o pijama e desliga o celular. Está de saco cheio de pensar em Jamie Spellman. Conforme reúne as peças da vida dele e começa a entender que tipo de pessoa ele era, passa a se importar cada vez menos com a morte dele. Sabe que, apesar disso, deveria se importar, que é horrível alguém morrer decapitado, independentemente do que tenha feito. Não é uma grande fã da pena de morte, mas acha difícil se compadecer dele. É apenas outra morte em uma cidade cheia de gente que vai acabar morrendo mais cedo ou mais tarde.

Sente o ressentimento por Jamie e por seu trabalho tomando conta de seu corpo. Já não se importa, ou talvez se importe demais, mas não com o que deveria. Ela se preocupa com o bem-estar das mulheres que Jamie magoou, sente cada vez mais uma força a levando até elas, mesmo que tenha sido isso que lhe causou tanto problema em seu último caso. O corpo de um homem foi encontrado, a esposa dele e a amante dela foram consideradas suspeitas. Quase não havia evidências de crime, e nada apontava para o envolvimento das mulheres, mas estava claro que a inspetora-chefe e o restante das pessoas na delegacia suspeitavam delas, achavam que aquele relacionamento homossexual era indecente, que tinha algo suspeito ali. Nova acreditava que as mulheres estavam sendo consideradas suspeitas apenas por sua sexualidade e lutou contra isso com unhas e dentes. Gostava delas.

Quando Nova notou que havia um preconceito institucional com pessoas como ela, passou a se dar conta de que ele também se aplicava a outros grupos marginalizados — sempre soubera de sua existência, mas achava que não era determinante no seu trabalho, não percebia o quanto o preconceito dos policiais e da instituição afetava a maneira como investigavam os casos. Quanto mais nota isso, menos conectada se sente com sua carreira. A única razão pela qual continua fazendo o que faz, mesmo depois de ter sido punida e ridicularizada quando uma das mulheres acabou confessando o assassinato, é que se dedicou demais para chegar até ali. Quando entrou na polícia, assim que se formou na faculdade, acreditava que estava fazendo a coisa certa, que estava defendendo leis que protegiam as pessoas e promoviam uma sociedade justa e igualitária. Ela é a inspetora mais jovem em toda a história de sua região e era boa no trabalho antes, quando se importava. Tinha passado anos tentando fazer mudanças sutis lá dentro, mas nunca viu nenhum resultado. Agora entende por que as pessoas da classe trabalhadora com quem conversa não parecem confiar nela, mesmo fazendo parte dessa mesma classe. Acham que é uma traidora, e talvez seja mesmo. Mas não sabe o que faria caso pedisse as contas, odeia a ideia de começar do zero em uma nova carreira, mas também não sabe por quanto tempo ainda conseguirá continuar fazendo parte de uma instituição na qual não acredita.

Ela tenta se desligar. Toma um banho de banheira demorado e depois pede comida do Mr. Lau pelo telefone fixo, liga a televisão e zapeia os canais até parar em uma série médica à qual não quer assistir. Em vez disso, pensa em Kaysha e Sarah, no olhar de Kaysha quando parou o carro e percebeu com quem a namorada estava se protegendo da chuva. Nova pensa nas duas juntas: Kaysha, sempre três passos à frente de todos, e Sarah, a alcoólatra inveterada que, de alguma forma, continua charmosa. Ela se pergunta como devem ter se conhecido, as imagina na cama, se pegando pela casa de Sarah — uma mansão decadente, pelo que Kaysha lhe dissera. Ela abre uma garrafa de vinho e acende umas velas, tentando prestar atenção na televisão, mas não consegue. Sempre tem ciúme das outras relações de Kaysha, mesmo não tendo o direito de sentir isso.

Em Newcastle tem uma lésbica chamada Holly que é obcecada pela Stasi, a polícia secreta da Alemanha Oriental. Ela tenta recriar suas tecnologias como hobby e, às vezes, as vende. Holly não perguntou para que Nova queria a escuta, mas, quando Nova entregou a ela uma nota de cinquenta, Holly explicou à outra como utilizá-la e como sintonizá-la usando o rádio do carro. Nova poderia ter usado um equipamento da polícia, mas teria de registrar isso, o que significa que haveria uma papelada envolvida. Se ela descobrir que Kaysha é culpada, não quer necessariamente ter que relatar sua descoberta. Tudo vai depender de qual foi a motivação dela.

Nova estava com a escuta havia uma semana, mas ainda não tivera coragem de usá-la; em parte porque sabia que Kaysha ficaria furiosa quando descobrisse, em parte porque queria acreditar que o fato de ela ter estado no hotel na véspera do Ano-Novo não passava de coincidência. Agora que Nova sabe que Kaysha está ligada a Jamie, não pode perder a oportunidade. Então pega o telefone para mandar uma mensagem chamando Kaysha para ir até lá quando alguém bate à porta. Nova procura o dinheiro no bolso ao abrir a porta, pensando que alguém devia ter aberto a porta do prédio para o entregador.

Mas era Kaysha.

— Quer dizer que você conheceu a Sarah hoje, né? — diz ela, sem sorrir, entrando e se jogando no sofá.

Nova fecha a porta e se senta ao seu lado.

— Pois é — responde. Kaysha não pode saber que ela já está sacando tudo, então tem de fingir que nada aconteceu. — Pelo jeito, sim.

— Você foi atrás dela de propósito?

Nova sorri.

— Para de se achar, Jackson. Eu estava trabalhando. Acabei tomando conta dela. Ela fez uma cena no pub.

— Claro que fez — diz Kaysha, comprimindo os lábios. — Ela precisa de ajuda com a bebida. Mas não procura.

— É, parece que sim.

— E por que foi lá, se estava trabalhando?

— Era o velório do cara decapitado. Eu estava lá para ver se aparecia alguém suspeito.

— E apareceu? — pergunta Kaysha, recostando-se nas almofadas e cruzando as pernas.

— Ninguém em especial — diz Nova. — Mas é engraçado que Sarah o conhecesse.

— É — diz Kaysha. — Nem eu sabia disso até ir buscá-la. Ela é muito fechada. Nunca conta nada para ninguém.

— Por que você está com ela? — pergunta Nova, se aproximando para tocar sua mão.

Kaysha esfrega o rosto e depois dá de ombros.

— Pelo visto, eu gosto de me meter em relações complicadas — diz, se ajeitando para se recostar em Nova, que a envolve num abraço.

— Ela chegou bem em casa?

— Eu a pus na cama. Ela vai dormir e amanhã de manhã começa tudo de novo.

— Que inferno — sussurra Nova, beijando a cabeça de Kaysha.

Kaysha começa a chorar, primeiro um choro silencioso, bonito, com lágrimas de atriz de cinema dependuradas nos cílios, depois começam os soluços que sacodem todo o seu corpo. Nova a abraça. Nunca a viu nesse estado antes. Ela já tinha chorado durante suas brigas ou quando assistiam a algum filme triste, mas jamais desse jeito, e Nova não sabe como consolá-la ou se sequer deveria fazer isso. Ela está mesmo chorando pelo relacionamento complicado ou por ter matado alguém?

O interfone toca e uma voz de homem diz que é a comida de Nova. Ela não se mexe, mas Kaysha se afasta e enxuga o rosto, fungando.

— Pode ir buscar a comida, está tudo bem — diz.

Nova hesita, mas Kaysha sorri.

— Vai. Não quero que você morra de fome. Sei que você não sabe cozinhar.

— Babaca — diz Nova, dando um beijo na bochecha de Kaysha.

Quando ela volta com a comida, sem fôlego porque subiu de escada, Kaysha já se recompôs. O nariz continua vermelho, e ela ainda dá umas fungadas, mas já não parece triste. Nova divide a comida em dois pratos, sabendo que Kaysha vai aceitar, mesmo que já tenha comido antes. As duas tiveram uma infância pobre, ambas sabiam que, se alguém lhe oferecia comida, você devia aceitar, e, mesmo que hoje tenham dinheiro, não conseguem deixar o hábito de lado.

Elas comem e conversam sobre o culto, pelo qual Kaysha tem estado interessada há um tempo. Nova conta para ela um pouco do que acabou descobrindo, que era um grupo de adolescentes revoltadas, furiosas com a maneira como o mundo tirava vantagem delas. Kaysha diz que talvez escreva um artigo sobre elas, as bruxas dos tempos modernos, assustando a população local. Ela parece impressionada, diz que gosta de quando meninas revidam, que isso mexe com ela. Sente orgulho. Quem liga se elas acabaram matando umas ovelhas no meio do processo?

— Mas talvez não precisassem ter matado as ovelhas — diz Nova.

Kaysha fica olhando para o pedaço de carne de porco na ponta do garfo de Nova.

— O roto falando do esfarrapado — diz, sorrindo.

— Mas é diferente.

— Como?

— Bem...

Kaysha começa a rir.

— Só estou implicando com você. Imagino que as ovelhas não tenham feito nada de errado.

Depois elas transam, e o sexo é lento e emotivo. Kaysha chora quando acaba, como às vezes acontece, e Nova a abraça. Isso costumava assustá-la, como se tivesse feito algo errado ou Kaysha tivesse se arrependido, mas ela sempre minimizava a situação. *É só um trauma antigo*, dizia. *Não quer dizer nada.* Nova vai até o banheiro depois e começa a chorar, e, quando volta para o quarto, Kaysha está dormindo. Tudo que deseja é se deitar ao seu lado e encostar o corpo no dela, dormir agarradinha como já tinham feito tantas vezes, acordar ao seu lado e saber que ela estaria ali no dia seguinte, e no outro, e no outro.

Em vez disso, ela vai até o sofá na ponta dos pés e pega a jaqueta de Kaysha. É um jeans desbotado, coberto de aplicações e broches, que ela usa desde que Nova a conhece. Nova tira o microfone minúsculo do bolso de seu blazer e o coloca no bolsinho da frente da jaqueta, na altura do peito, que está duro e é difícil de abrir pela falta de uso. Nova posiciona a escuta de um jeito que só a pontinha fica para fora do bolso. Tem quase certeza de que Kaysha não vai notar. Ela tem a jaqueta há tanto tempo que nem repara mais na existência dela.

De manhã, Kaysha vai embora e leva meia hora até Nova encontrar o celular embaixo do sofá. Ele passou a noite desligado. Tem seis chamadas perdidas, então ela retorna uma ligação enquanto se arruma para o trabalho.

— Stokoe? — É a inspetora-chefe.

— Oi — diz Nova, com grampos de cabelo na boca enquanto tenta domar os cachos.

— Porra, onde é que você estava? Estou tentando falar com você desde ontem à noite. Nós a pegamos.

— Pegaram quem?

— A esposa. Eles não acharam muita coisa, ela fez um bom trabalho apagando os rastros. Por isso não encontraram nada da primeira vez. Mas havia manchas de sangue debaixo do carro na garagem.

— Certo — diz Nova, a cabeça funcionando a mil por hora. Ela simplesmente não tinha acreditado que pudesse ser Sadia. — Mais alguma coisa?

— Um copo de uísque, quase vazio, mas o que tinha sobrado com certeza foi batizado com Diazepam. Havia digitais dele, mas também dela.

— Hum... Mas isso é circunstancial... Ela pode ter lavado a louça e ele pode ter se drogado. Não sei não.

— Eles acharam a arma do crime.

— Cacete, e qual foi?

— Um machado, com as digitais dela, só dela.

— Ela não limpou?

— Limpou, mas encontraram traços do sangue dele. O metal é mais poroso do que se imagina.

— Certo, estou indo para aí — diz Nova, vestindo o blazer. — Foi mal de novo pelo telefone.

— Vê se não estraga tudo dessa vez — fala a inspetora-chefe.

Nova para. Ela sabe que é sua última chance — se cometer algum erro, está fora. Só não sabe se liga para isso.

31

SADIA
12 DE JANEIRO DE 2000

Sadia volta do evento de celebração da vida de Jamie no clube no fim da tarde e vai para a cama, ficando só com as roupas de baixo e se enfiando sob a coberta. Ana e Tom levaram Ameera com eles para Sadia poder descansar, e ela logo cai num sono profundo, acordando novamente à meia-noite. Ela se levanta só para pegar uma garrafa de vinho na cozinha e depois volta para baixo das cobertas, onde bebe e passa horas assistindo aos vídeos caseiros que Jamie sempre insistia em que eles filmassem.

Ela os vê fora de ordem. Na primeira fita, Ameera tem as bochechas rosadas, está toda agasalhada com uma roupa bem quentinha, engatinhando no jardim e rolando de lado quando tenta tocar a neve. Jamie a pega no colo e a abraça, beijando sua testa. Na outra fita, ela é uma recém-nascida saindo do primeiro banhinho, chorosa e ensopada, e Jamie filma enquanto Sadia passa o dedo no rosto da bebê, cantando baixinho ao botar nela uma fralda que parece grande demais para uma bebê tão pequena. Depois ela aparece engatinhando, desenhando, chorando por alguma coisa, aí vem o primeiro dia na escolinha, Sadia chorando enquanto Ameera acena da porta, depois Jamie vira a câmera para se filmar revirando os olhos para a esposa. É como se todos os momentos deles como família estivessem documentados, e Jamie acaba aparecendo em todos os vídeos, deixando a câmera em algum lugar para filmar os três ou a entregando para Sadia. Para qualquer pessoa de fora que assistisse aos vídeos, pareceria que ele estava sempre presente. Mas, na verdade, Jamie só não queria que nada fosse filmado quando não estivesse por perto, como se as inúmeras horas que Sadia passava sozinha com a filha não fossem dignas de serem registradas, como se nada de importante acontecesse quando Jamie não estava.

Eles parecem tão felizes, sorrindo um para o outro e para Ameera enquanto a balançam, ou enquanto brincam no bosque ou cantam "Parabéns pra você", e Sadia acha que eles eram mesmo felizes, antes de ela descobrir sobre Josie e depois sobre todo o resto. Em momentos de fraqueza, pensa que preferia nunca ter descoberto sobre seu último caso. A essa altura, ele estaria lhe falando de outro recém-nascido que precisava dela, a convenceria de que Josie era só mais uma jovem que foi pega desprevenida por uma gravidez indesejada, e que eles a estavam ajudando ao criá-lo, assim como fora com Sarah. Ela nunca teria suspeitado de que a criança era dele, e eles viveriam como sempre, mergulhados em uma alegria emprestada. Mas aí ela se lembra de Sarah e do impacto que tirar um bebê, desejado ou não, dos braços da mãe causa, o impacto de tirá-lo antes mesmo que ela pudesse decidir por si mesma se queria criá-lo ou não, e então sabe que o bebê de Josie nunca será e nem deveria ser seu.

Sadia sabe que fez vista grossa para todos os erros de Jamie ao longo dos anos, que deixou coisas que deveriam tê-la revoltado passarem batidas, sem dizer nada, que se forçou a acreditar em qualquer desculpa que ele dava quando passava três dias fora de casa de uma só vez. Pensa no que ele deve ter dito para Sarah para mantê-la em silêncio ou o que disse para convencê-la a desistir da bebê. Se pergunta até que ponto ele foi com Josie, como deve tê-la convencido a acreditar que ela não queria o bebê, meses após tê-la convencido de

236

que queria, e como ela estava lidando com isso agora, prestes a dar à luz. Além disso, Sadia questiona qual foi seu papel nessa história toda, se foi apenas uma cúmplice silenciosa, de certa forma levando Jamie a fazer essas coisas incentivado pelo sofrimento gerado pela infertilidade dela. Fica se perguntando se ele fez tudo aquilo porque a amava ou apenas para ver se conseguia se safar.

Ela acorda novamente às oito da manhã com dor de cabeça, ainda agarrada à garrafa de vinho vazia. A tela da televisão está cheia de estática. Ela é grata por não ter de cuidar de nenhuma criança naquela manhã — sente que tudo havia ficado mais claro durante o sono e que sabe o que precisa fazer.

Ela veste o roupão e desce até a cozinha, se apoia na bancada enquanto a água ferve na chaleira e pensa em Sarah. Ficou chocada com seu estado no clube. Kaysha já tinha mencionado que ela bebia muito, mas Sadia nunca tinha presenciado isso. Nas reuniões, Sarah estava sempre alerta e sarcástica, com a beligerância de uma adolescente, embora já tivesse vinte e muitos anos, e Sadia achava difícil se compadecer dela. Mesmo quando Sarah contou sua história, encorajada o tempo todo por Kaysha, Sadia achou difícil não revirar os olhos, ainda influenciada demais por Jamie para acreditar em todos os detalhes, convencida de que Sarah estava exagerando o que era apenas a história de alguém que engravidou sem querer. Sadia ficava furiosa só de pensar em uma gravidez por acidente, algo que era tão precioso sendo tratado de forma tão banal, quando tudo que ela mais queria era uma casa cheia de crianças, mas não tinha um útero que pudesse gerá-las.

Não havia uma forma simples e direta de resolver as coisas entre Sarah, Ameera e ela. Sarah disse várias vezes que não quer ser mãe, nunca quis e nunca vai querer. Sadia acha que, mesmo tendo dito aquelas coisas na homenagem a Jamie, Sarah não vai querer criar Ameera, pelo menos, não sozinha. Ou talvez vá, se conseguir parar de beber; talvez ver a filha tenha despertado algo nela e ela vá querer pegar Ameera de volta. Sadia se sente fraca só de pensar em alguém tomando a filha que ama há quatro anos. Ela faria qualquer coisa por Ameera. O sangue não quer dizer nada para Sadia, apenas o amor.

Ela acredita que, se ajudar Sarah a ficar sóbria e a conseguir um emprego, talvez possam se tornar uma espécie de família, e Sarah poderia conviver com Ameera. Talvez pudessem criá-las juntas. A ideia a assusta; afinal, e se o sangue acabar falando mais alto e Ameera acabar preferindo a mãe biológica? E se os esforços de Sadia não derem em nada, e Ameera acabar sempre procurando Sarah? Ela não poderia fazer nada para impedir isso, porque, se alguém descobrisse que Sarah era a mãe biológica, Sadia não teria nenhuma chance. Talvez acabasse sendo presa por rapto. Talvez mereça isso.

A água da chaleira começa a ferver, e ela respira fundo, tentando se concentrar no movimento de colocar o café solúvel na caneca e de enchê-la de água. A neve da semana finalmente derreteu e a manhã está bonita e ensolarada. Dá quase a impressão de que está quente lá fora. Ela calça os sapatos que Jamie colocava ao sair para tirar o lixo, que ela ainda não pensou se vai guardar ou jogar fora, e vai até o quintal. O jardim está inundado de luz e, comparado à semana anterior, parece que é verão. Sadia se senta em uma das cadeiras do jardim e toma seu café, tentando se manter calma e focada no que está à sua volta — o cheiro das agulhas dos pinheiros, a brisa que sacode os galhos, a escuridão da floresta mesmo numa manhã tão clara. Ela tira os sapatos de Jamie e pisa na grama molhada, tentando se ancorar. Vai ficar tudo bem, pensa.

O restinho do café na caneca esfriou, mas ela o toma mesmo assim e se levanta para voltar para dentro de casa. Uma nuvem se move e algo brilha no lago nos fundos do jardim, onde começa o bosque. As carpas devem ter acordado. Ela toda vez teme que elas acabem morrendo quando o lago congela, mas sempre estão lá na primavera, maiores que na última vez que as vira. O lago fora um projeto de Jamie, uma das únicas coisas que ele chegou a concluir na casa. Ele sempre começava coisas e as largava inacabadas, e no fim Sadia acabava tendo de contratar alguém para terminar seus projetos abandonados. Em outubro, ele derrubou toda a cerca do jardim, dizendo que estava podre e que ia construir outra, mas a única coisa que fez foi cavar os buracos para colocar as estacas. Tudo bem que a casa é isolada, acomodada na boca da floresta, mas mesmo assim Sadia se sente mais exposta sem a cerca. Sabe que é algo irracional.

Ela vai até o lago e espera para ver alguma carpa nadando perto da superfície. Sua favorita é uma enorme e laranja que eles chamam de Goldie Hawn. Ela vê o brilho de algo metálico de novo e sorri, até notar que o peixe não está se movendo, e se pergunta se eles não resistiram à neve no fim das contas. Ela se agacha e percebe que o brilho não é um peixe, mas um relógio prateado. Enquanto fica ali, observando, o corpo parece se materializar na água turva, jazendo pálido no fundo do lago. Quanto mais o observa, mais nítido fica. Ela não consegue se afastar, o corpo se revelando para ela, a camisa de malha azul e a calça jeans que ele estava usando na véspera do Ano-Novo, os sapatos, o pescoço. A caneca cai de sua mão, e a água do lago respinga em seus pés.

Sadia ouve as batidas na porta, mas não consegue processar a informação. Ouve os gritos e os passos atrás dela, mas ainda assim não consegue desviar o olhar. Não encara as pessoas à sua volta, não responde quando falam com ela, não começa a berrar até ter as mãos algemadas para trás e ser levada embora.

32

NOVA
12 DE JANEIRO DE 2000

u não o matei — diz Sadia. — Mas o dopei.

Nova ainda não perguntou nada, mas Sadia parece estar pronta para falar. Ela demorou algumas horas para se acalmar depois de ser presa. Nova não sabe mais no que acreditar. Por um lado, é extremamente suspeito que tenham encontrado Sadia olhando para o corpo decapitado do marido, escondido num lugar onde provavelmente não seria descoberto tão cedo em outras circunstâncias. Por outro, a mulher estava claramente descompensada, mas Nova não sabia se era pela visão do corpo ou pela chegada repentina da polícia ao seu jardim. Seja como for, ela agora está presa e eles finalmente têm o corpo para juntar à cabeça.

— Por que você o dopou?

— Porque, se não fizesse isso, ele teria me matado.

— Ele disse que ia te matar?

— Disse — diz Sadia, o corpo se retesando. — Mais de uma vez. Eu queria deixá-lo e queria levar nossa filha junto comigo. Ele não concordou com isso. Eu fiquei com medo do que ele faria se eu tentasse.

— Ele já tinha te ameaçado antes? — pergunta Nova.

Sua vontade é de se debruçar sobre a mesa e segurar a mão da mulher, mas ela se contém.

— Sempre tivemos uma ótima relação, até que descobri tudo sobre a Josie.

— Josie Kitchen? — Nova fica um pouco surpresa que Sadia soubesse de Josie, mas, pensando bem, essas mulheres todas parecem se conhecer.

— Isso.

— Você os flagrou juntos?

— Não. Antes tivesse, teria sido mais fácil. Era como se o universo estivesse me forçando a ver. Eu já conhecia a Josie.

— Ah, que interessante. Ela era amiga da família?

Nova faz uma anotação, porque isso não bate com o que a garota tinha dito sobre como conheceu Jamie.

— Não, foi só uma coincidência. Eu frequentava o café onde ela trabalha. Ia sempre lá, um lugarzinho lindo, com flores nas mesas e doces de confeitaria frescos toda manhã. A gente sempre conversava enquanto ela preparava meu café.

Nova inclina a cabeça.

— Continue.

— Ela vivia reclamando do namorado, não comigo, mas com os outros funcionários, dizendo que tinha tomado um bolo ou que ele ainda morava com a ex mesmo tendo jurado que tinham se separado e estava apenas esperando os papéis do divórcio saírem. Saber que era isso que Jamie dizia para ela é quase engraçado.

— Você achava que estava tudo bem na relação de vocês?

— Estava a mesma coisa de sempre. Eu era feliz, tinha uma família, uma boa casa, não precisava trabalhar. Do que podia me queixar?

— Você suspeitava de que ele estivesse tendo um caso?

Sadia faz uma careta.

— Não. Mas agora, pensando bem, havia vários sinais, mas acho que eu fazia vista grossa para eles. Todas essas viagens a trabalho, para alguém que trabalhava em um laboratório, parecia até que era um representante de vendas, considerando o tanto que viajava. Mas, claro, era tudo mentira. Ele estava com quem quer que fosse a mulher da vez.

— E como foi que você descobriu?

— Como eu ia dizendo, eu já conhecia a Josie. Tinha ouvido todos os problemas do relacionamento dela com esse namorado mais velho misterioso que ela tinha conhecido na loja de kebab do pai, então ela engravidou e eu quis... É uma coisa horrível de dizer, mas eu quis bater nela. Que burrice, engravidar desse cara horrível com quem ela estava saindo. Ela era tão nova. E eu estava com inveja — confessa Sadia. — Não posso ter filhos, e não tem nada que eu gostaria mais do que isso. Adoraria poder parir meus próprios filhos. Por isso me sentia amargurada e, sempre que ela chegava para trabalhar chorando depois disso, eu pensava no quanto ela era ingrata. Estava com inveja, e me deu um certo prazer vê-la passando por maus bocados por um tempo — continua Sadia. — Uma vez, ela estava tendo um dia bem ruim e, como não conseguia se acalmar, se entocou na cozinha. A outra atendente acabou me contando que Josie estava triste porque o namorado tinha prometido que iria à festa de aniversário dela naquela noite, mas acabou cancelando de última hora. Josie suspeitava de que ele tivesse planos com a esposa. E eu estava toda boba, porque meu marido ia me levar para jantar fora para comemorar nosso aniversário de casamento.

— Continue — diz Nova.

— Bem, sempre que meu café acabava, eu me levantava e deixava a xícara no balcão, para poupar a viagem deles, sabe? Eles já dão um duro danado. Então um entregador entrou e deixou um buquê no balcão no momento em que eu estava lá, disse que era para Josie e foi embora. Josie não estava ali, continuava lá dentro, triste por ter levado um bolo do namorado. Fiquei admirando o buquê porque era exatamente igual aos que o Jamie sempre me dava de aniversário ou no dia em que comemorávamos anos de casados, era sempre o mesmo arranjo, do mesmo florista. Eu considerava aquilo um gesto atencioso, como se o buquê fosse feito especialmente para mim. Peguei o cartão, não para ser enxerida nem nada, eu só queria ver se era o mesmo florista. E, então, li o que estava escrito no cartão. — Sadia se cala por um tempo e Nova fica se perguntando se ela já tinha verbalizado isso antes ou se era algo que tentava evitar lembrar. — Até hoje ainda consigo ver, a imagem está gravada na minha cabeça. Dizia: *Para Josie. Desculpe não poder comparecer, meu bem. Te amo mais do que todos os átomos, Jamie.*

Nova empurra uma caixa de lenços de papel pela mesa e espera até que Sadia se acalme antes de pedir que continue.

— Eu conhecia a letra dele, é claro, mas o que ele escreveu... *Te amo mais do que todos os átomos*... Era o que sempre me dizia. Saquei logo que não era apenas uma coincidência. Era o *meu* Jamie. Na época, levou um segundo até minha cabeça processar tudo, porque achei, por um instante... achei que fossem para mim e que os nomes estivessem trocados, que o universo tivesse feito uma confusão.

— Imagino.

— Eu estava ali, confusa, então Josie voltou, viu as flores, leu o cartão e ficou radiante. Comentou que ele sempre falava aquilo para ela, sobre os átomos, porque era cientista e achava engraçado, e ela achava lindo. Poético. Só fiz que sim com a cabeça, não conseguia pensar direito. Desejei feliz aniversário e fui embora. A caminho de casa, me arrependi de não ter perguntado qual era o sobrenome dele ou como ele era, e passei o dia obcecada com isso, tentava lembrar se Jamie já tinha falado de alguma Josie, se suas viagens a trabalho coincidiam com os dias que ela não estava chorando no trabalho, mas, sabe como é, mesmo que coincidissem, eu não teria como lembrar. Acho que, na época, não cheguei a pensar que o bebê fosse dele pois, até onde eu sabia, ele era infértil. Foi o que me disse quando a gente se conheceu, acho que para me fazer confiar nele, para que parecesse que a gente tinha algo em comum.

— O que aconteceu quando você chegou em casa? — pergunta Nova.

— Passei o dia alternando entre ficar sentada no sofá e ficar andando pela casa. Não fiz nada, não conseguia me concentrar. Passei horas e mais horas pensando no que estava escrito no cartão, tentando me convencer de que tinha entendido tudo errado, que não podia ser a letra dele, ou talvez o bilhete tivesse sido escrito pelo florista e sua letra fosse parecida com a de Jamie. Talvez ele tivesse copiado a frase de Jamie sobre os átomos porque o namorado de Josie não era inteligente o suficiente para pensar em alguma coisa. Achei até que a coisa dos átomos nem fosse algo da cabeça do Jamie, e sim uma fala de filme ou trecho de um poema, e era uma grande coincidência que o namorado de Josie tivesse assistido ao mesmo filme, achado a frase romântica e a escrito no cartão do buquê de flores para sua namorada — diz Sadia. — Quando fui buscar minha filha na escola, estava num estado de frenesi, não conseguia me acalmar. Naquele dia, voltamos pelo caminho mais longo, pelo bosque, porque ele me acalmava sempre que eu estava triste ou com raiva, e Ameera ama a floresta. Ela sempre encontra uma pinha ou uma pedra para levar para casa. Então voltamos andando pela floresta, e eu fiz algo para ela comer, depois brincamos por um tempo — prossegue Sadia. — Quando Jamie chegou, eu estava mais calma. Ele entrou na sala, onde a gente estava, cheio de sorrisos e beijos, como sempre fazia, *como estão as minhas meninas favoritas?*, sabe como é. Tirou uma flor que trazia escondida às costas e a deu para Ameera, que adorou, e nós duas a colocamos num vaso na cornija da lareira, e então ele voltou com um buquê para mim, o mesmo buquê que sempre me dava. O mesmo que mandou para Josie. Olhei o bilhete, e era a mesma letra, a letra dele, com toda certeza, a frase idiota sobre os átomos, a mesma assinatura.

Nova expira longamente.

— Ah, não.

— Pois é. Senti tanta raiva, como se aquilo estivesse se acumulando há anos nas vezes que ele não atendia o celular e não voltava para casa, quando passava metade do ano viajando a trabalho, nas vezes que eu sabia que ele estava mentindo mas não tinha coragem de confrontá-lo. E aquilo era só a ponta do iceberg, na verdade. Levei semanas até me dar conta de que o buraco era mais embaixo. Como eu tinha me afastado da minha família, não tinha amigos, não tinha emprego, nada. Estava tudo no nome dele. Nada era meu.

— Que coisa horrível — diz Nova, comprimindo os lábios. Às vezes, quando as mulheres matam o marido depois de uma longa luta contra a violência doméstica, elas conseguem uma sentença mais leve, mas às vezes o júri não acredita que elas estavam sofrendo nenhuma violência, acham que é só uma desculpa. Não sabia o que um júri pensaria sobre Jamie Spellman. Talvez ele os seduzisse mesmo depois de morto. — Ele te proibiu de ter contato com a sua família e com os seus amigos?

Sadia reage com ar de ironia.

— Tecnicamente, não. Ele era esperto demais para isso. Nunca diria que eu não podia sair e ver meus pais ou que não podia fazer x, y ou z, mas eu sabia que não deveria, porque ele ficava de péssimo humor quando eu fazia isso. Passava dias sem falar comigo, mesmo se eu chegasse a tempo de deixar a mesa do jantar pronta para quando ele voltasse do trabalho, ficava em silêncio por até uma semana, ia para o pub em vez de voltar para casa, deixava a comida esfriando na mesa até ter que ser jogada fora no dia seguinte. Eu passava aquelas noites com fome também, porque sabia que não deveria comer antes de Jamie chegar. Com o tempo, até se eu falasse em mandar um cartão de aniversário para meu irmão ou em ligar para minha mãe ele ficava com aquele péssimo humor, então meu contato com eles foi diminuindo. Não falo com minha família há anos. Eles nem sabem que eu tenho uma filha.

— Sinto muito que você tenha vivido assim — diz Nova, feliz por nunca ter passado por nada parecido. — O que aconteceu depois, no dia que você soube do caso?

— Fui botar a Ameera para dormir. Ela ficou reclamando que ainda estava cedo, que não tinha nem escurecido lá fora, mas depois acabou pegando no sono. Quando desci, ele estava de mau humor. Às vezes, ficava com uma cara que me dava medo, porque não havia como melhorar o humor dele quando estava daquele jeito, eu tinha que deixá-lo sozinho e torcer pelo melhor. Mas não dava para fazer isso naquela noite — diz Sadia. Ela respira fundo e passa a mão no rosto. — Joguei as flores no lixo, bem na cara dele. Essa cena sempre volta à minha mente. Se eu não tivesse feito essa burrice, talvez ele continuasse vivo e nada disso tivesse acontecido. Josie estaria... Sei lá.

— Imagino que ele não tenha levado numa boa o fato de você ter jogado as flores no lixo.

— Não, claro que não. Ele quis saber por que eu estava fazendo aquilo, e perguntei se ele conhecia uma menina chamada Josie. Ele não teve nem a decência de ficar com a cara vermelha. Pareceu refletir por um tempo e depois fez que não com a cabeça e perguntou o que essa tal de *Josie* tinha a ver com as flores. Contei a ele sobre o cartão entregue com as flores no café e ele começou a rir. Parecia tão tranquilo que quase acreditei quando disse que devia ser outro Jamie com um gosto parecido para flores. Ele não seria burro de engravidar uma adolescente — diz Sadia. Ela esfrega os olhos e depois zomba. — E ali estava.

— Ali estava o quê? — pergunta Nova, com a sensação de que tinha perdido alguma coisa.

Sadia sorri e respira fundo.

— Eu não tinha dito que ela estava grávida.

— Que merda — sussurra Nova, totalmente envolvida na história, perdendo qualquer senso de objetividade.

Pelo menos nisso ela acredita. Que ele estava tendo um caso e Sadia descobriu.

— Eu fico revivendo esse dia na minha cabeça o tempo todo. Essa cena na cozinha, cada movimento exagerado e deliberado, e tento identificar cada um dos instantes em que eu poderia só ter calado a boca e evitado tudo o que veio depois. Foram tantos momentos, mas eu não consegui me segurar. Simplesmente continuei. Eu podia ter seguido com a minha vida, tranquila, acolhido outro bebê, mas não, fiquei atiçando Jamie até ele explodir.

— O que ele fez?

— Eu disse que não tinha falado da gravidez, e ele começou a rir e afirmou que eu tinha, sim, mas eu sabia que não era verdade. Nunca senti tanta raiva quanto naquele momento, em que ele tentava me convencer de que eu não sabia mais o que era real e o que não era. Peguei um prato e o espatifei no chão, e outro, e outro. Eu estava possessa, e ele continuava rindo, falei que ia embora, que ele podia trazer a vagabundinha dele, que eu e Ameera iríamos embora na manhã seguinte, então ele me agrediu. Jamie me deu um soco no rosto, e eu cambaleei para trás e bati na parede. Antes de entender o que estava acontecendo, eu estava no chão e ele chutou minhas costelas, só uma vez, mas com força suficiente para me deixar sem ar.

Ela enxuga as bochechas e toma um gole de água.

— Leve o tempo que precisar, senhora Spellman — diz Nova, ajeitando os papéis à sua frente. — Quer fazer uma pausa?

Sadia faz que não com a cabeça e funga. Quando volta a falar, sua voz está rouca, como se estivesse gripada.

— Não. Não, prefiro acabar logo com isso, se estiver tudo bem para você. A não ser que *você* precise de uma pausa.

— Estou bem, obrigada — diz Nova. — Continue quando estiver pronta, sem pressa.

— Estou pronta — fala Sadia, endireitando os ombros e passando a mão pelos cabelos.

— Então, vocês estavam discutindo e ele te bateu. Ele já tinha te batido antes?

— Não. Foi a primeira vez.

— Certo. E o que ele fez depois?

Sadia pausa um segundo para controlar a respiração e solta o ar pelos lábios contraídos. Parece prestes a chorar, mas se contém.

— Ele falou que... Ele se agachou ao meu lado, agarrou meu cabelo e falou que se eu ameaçasse levar a filha dele outra vez ele me mataria.

— Você já sabia naquela altura que...

— Que ela era a filha biológica dele? Não. Então falei que... Falei que ela era tão minha quanto dele, e ele começou a rir, me soltou e se serviu de uma dose de uísque num copo. Eu meio que me esgueirei até um canto e ele se sentou à mesa da cozinha e disse... *Você nunca reparou que ela tem a minha boca?*

Nova aquiesce e fica esperando que Sadia prossiga.

— Então ele foi para o jardim e eu fiquei sentada no chão da cozinha. Acho que estava em estado de choque. Ele nunca tinha ficado tão furioso antes, era como se fosse outra pessoa. Eu não conseguia entender. A gente viveu junto por dez anos, e eu nunca o tinha visto daquele jeito. Não saímos mais naquela noite, claro, mas ninguém cancelou a babá, e eu acabei atendendo à porta antes de pensar em dizer que a gente não ia precisar dela, e ela deve ter ficado apavorada. Eu só soube como minha cara estava mais tarde, ao olhar no espelho e ver que minha maçã do rosto estava roxa, e meu lábio, ensanguentado.

— Você precisou ir ao hospital?

— Não. Foi superficial, só fiquei roxa.

— Você não ligou para a polícia? — pergunta Nova, embora saiba que ela não fez isso, ou teria encontrado algum registro.

— Só deitei na cama com Ameera e a abracei. Não sabia o que fazer. Mais que qualquer outra coisa, estava chocada. Não conseguia acreditar no olhar dele enquanto me batia. Aquilo me chocou mais que o soco, acho.

— Ele se desculpou?

— Ah, sim, pediu várias desculpas na manhã seguinte, mas, quando tentei falar com ele sobre Josie e sobre o que ele quis dizer ao falar da boca da Ameera, ele negou tudo outra vez. Disse que eu estava imaginando coisas. E isso se tornou um ciclo nas semanas seguintes: a gente discutia, ele me batia, se desculpava e negava que tinha me traído, que dirá ter tido um bebê. Ou melhor, dois bebês. Ele passou a vir mais cedo para casa, aparecia sem avisar na hora do almoço, ligava sempre para o telefone fixo.

— Estava com medo de que vocês fossem embora?

Sadia faz que sim com a cabeça.

— Eu não aguentava mais. Estava difícil confiar no que eu mesma achava, porque ele vivia me dizendo coisas e depois negando que as dissera, fazia coisas e depois dizia que eu estava imaginando tudo.

— A gente chama isso de *gaslighting*. Ele queria fazer você duvidar da sua percepção das coisas para que tivesse de confiar no que ele dizia ser a verdade.

— Não sabia que tinha esse nome.

— É muito cruel. Então, isso continuou até quando?

— Até a véspera do Ano-Novo. Eu não aguentava mais. A gente acabou acordando Ameera na noite anterior com nossa discussão e ela deve ter descido escondida. Ela ficou no pé da escada e viu tudo. Só notei a presença dela quando eu já estava no chão, e ela estava ali, de pijama, vendo a gente.

— Meu Deus, que coisa horrível.

— Jamie não me deixou colocá-la na cama depois, mesmo ela chorando por mim, e ainda foi dizer que só bateu em mim porque eu tinha batido nele. Que a culpa era minha. Fiquei ouvindo lá de baixo. Na manhã seguinte, ela estava com raiva de mim e, quando perguntei por quê, respondeu que eu tinha machucado o papai dela. E foi ali que eu soube que tinha que ir embora, e o dia seguinte era sexta-feira, véspera do Ano-Novo. Ele estava mexendo no meu carro. Foi tirando peças para que eu não conseguisse dirigir para lugar nenhum, e o deixou com as rodas apoiadas em tijolos na garagem. Continua lá.

— Para onde você iria?

— Não sei. Talvez para a casa dos meus pais em Manchester. Ele não sabe onde eles moram. Sempre dava a entender que não era uma boa ideia conhecer meus pais, que eles não o aceitariam, que estavam sendo abusivos ao questionar minhas escolhas. Agora parece óbvio o que ele vinha fazendo, mas eu era muito iludida por ele na época.

— Você falou com eles depois que Jamie morreu?

— Não, ainda não. Talvez eu fale. É difícil, já faz tanto tempo.

— Entendo. E o que aconteceu na véspera do Ano-Novo? Me conte passo a passo.

— Como eu disse, ele estava na garagem. Eu vinha tomando Diazepam fazia alguns meses, para o estresse. E o remédio te deixa grogue... bem grogue. Então macerei alguns, não sei bem a quantidade. Tinha medo de que, se a dose não fosse suficiente, acabasse não dando certo e Jamie me matasse por tentar ir embora, então fiquei macerando mais e mais comprimidos. Misturei o remédio num copo de uísque que ele pediu que eu pegasse para ele, e coloquei um pouco de mel para disfarçar o sabor. Mas não fez nenhuma diferença. Ele não era do tipo que bebericava, virava tudo de uma vez só, para provar que era capaz. Falei que Ameera e eu íamos caminhar no bosque, e ele se certificou de que eu não estava levando nada comigo que pudesse usar para ir a qualquer outro lugar.

— Como assim? Tipo o quê?

— Dinheiro, cartão. Celular. Até as chaves de casa.

— Entendi — diz Nova, anotando palavras-chave no caderno: *Diazepam, uísque, ameaçou matá-la se tentasse ir embora.*

— Eu já tinha pedido para Ana ir nos pegar, ia deixar Ameera com ela e voltar quando ele estivesse apagado, pegar o necessário e depois ela nos deixaria na estação de trem.

— Mas algo deu errado?

— Nós fomos para a casa dela, para tomar um chá, e começou a nevar, então tivemos que esperar mais do que tínhamos planejado, e, quando as ruas estavam transitáveis novamente e a Ana nos levou de volta, Jamie não estava mais lá. Não havia nada de suspeito, tirando seu sumiço. Sua carteira, chaves e celular tinham desaparecido, mas só. As portas continuavam destrancadas, o rádio estava ligado na cozinha. O carro estava no mesmo lugar.

— Por que você não registrou o desaparecimento dele?

Sadia cruza os braços e Nova percebe que é a primeira vez em seu depoimento que ela parece medir as palavras. É a partir daí que a história começa a não ser totalmente verdadeira. Nova faz uma anotação para conversar com Ana Cortês antes que Sadia tenha a oportunidade de falar com ela, para comparar as versões, embora tenham tido tempo de sobra para combinar tudo desde a véspera do Ano-Novo.

— Ele tinha me dito antes, quando me bateu, que se eu metesse a polícia nisso ele ia sumir junto com a Ameera e eu nunca mais a veria. Também já tinha dito que me mataria se eu tentasse colocá-lo na cadeia. Mesmo da prisão, ele contrataria alguém. Eu nunca mais estaria segura. Não tive coragem de ligar para a polícia, achei que ele poderia estar vendo tudo, de alguma forma.

— Quanto tempo você ficou fora depois de drogar seu marido?

— Não sei — diz Sadia, mexendo na manga do casaco. — Algumas horas. Acho que quando voltamos já era perto da meia-noite.

— E você dormiu em casa naquela noite?

— Dormi.

— E não se sentiu insegura, sabendo que o marido que você drogou naquele dia e que tinha ameaçado te matar podia estar escondido, furioso com sua tentativa de enganá-lo? — pergunta Nova.

— Bem...

— Porque, se fosse eu, não teria dormido lá de jeito nenhum.

33

MAUREEN
12 DE JANEIRO DE 2000

Maureen está sentada na poltrona ao lado da janela do quarto e fica observando enquanto John pega sua mala de cima do armário. Ainda estão coladas nela as etiquetas de bagagem de quando estiveram nas Canárias em outubro, o que a faz se lembrar da simplicidade daquelas férias, dias passeando por feiras de comida gostosa e produtos de marca falsificados, e noites jogando baralho na sacada do hotel. Eles foram numa excursão em que o ônibus se arrastou em meio a mares de rochas ígneas até o topo de um vulcão ativo. Havia um restaurante ali, no meio do nada, e eles comeram um frango na brasa preparado no calor da lava lá embaixo. Um homem jogou água em uns buracos cavados especialmente para aquilo, e Maureen deu um berro quando, segundos depois, a água esguichou, fervendo com o calor da terra. John morreu de rir dela. Na época, ela não tinha achado aquelas férias nada especiais, tendo preferido a viagem que fizeram para a Índia na lua de mel, mas agora daria tudo para estar lá outra vez, bebendo sangria numa praia de seixos enquanto o sol se punha, sem nenhuma preocupação além das picadas de mosquito.

John abre a mala e joga alguns maiôs de Maureen no cesto de roupa suja. Começa a colocar suas camisas e calças, socando tudo de qualquer jeito, e Maureen reprime a vontade de fazer isso por ele. Ela tem dobrado as roupas do marido há tanto tempo que mesmo agora, quando ele está prestes a deixá-la, quase se levanta para fazer direito. Mas não faz isso, apenas fica sentada observando, ainda aturdida por ele estar desistindo dela. Fica se perguntando se conseguirá funcionar sem o marido. Quando ele coloca as meias na mala, Maureen sente uma pontada de algo — ciúme, raiva ou tristeza, não sabe bem o quê.

— Nenhuma mulher vai revirar sua pilha de meias pretas para ver se não estão trocadas — diz.

— Quê? — pergunta John, confuso, segurando um par.

— Suas meias.

— Do que você está falando? Elas são todas iguais.

— Não são nada — diz, atravessando o quarto e pegando dois pares. — Olha. Estas são diferentes. O tecido é diferente.

— São?

— Você disse uma vez que odiava usar meias trocadas porque a sensação nos pés é diferente, então sempre olho uma a uma para combinar os pares certinho — diz Maureen, a voz oscilando.

John fica boquiaberto e meio que dá de ombros, perplexo.

— Só estou com medo de que nenhuma outra mulher jamais vá fazer isso por você.

— Não quero outra mulher — diz John, voltando a jogar as coisas na mala.

— Mas você não me quer.

— Eu só não te conheço. Achava que sim, mas, pelo visto, não.

— Claro que você me conhece, John. Continuo a mesma de sempre — diz Maureen.

Ela percebe que está ficando histérica de novo e sabe que John não conversa com ela nesse estado. Sente que está perdendo o controle porque ele se recusa a ouvir quando ela tenta explicar por que não contou sobre Jamie.

— Não, Maureen, não te conheço. Nem um pouco.

— O que você quer saber?

— Nada. Você mentiu para mim.

— Nunca menti, só não disse toda a verdade.

John fecha a tampa da mala com força.

— Quando nos conhecemos, você contou uma história como-vente sobre como sempre quis ser mãe e nunca teve a oportunidade. E eu te achei linda e pensei que, bem, não podia te dar filhos, mas podia te deixar fazer parte da minha família. Aquilo foi uma mentira descarada.

— Não, ele não é... ele não era meu filho.

— Era sim. Você era a mãe dele, Maureen, era tudo o que ele tinha e você o odiava. Você teve a chance de ser mãe e desperdiçou. Não me admira que ele tenha virado o que virou.

— Você sentiria um embrulho no estômago se soubesse das coisas que ele fazia. Ele era um monstro.

— E quem foi que o criou? — disse John.

Maureen não falou mais nada e John saiu sem nem se despedir. Ela o ouviu assobiar para o cachorro e bater a porta, e depois ouviu o som do carro se afastando. Continuou imóvel por um tempo, e o quarto foi ficando cada vez mais escuro. Sozinha outra vez. Passara a maior parte da vida sozinha, de um jeito ou de outro, mas nunca pareceu tão horrível quanto agora.

Mesmo depois de morto, Jamie arruinava tudo.

34

MAUREEN
MARÇO DE 1965

Uma nevasca tardia caiu do céu, congelando a terra entre a casa da fazenda e o *cottage*, cobrindo com um manto os pecados do dia. A esposa do fazendeiro enxaguava um pano encharcado de sangue em uma bacia com água quente, removendo o que pareciam papoulas em flor do tecido e depois o deslizando novamente sobre a pele fria. O fazendeiro estava lá fora, na noite gelada, bebendo uísque direto da garrafa com o jovem médico que tinha feito tudo o que podia. Havia marcas escuras de dedo na garrafa. Sua respiração condensava e pairava na frente deles, como uma confissão. Estrelas salpicavam o céu preto, e a lua estava baixa no horizonte. Eles ficaram observando duas silhuetas atravessando juntas a rua esburacada, encurvadas, até sumirem ao entrarem no *cottage*.

— Fica aqui, meu bem — disse a filha do fazendeiro, fazendo com que Maureen se sentasse em uma das duas cadeiras velhas e se agachando para acender o fogo. — Vou preparar a fórmula para ele.

Maureen sentou-se retesada, segurando o pequeno pacotinho de tecido junto ao peito, sem olhar para a criança nem quando ela começou a fungar e chorar. Só conseguia pensar no corpo da irmã ficando gelado em cima de uma cama na casa do fazendeiro enquanto o agente funerário estava a caminho. O som da adolescente na cozinha parecia distante enquanto Maureen observava as labaredas, mas o apito da chaleira acabou acordando a criança, que começou a berrar, tirando-a de seu estupor. Quando a garota terminou de preparar o leite, Maureen lhe entregou o bebê para que o alimentasse e foi tomar um banho. Tirou o vestido manchado, se deitou na banheira de cobre até a água esfriar e, quando saiu do banho, com o cabelo caindo sobre o rosto e sem se sentir mais limpa do que estava antes, Dana tinha improvisado um bercinho para o bebê com a mala que estava embaixo da cama e algumas mantas de lã. Ele estava dormindo.

— Tem fórmula suficiente para a noite toda — disse Dana. — Foi uma sorte nós termos. A gente usa com os cordeiros quando as mães... enfim, ele tem bastante apetite. Meu pai vai buscar mais quando amanhecer. Você vai ficar bem? Quer que eu fique com você?

Maureen fez que não com a cabeça. Dana foi embora, e Maureen deitou no lado da cama que era de Alice e ficou tremendo até seu corpo aquecer o lençol. A criança dormia na mala no chão ao seu lado e ela ficou observando a luz da chama lançando sombras sobre seu rostinho. Ainda não dava para saber se ele era parecido com Alice. Maureen ficou se perguntando o que aconteceria se fechasse a mala e a jogasse num rio, se o devolvesse para a mãe que ele matara ao nascer. Ela caiu num sono sufocante e agitado, que logo foi interrompido por um pequeno par de pulmões.

Seis anos depois, Maureen tinha aprendido a evitar a tábua que rangia quando se levantava da cama, para não acordar o menino. Era sua hora favorita do dia, antes do amanhecer, quando ficava sentada sozinha no degrau diante da porta da cozinha com seu café e ouvia o silêncio da noite ser interrompido pelos primeiros cantos das carriças.

Todo dia, guardava os restos de pão amanhecido e da pele do bacon que sobrava das refeições e os colocava em uma lata velha de biscoito perto da porta, então, de manhã, jogava tudo para os pássaros e observava-os se juntarem para comer enquanto o sol nascia. Ao longo dos anos, um corvo sem-vergonha sempre voltava e às vezes ficava no degrau com ela, bicando os "presentes" e deixando que ela acariciasse suas penas. Às vezes, ela encontrava objetos brilhantes do lado de fora da janela da cozinha. Sempre achava que eram coisas que Jamie pegava, até que, numa tarde, viu o corvo deixar cacos de espelho. Passou a guardar os presentes em um bolso da velha mala que mantinha sob a cama, junto com outras coisas que juntara ao longo dos anos: umas flores secas, um lenço que tinha pertencido a sua avó e a última barra de chocolate que Alice deixara pela metade, que estava guardada cuidadosamente em uma cigarreira de prata que tinha suas iniciais. O corvo era um segredo seu.

Numa manhã, Maureen passava o dedo na cabeça cintilante do corvo quando ouviu a voz da criança atrás dela.

— Posso fazer carinho nele? — perguntou.

Maureen e a ave se assustaram, e o corvo eriçou suas penas e saiu voando. Jamie fez beicinho e se sentou no degrau com ela, os dedinhos fechados por causa do frio, a calça do pijama curta. Ele se recostou nela, bocejando e esfregando os olhos sonolentos.

— Volte para a cama, James — disse ela, sem olhar para o menino. — É muito cedo para você estar de pé.

— Mas eu já acordei — respondeu ele, aninhando-se sob seus braços e a forçando a envolvê-lo.

Ela esfregou seu braço por um segundo e depois se levantou.

— Então vou preparar seu café da manhã, já que você está acordado — falou ela, voltando para dentro de casa e deixando a criança sozinha no degrau.

Quando todas as aves foram embora, o menino entrou e se sentou à mesa da cozinha enquanto ela enchia uma panela para fazer ovos cozidos.

— É hoje? — perguntou Jamie.

— É hoje — disse Maureen. — Vai se arrumar, a gente sai assim que terminar de comer.

A capela ficava a pouco mais de três quilômetros do *cottage*. Eles seguiram um caminho estreito entre os limites dos pastos das ovelhas e um córrego prateado, que tinha enchido e estava agitado depois da chuva da noite anterior. Avançaram devagar, porque Jamie ficava parando para conversar com cada ovelha e cavalo que estava perto da cerca. A cabeça de Maureen doía por causa do uísque que havia tomado na noite anterior, e ela acabou perdendo a paciência com Jamie por ter de esperar enquanto ele parava a cada poucos passos. Agarrou o pulso da criança ao passar por ele e lhe deu um puxão, o que o fez gritar.

— Você está me machucando — gritou Jamie, se contorcendo até conseguir se desvencilhar, correndo alguns passos à frente.

Ele fez questão de esfregar o braço enquanto andava e, de tempos em tempos, olhava para Maureen com os olhos semicerrados, até que acabou tropeçando numa pedra e caiu na lama.

— Olha por onde você anda — disse Maureen, erguendo-o pelo braço, sem diminuir a passada.

A lápide ficava num cantinho nos limites do cemitério. A capela contava com uma congregação pequena e mal tinha recursos, por isso o cemitério estava sempre cheio de mato. Maureen às vezes levava uma tesoura para aparar a grama em frente à lápide e, quando terminava de tirar as ervas daninhas, deixava Jamie colocar as flores sobre ela e os dois ficavam um tempo sem dizer nada. Maureen fez uma oração.

— Quer dizer alguma coisa, James? — perguntou.

A criança deu de ombros e contorceu as mãos.

— Oi, mãe.

— Só isso?

— Só.

— Então vai esperar ali — disse Maureen, apontando para um banco de madeira alguns passos atrás dela, virado para a lápide de Alice.

Jamie saiu saltitando e Maureen se agachou, apoiando-se na lápide para não perder o equilíbrio. Fungou e mordeu a parte de dentro da bochecha para segurar as lágrimas, mas começou a chorar mesmo assim.

Maureen ficou debruçada sobre o túmulo por um bom tempo, e só se levantou quando as panturrilhas estavam tão dormentes que ela estava quase caindo. Ajeitou as flores que Jamie tinha colocado ali, assoou o nariz e foi se sentar no banco com o menino. Ele bocejou e se recostou nela. Estava estranhamente quente para aquela época do ano e o cemitério estava vazio. Alguns insetos voavam em volta dos dentes-de-leão, e um rebanho de vacas Highland mugia a alguns pastos dali. Até o menino estava quieto e tranquilo, para variar, embora não estivesse dormindo, e Maureen aproveitou a calmaria.

A luz do sol atravessava suas pálpebras fechadas, e ela quase pegou no sono, embalada pela brisa quente, até que Jamie espirrou e limpou o nariz em seu ombro. Ele estava enrolando um fio puxado do cardigã dela no indicador e cutucando uma casquinha no joelho com a outra mão.

— Para com isso — disse Maureen, puxando o cardigã, o que acabou fazendo o fio apertar o nó do dedo do menino.

— Ai!

— Deixa de bobeira então — explodiu, soltando o dedo dele e virando para o outro lado.

— Você é má — disse Jamie, descendo do banco e indo se sentar com as pernas cruzadas no túmulo, dando as costas para Maureen.

Ela conseguia ouvi-lo resmungando e se sentiu inquieta com o fato de ele estar sentado acima dos ossos de Alice, mas gostou que tivesse saído de perto dela. Após alguns minutos, ele voltou e se sentou ao lado dela de novo.

— Contei tudo pra ela — disse, erguendo as sobrancelhas e a encarando. — Contei tudo pra minha mãe.

— Ah, é? Contou o quê?

— Que você me machucou e foi má.

— Sei.

— Mamãe disse que você tem que ser boa comigo senão ela vai te assombrar.

— Me assombrar?

— É. Dana disse que, quando as pessoas morrem, às vezes viram fantasmas e assombram os outros, e a mamãe vai te assombrar se você não for boa.

— Sua mãe não é um fantasma, ela está no céu.

— Não foi o que ela disse, ela disse que é um fantasma e vai te assombrar.

— E como é que você saberia o que ela diria? Você nunca a viu, seu burro — explodiu Maureen, sentindo o rosto arder de vergonha assim que disse aquelas palavras.

Jamie fez beicinho outra vez. Não era comum Maureen sentir qualquer instinto maternal por ele, mas se abaixou e o abraçou. Era uma sensação estranha, e ela teve a impressão de que ele se retesara ao seu toque, então logo o soltou. O menino enxugou os olhos.

— Você não vai dizer pra mim?

— Dizer o quê?

— Você sabe — disse Jamie, cruzando os braços.

— Não sei do que você está falando — disse Maureen, embora soubesse.

Ela nunca conseguia fazer daquela uma data feliz.

— Você tinha que dizer feliz aniversário pra mim.

No dia seguinte, quando Maureen acordou, Jamie já estava de pé. Estava sentado à mesa da cozinha com uma caneca de água e uma fatia de pão com manteiga. Sorria para ela enquanto Maureen preparava seu café e abria a porta para se sentar no degrau e tomá-lo. Ela pegou a lata de migalhas e viu que estava vazia. Jamie tinha alimentado os pássaros e eles já tinham ido embora. Olhou para ele, que fitava sua água com um sorrisinho no rosto, e foi se sentar no degrau mesmo assim.

Fazia uma manhã escura e chuvosa, e Maureen encolheu as pernas para que ficassem sob o pequeno toldo acima da porta. Demorou alguns minutos para reparar na forma preta de penas desgrenhadas no degrau, sem vida.

35

NOVA
12 DE JANEIRO DE 2000

Gary Jeffries está na recepção do Towneley Arms, polindo a bancada envernizada. Ele sorri ao ver Nova.

— Policial... Stephens? — pergunta, estendendo a mão para ela.

— Inspetora Stokoe — diz, apertando sua mão. — Como você está depois da última semana?

— Ah, foi mal. Inspetora. Claro — diz Gary, pondo a mão na cintura. — Estou bem melhor, obrigado. Ainda tenho pesadelos, mas... deixa pra lá. Como posso ajudar?

— Estou procurando o proprietário. Quero fazer mais algumas perguntas.

— Harry está no bar — diz Gary, apontando o arco que dá na sala de jantar. — É só atravessar a porta do outro lado, depois da cozinha.

— Obrigada.

O lugar está esfumaçado e há apenas dois clientes, ambos sentados na ponta do bar, jogando baralho com o dono e sua esposa. Ela nota Nova primeiro e cutuca o marido, que a observa por cima dos óculos. Ele cumprimenta a inspetora com um aceno de cabeça e faz sua jogada, o que leva os clientes a resmungarem e largarem as cartas.

— Inspetora — diz Harry, gesticulando com a cabeça para que ela se aproxime.

Sua esposa acende um cigarro e se encosta no balcão.

— Alguma novidade? — pergunta.

— Conseguimos algumas digitais no quarto — diz Nova, tirando um papel dobrado do bolso. — Não havia muitas, parece que a pessoa que deixou a cabeça lá tentou limpar tudo, mas ainda deu para encontrar uma ou outra impressão. A maioria batia com as de vocês e as de seus funcionários, mas encontramos mais uma. Só queria confirmar que ela não trabalha aqui ou ver se você a reconhece.

— Vamos dar uma olhadinha então, meu bem — diz o homem, inclinando-se para a frente.

Nova desdobra o papel. Tem uma foto de Sarah nele, e o homem e a esposa se entreolham. Os dois dão um risinho. Um dos clientes se debruça no bar e vê a foto antes que Nova consiga guardá-la.

— Ah, essa aí é a bonitona da Sarah — diz, virando sua cerveja. A proprietária começa a lhe servir outra, com o cigarro pendurado no canto da boca, antes mesmo de ele pedir. — Pior garçonete que já vi. A mais linda, mas tinha uma atitude péssima. Péssima.

— Sarah trabalhou aqui?

— Trabalhou aqui por um tempinho, há alguns anos — diz a proprietária.

— Há alguns anos? Então não teria como as digitais dela ainda estarem lá, né?

Harry dá de ombros.

— Deve fazer mais ou menos uma década que a gente não limpa aquele quarto, só serve de depósito de tranqueira. Ela passava bastante tempo lá quando trabalhava aqui. Então não sei, você é que pode me dizer.

— Você não a viu por aqui recentemente?

— Não, não. Foi demitida e nunca mais voltou.

— Entendi.

— Ah, é mesmo — diz o outro cliente que ainda não tinha se manifestado, como se só agora tivesse entendido sobre quem estavam falando. — Aquela que ficava transando com aquele sujeito quando devia estar trabalhando, não é mesmo, Harry?

A proprietária arregala os olhos, mas o homem continua falando.

— Sabe, aquele que perdeu a cabeça?

Nova se vira, e o homem sorri para ela, com os olhos desfocados.

— Isso, no mesmo quarto onde vocês o encontraram, não foi? Pra mim, isso tem cara de vingança da mulher. — O primeiro cliente começa a rir.

Nova olha para o proprietário, aguardando uma confirmação. Seu rosto está impassível.

— Jamie Spellman era cliente? — pergunta.

— Era. Bem, ele costumava vir aqui anos atrás, mas tinha tempo que eu não o via. Basicamente desde que nos livramos da Sarah — diz o proprietário, tirando os óculos e esfregando o rosto. — Até ele aparecer de novo, claro.

— E você não achou que devia ter me contado que sabia quem ele era quando o encontrou?

O proprietário encara Nova por um bom tempo, deixando claro o que pensa sobre ser um *informante* da polícia.

— Como eu disse, fazia muito tempo, ele nunca foi um cliente habitual e, sinceramente, meu bem, não fiquei olhando muito para a cabeça a ponto de reconhecê-la.

— E não te ocorreu de entrar em contato desde então?

O homem deu de ombros, e a esposa dele jogou a bituca acesa do cigarro em uma das pingadeiras, que se apagou com um chiado.

— Olha, querida, a gente não tinha nada a ver com isso — diz com um sotaque acentuado de Yorkshire. — A gente não sabia o que estava acontecendo lá em cima, podia ser qualquer um. Demos uma baita festa de Ano-Novo naquele dia. Se foi ela, ninguém viu. Seria melhor você conversar com ela, meu bem.

Nova balança a cabeça, irritada.

— Pode ter certeza de que vou voltar.

Ela sai do bar, acena para Gary ao passar e entra no carro. O sol já se pôs, embora mal passe das cinco. Não pode ser mera coincidência o fato de a cabeça de Jamie acabar aparecendo no lugar onde eles transavam. É muito improvável para Nova, a essa altura, que Sarah não esteja envolvida de alguma forma. Sabe que Kaysha também está, nem que seja apenas para proteger Sarah, e suspeita de que tenha o dedo da Sadia ali também; só não consegue entender como as peças se encaixam. Ela se lembra de Josie aparecendo na delegacia dias antes, sentindo-se culpada por um assassinato que Nova tinha certeza de que ela não havia cometido, mas também tinha certeza de que a garota sabia mais do que aquilo que estava dizendo. Elas todas se encaixam em algum nível, mas é tão complicado. Tenta juntar todas as pistas, mas são tantas mulheres e tantas engrenagens, que, sempre que acredita estar perto da verdade, alguma coisa nova surge e a tira do prumo. Está desesperada para desvendar esse mistério, sente que está perto de uma grande revelação.

Nova faz uma ligação e consegue o endereço de Sarah, anota no verso de um recibo e dá partida no carro. Tem uma vaga noção de onde seja, mas pega seu guia de ruas embaixo do banco só por precaução.

Sarah mora perto de um dos vilarejos mineradores no interior, a cerca de trinta minutos de carro da cidade, no geral, mas o trânsito está impossível. A ponte Tyne está fechada, provavelmente por causa de algum acidente, então Nova acaba tendo de fazer o caminho mais longo, e o tráfego segue intenso e lento até sair de Newcastle. O trânsito vai melhorando conforme passa pelos bairros residenciais e depois pelo cinturão verde, os campos se estendendo para além da estrada, vilarejos despontando aqui e acolá. Ela se pega dirigindo em alta velocidade, sentindo que está finalmente chegando a algum lugar com sua investigação, e uma tensão e empolgação mórbida começam

268

a surgir dentro dela, porque acha que pode conseguir algumas respostas com Sarah e descobrir por que essas mulheres, todas ligadas ao mesmo homem e à mesma criança, matariam alguém.

Nova consegue encontrar o vilarejo certo. Sabe que está procurando uma mansão antiga, mas não consegue ver nenhuma. Entra em várias ruas erradas e, em certo momento, acaba dando num caminho de terra que a leva de volta para a estrada onde estivera vinte minutos antes. Decide parar o carro e ir a uma lojinha para perguntar onde fica a mansão. Pelo visto, tinha passado por ela duas vezes, mas a casa estava tão coberta por hera que, na escuridão, era quase impossível vê-la por entre as árvores.

O portão de ferro na entrada está aberto e tem uma pequena guarita lá dentro, com mato saindo pelas janelas há muito quebradas. A vegetação ao longo do caminho até a casa parece não ser aparada há séculos, e então Nova vê a construção de perto, despontando em meio à escuridão. A porta está aberta e, por um instante, ela se pergunta se era um endereço antigo de Sarah, porque não parece que alguém more ali.

Ela bate várias vezes à porta, mas ninguém atende, então decide entrar.

— Sarah? — diz em meio à escuridão.

A casa parece um túnel sem fim de corredores e salas que levam a outras salas, e Nova sabe que Sarah, ou quem quer que fosse, poderia se esconder tranquilamente dela, se quisesse. Na cozinha, há indícios de que alguém estivera ali pouco tempo antes — meia panela de sopa na boca do fogão, um pedaço de pão ainda fresco. A torneira pinga de tempos em tempos, e o som ecoa pelo cômodo. Depois de abrir algumas portas, Nova encontra um quarto que não parece abandonado. Há garrafas de vinho vazias e pacotes de batatas chips jogados no chão. Tem uma poltrona perto de uma televisão grande, que está ligada, mas sem som. Nova olha pelo quarto, tentando encontrar alguma pista de onde Sarah possa estar, mas há apenas poeira e uma lixeira transbordando, nada que salte aos olhos. Ela pega o controle remoto no braço da poltrona para desligar a televisão ao sair, por hábito, mas pausa ao ver o que está passando. O noticiário das seis está mostrando a ponte Tyne, bloqueada nas duas saídas por carros da polícia, da mesma forma que estava quando Nova passou ali uma hora antes. Tem uma pessoa do outro lado do parapeito, virada para o rio e com o vento sacudindo seus longos cabelos pretos. Policiais tentam dissuadi-la e, embora o rosto da mulher esteja desfocado quando a câmera se aproxima dele, Nova reconhece a jaqueta e a tatuagem do pescoço.

Ela corre da casa até o carro, tentando achar sua sirene azul no porta-malas, e sai em disparada quando a encontra, pegando o caminho através dos vilarejos de volta para a cidade, as luzes piscando, o coração acelerando. Precisa ir até Sarah. É só o que sabe, não consegue pensar em mais nada, só sabe que tem de chegar lá a tempo. Ela acha que, se foi Sarah quem fez isso com Jamie, talvez ele tenha merecido. Tem certeza de que sua relação não devia ser apenas um caso, de que tinha algo mais, algo tão traumatizante que a lembrança a está consumindo. Talvez, pensa com um nó na garganta, Sarah tivesse descoberto sobre seu caso com Kaysha. Talvez esteja tão arrasada por ter sido traída pela única pessoa em quem confiava que queira dar um fim a tudo.

Os pneus do carro de Nova cantam quando ela pisa no freio, lançando o corpo para a frente, parando o carro o mais perto possível da ponte. Ela desce e sai correndo pela rua, desviando dos carros da polícia e dos policiais que tentam falar com ela quando passa. Fica sem fôlego rapidamente e suas pernas doem, mas ela continua, disparando contra o ar gélido da noite até o arco iluminado da ponte. Ela consegue ver Sarah, consegue ver o branco de sua mão sobre o parapeito, seu corpo tão pequeno e frágil em contraste com a gigantesca curva de ferro. O rio, centenas de metros lá embaixo, está volumoso e turbulento, e Nova continua correndo.

— Sarah — grita ela, e poderia jurar que Sarah se vira para olhar para ela, seus olhos se encontrando por um segundo, antes de Sarah se jogar da ponte.

Ela parece pairar no ar enquanto Nova continua correndo até onde está, até onde estava, como se ainda houvesse um meio de salvá-la. Ela não está mais lá quando Nova chega, o rio a engole e segue seu curso como se ela não fosse nada.

36

SARAH
1995

Sarah pisou no estacionamento vazio. Vários prédios comerciais se estendiam em uma fileira diante dela até darem lugar a vias sem saída de casas residenciais de ambos os lados da rua. Dois jovens de camiseta branca e avental preto que ia até o tornozelo faziam um estardalhaço dispondo cadeiras e mesas no pátio da trattoria que ficava abaixo do apartamento de Sarah. Eles começaram a gritar e a assobiar enquanto ela se aproximava, mas pararam quando ela olhou fixamente para a janela da sua cozinha. Estava iluminada em meio à escuridão da noite.

— Tudo bem? — perguntou um deles quando Sarah se jogou em uma cadeira sob o toldo, fora da visão da janela.

Os dois estavam saindo da adolescência e trabalhavam com Sarah no restaurante fazia alguns meses. Nas noites em que Jamie não aparecia, eles costumavam ir até seu apartamento e tomar vinho que pegavam da cozinha do restaurante. Moravam com os pais, e a casa de Sarah era um lugar seguro. Ela não ligava de eles darem as mãos.

— Tudo, e com você? Me arruma um pouco de água?

— Levanta e pega, sua preguiçosa — disse Adam, revirando os olhos.

Mesmo assim, ele entrou no restaurante e trouxe um copo para ela.

— Ainda bem que você não trabalhou hoje, o Luigi estava uma fera depois da confusão com a mulher de ontem à noite — falou o outro, Stevie, que apontou para a janela de Sarah. — Pensei que você tivesse se livrado dele.

— Eu também — respondeu Sarah. — Mas, tipo, a mulher reclamou?

— Quando você derrama vinho tinto nas pessoas, elas geralmente reclamam.

— Que ridícula — disse Sarah, cruzando as pernas. — Ela sabe que foi um acidente.

— Mas você ter gargalhado também não ajudou — falou Stevie, rindo.

— Foi engraçado. Você trouxe meu negócio?

— Tem certeza de que não tem problema você continuar com o tabaco? — perguntou Adam, o mais parrudinho dos dois, pondo as mãos na cintura e acenando para a barriga crescida de Sarah.

— Ah, cuida da sua vida — disse Sarah. — É tudo planta, né? Não tem problema.

— Tudo bem. — Adam deu de ombros e, depois de dar uma olhada no estacionamento vazio, tirou uma sacolinha de papel do bolso do avental e entregou para ela.

Sarah olhou a sacola, erguendo as sobrancelhas.

— O que é isso, um saquinho de doces? — perguntou, abrindo para ver um prensado pequeno do tamanho de uma castanha.

Ela cheira o conteúdo.

— Resolvi mudar para papel. Quero ser mais sustentável.

— Que merda é essa agora?

— Em vinte anos vamos estar soterrados por sacolas plásticas. Você vai ver — disse ele. — Então peguei esses saquinhos na lojinha da esquina para usar no lugar delas.

Sarah começou a rir e guardou o saquinho de papel no bolso da calça.

— Você é um tremendo hippie mesmo.

Adam deu uma piscadela e continuou arrumando as mesas.

— Você resolveu ficar com o bebê, então? — perguntou Stevie, forrando a mesa mais próxima com uma toalha branca e colocando alguns talheres em cima.

Sarah deu de ombros.

— No que depender de mim, não. Quer adotar uma criança? Produto da casa, fresquinho, saindo do forno.

— Meu medo é de que, com aquele pai, acabe saindo metade demônio.

— Nem me fale — concordou Sarah.

Ela pegou uma latinha detonada do bolso e a abriu na mesa.

— Você tem filtro? — perguntou enquanto pegava um pouco de tabaco e o colocava na seda.

— Macaco gosta de banana? — respondeu ele, entregando a ela um filtro tirado de um saquinho que trazia no bolso do avental.

— Valeu — disse Sarah, pondo o filtro no lugar.

Ela fez um cilindro bem fino e lambeu a borda do papel para selar. Stevie acendeu um isqueiro, e ela se inclinou para acender o cigarro, dando a primeira tragada amarga. Stevie se sentou ao seu lado e pôs a mão em seu ombro.

— Mas você está bem? — perguntou, tirando o cigarro de sua mão e dando um trago, antes de devolvê-lo.

Sarah deu um sorrisinho.

— Ele está sendo um babaca?

— Ele é sempre um babaca.

— Você consegue coisa melhor, você sabe, né? — disse Adam, se sentando do outro lado e apoiando o queixo no punho.

— Sei — respondeu Sarah, prendendo o cigarro entre os lábios e se levantando. — Certo, vão trabalhar, seus preguiçosos. Estou indo.

— Preguiçosos? Olha só quem fala!

— Falo mesmo — diz Sarah, mostrando os dedos do meio para eles enquanto seguia para o beco entre o restaurante e a farmácia, mantendo-se colada à parede para que Jamie não a visse fumando.

A porta do seu prédio estava rodeada de cadeiras quebradas empilhadas ao lado de lixeiras transbordando. Os garis estavam em greve outra vez, e o cheiro de macarrão apodrecendo por três semanas deu ânsia de vômito em Sarah. Ela vomitou bile e jogou o cigarro pela metade na lata de lixo. Pegou um spray corporal e um pacote de chiclete Wrigley's da bolsa e borrifou o spray em si mesma até começar a tossir, em seguida pôs na boca o chiclete que tinha sobrado. A lâmpada que pendia entre a porta e a escada estava queimada fazia um tempo e ninguém tinha se dado ao trabalho de trocá-la, por isso o corredor estava escuro, mas Sarah sabia ir tateando. Subiu até seu apartamento e respirou fundo antes de abrir a porta.

Jamie estava picando tomate com uma faca de cozinha grande que Sarah roubara do restaurante. Por mais que ela o tivesse perturbado, Luigi não tinha consertado a fechadura da porta do prédio, por isso Sarah pegou uma das facas dele para se proteger. Parecia uma troca justa. As sementes pegajosas dos tomates escorriam pela tábua e pingavam no fogão, onde uma panela com óleo em excesso chiava. Jamie nem levantou os olhos.

— Oi — cumprimentou Sarah, parada na porta. — Não sabia que você vinha.

— Eu falei que viria — disse, empurrando os tomates para dentro de uma panela com a ponta da faca e começando a cortar os cogumelos. — Você se esqueceu?

— Devo ter esquecido — disse Sarah.

Ela não achava que ele *tinha* falado nada, mas não queria se aborrecer.

— Odeio cogumelos.

Jamie deu de ombros e jogou alguns na panela.

— Eu não.

— O que você está preparando?

— Você pode tirar os cogumelos.

— Eu sei, vou fazer isso, só estou perguntando — disse Sarah.

Ela estava cansada demais para aquilo; já conhecia o humor dele. Jamie estava doido por uma briga e sabia que, se a provocasse, acabaria conseguindo. Sarah queria que ele a deixasse em paz e, ao mesmo tempo, queria que ficasse. Sentia uma forte atração por ele, mais obsessão que amor, uma vontade de revirar tudo até encontrar aquele cara risonho por quem tinha se apaixonado no bar do hotel no ano anterior. Não conseguia mais alcançá-lo. Às vezes via vislumbres dele em seu sorriso, ou quando estava embriagado, antes que ela dissesse algo errado e ele mudasse de novo, o riso dando lugar ao desprezo. Todos os dias, Sarah cogitava trocar a fechadura, mas aí pensava numa vida com ele, uma vida decente, não aquela coexistência de meio período que tinham no seu apartamento quando ele dava uma escapadinha da esposa. Sempre sentia uma pontada de culpa quando pensava nela, em Sadia. Ela parecia legal, mas era burra. Acreditava em qualquer coisa que ele dizia, ao que tudo indicava.

— Não vou ganhar um beijo? — disse Jamie, cortando uma cebola em pedaços irregulares.

Sarah pendurou o casaco e se aproximou dele, seus lábios se tocando por um segundo antes de ele se afastar.

— Já falei pra você parar de fumar.

— Eu sei — disse Sarah. — Mas é difícil.

— Sei que você não quer essa criança, mas pelo menos esperava que tivesse algum respeito pela vida dela e não tentasse envenená-la a cada cinco minutos.

— Não tem problema, sabe? Minha mãe fumava quando estava grávida e eu fiquei bem. Acho que isso é tudo papinho da Nova Era.

— Você acha que ficou bem? — perguntou ele, zombando.

Sarah respirou fundo e tirou as botas.

— Quer que te ajude com alguma coisa?

— Não.

Ele tirou a panela do fogo e a colocou no forno, depois se jogou no sofá. Sarah se sentou ao seu lado, evitando encostar nele, e começou a esfregar os pés. Estavam inchados e doloridos.

— Desculpe — falou ela, se recostando. — É disso que estou falando. Eu daria uma péssima mãe. Sou muito egoísta.

— Você poderia ser uma boa mãe se quisesse.

— Poderia, mas não quero. Nunca quis ter filhos.

— Ah, mas isso já está bem claro. Pobre Sarah, arrumou uma gravidez e agora não quer o bebê.

— Não fui eu que *arrumei* uma gravidez, né? — devolveu ela.

Ele deu de ombros.

— É como dizem, se não quer engravidar, é só manter as pernas fechadas.

— Você tem tanta culpa quanto eu. Foi você que não quis usar a camisinha e depois *não tirou a tempo*.

— É que eu achei que a gente quisesse ter um bebê. Que estupidez a minha.

— É mesmo, uma puta estupidez, Jamie. Eu nunca disse que queria um bebê. E, ainda que quisesse, o que não é o caso, por que seria *com você*? Se toca, cara. Eu moro nesta beleza de depósito em cima de um restaurante e você é casado com outra pessoa. Não temos como criar alguém assim.

— E daí? A gente se ama e isso deveria bastar.

— Só que não basta. Não dá para alimentar um bebê com amor.

Jamie se levantou.

— Quando você não está sendo uma escrota, eu realmente acho que daria uma boa mãe.

— Mesmo que eu fosse, mesmo que quisesse, onde é que você estaria? Como vou explicar para esta criança que o papai só pode vir quando consegue fugir da esposa? Porra, Jamie, não fode.

278

— Se você quisesse criar essa criança junto comigo, eu largaria minha mulher — disse ele, de forma ríspida.

Sarah jogou a cabeça para trás e resmungou. Já tinha ouvido isso um milhão de vezes. No início ela acreditava, mas já fazia tempo que tinha percebido que ele nunca deixaria sua amada Sadia, com ou sem filho.

— Você tem noção da sua sorte, Sarah? O privilégio que é poder ter um bebê? Tem ideia do quanto ela quer um filho meu? Você não faz ideia de quantas noites passei acordado com ela, segurando sua mão enquanto ela chorava porque tudo o que mais quer é um bebê, mas ela não tem a droga do útero para poder gerar um. Vê se cresce e passa a valorizar o que você tem.

— Eu sei! Eu sei que ela queria, mas isso não é culpa minha, Jamie — disse Sarah, enxugando as lágrimas. — Ela pode ficar com ele. Eu daria meu útero também, se pudesse. Queria poder dar isso para ela.

Jamie ficou em silêncio por um bom tempo e, depois, acabou atravessando a sala e tirando a comida de dentro do forno, servindo-a em pratos de jogos diferentes. Ele os pôs na mesa e foi para o banheiro, batendo a porta. Sarah ficou chorando, permitindo-se soluçar por alguns segundos antes de enxugar o rosto e pegar talheres em uma gaveta. Ela os dispôs e arrumou a mesa, pegou uma garrafa de cerveja para Jamie na geladeira e serviu um copo de água para si. O que desejava mesmo era cerveja, mas queria evitar mais confusão.

Uma vela iluminava a mesa, lançando sombras nas paredes. Alguns meses antes, Sarah arrastara a mesa e duas cadeiras escada acima, uma por vez; elas estavam no beco atrás do restaurante onde o gerente jogava as coisas quebradas. Conseguiu repará-las com supercola, determinação e pedaços cuidadosamente dobrados de papelão. Arrumou uma toalha de mesa manchada de vinho e talheres amassados para acompanhar. Quando foi morar no apartamento, depois de ser demitida do Towneley Arms e conseguir um trabalho no Luigi's, Jamie riu da maneira como Sarah precisava equilibrar o prato nos joelhos toda noite para comer, então ela pegou a mesa, ainda que mal houvesse espaço ali para ela, e depois eles passaram a se sentar para comer. Seus poucos jantares ao longo da semana, quando ele conseguia dar uma escapada, eram repletos de risos e desejo no início.

— Pode me passar o sal? — pediu Jamie, sem levantar os olhos do prato.

A mesa era pequena e o sal estava mais perto dele que de Sarah, mas ainda assim ela se esticou para empurrá-lo em sua direção. Ele não o usou e ela voltou a catar os cogumelos, fazendo uma pequena pilha com eles no canto do prato. Jamie deu uma golada demorada na garrafa de cerveja, suspirou e afastou o prato de comida. Jogou a cabeça para trás para olhar para o teto e cruzou os braços. Sarah sentiu um aperto no peito e expirou lentamente antes de falar.

— O que houve? — perguntou.

Ele sacudiu a cabeça e se levantou, sem fitar os olhos de Sarah, pegou os dois pratos e despejou tudo na lixeira, a comida quase intocada. Jogou os pratos na pia, ligou a torneira e olhou irritado pela janela, para o pátio do restaurante lá embaixo.

— Que desperdício, né? — disse, olhando para ela por cima dos ombros, as sobrancelhas erguidas e os olhos cinzentos arregalados.

Sarah olhou para o carpete, se esforçando para não começar a chorar outra vez. Só ia piorar as coisas.

— Olha aqueles dois lá embaixo — disparou. — Dois afetados.

— Não começa.

— Ah, eu esqueci, são seus *melhores amigos* — disse ele, rindo maliciosamente. — Que audácia a minha.

— Por que implicar com eles? Eles nunca te fizeram nada.

— Algum deles é o pai da criança? Por isso você está tão relutante? Está com medo de que ela também seja afetada? Sei que você tem uma quedinha pelo ruivo.

— Vai à merda, ele é gay e você sabe! O outro é o namorado dele.

— Mas você gosta dele mesmo assim.

Sarah começou a rir, corajosa e destemida, cheia de raiva.

— Você é um ser humano patético.

— *Eu* que sou patético?

— É, você. Dá o fora, J. Não estou no clima pras suas merdas hoje.

— Tudo bem — disse ele, calçando as botas e pegando a jaqueta.

Ele foi embora, batendo a porta. Sarah começou a chorar, furiosa, mas já desejando que ele voltasse. Segurou a vontade de ir correndo atrás dele e enrolou um baseado. Deitou-se com o cigarro no sofá e ligou a televisão para se distrair. A voz de um documentarista falando sobre a natureza preencheu a sala. Sarah respirou fundo, tentando se lembrar do que seu terapeuta dissera quando ela era adolescente. *Não deixe a coisa sair do controle.* Ela se sentia sem esperança, enganada, gerando uma criança que sabia que não tinha como manter. O bebê se mexeu e ela ficou enjoada.

Ela havia desejado abortar. Assim que soube que estava grávida, a primeira coisa que lhe ocorreu foi que precisava tirar o bebê. Sarah era um fracasso, sempre fora. Nunca fizera nada direito na vida, e seus pais faziam questão de que soubesse disso. Nunca tinha se interessado o suficiente pela escola para passar nas provas. Nunca durava mais que alguns meses no emprego. Terminava todo relacionamento assim que começava a ficar mais sério, até que surgiu Jamie. *Eu te amo* sempre a fazia sentir uma onda de nojo, era algo tão estranho que ela fugia assim que ouvia essas palavras.

Jamie só foi dizer que a amava quase seis meses depois de ficarem juntos, mas tentava se certificar de que ela soubesse. Eles se conheceram quando ela trabalhava no bar do Towneley Arms, e em poucas semanas Sarah começou a passar todo tempo livre dos seus turnos no bar com Jamie, enquanto ele fazia piadas sobre os outros clientes, sobre os donos do hotel, sobre a esposa, sobre si mesmo e, às vezes, sobre Sarah, embora nesse caso ele sempre completasse a piada com um sorriso e dissesse *é brincadeira.* Ele lhe dava bebidas, mais do que ela deveria beber durante o expediente, sempre garantia que ela ficasse mais bêbada que ele, e isso a deixava feliz. Ele lhe dava flores, ela recusava, então ele dizia que tinha achado numa lixeira na rua ou que eram flores de pêsames por ela ser uma grande idiota, e ela revirava os olhos e as colocava na água, o chamava de esquisito e Jamie dizia que sim, mas você me ama, e a certa altura ele tinha dito isso tantas vezes que ela percebeu que era verdade.

Seis semanas depois de se conhecerem, Jamie combinou com o gerente do hotel, sem que Sarah soubesse, que ela tiraria folga no fim de semana de seu aniversário. Ele foi buscá-la quando ela chegou para o turno de sexta-feira à noite e a levou até a Escócia, para um chalé com uma Jacuzzi e vista para um vale repleto de tojo e urze. Ela ficou um pouco rabugenta no início, porque odiava surpresas e ser o centro das atenções quando não tinha pedido por isso, e porque ninguém nunca tinha feito nada tão legal antes para ela, então não sabia reagir sem ser com ressentimento. Jamie tinha enchido o porta-malas de vinho e sacos de batatas chips, e beijou Sarah pela primeira vez quando ela se sentou no chalé com lágrimas nos olhos, e foi um beijo tão suave que sua raiva passou.

Quando Sarah finalmente parou de chorar e se resignou com sua tristeza, a porta se abriu e Jamie entrou. Ele estava com algumas sacolas de compras em uma das mãos e um buquê de flores na outra. A onda de alegria que sentiu ao vê-lo a deixou irritada.

— Pensei que você tivesse dado o fora — disse Sarah, olhando de novo para a televisão.

— Que fofa — respondeu Jamie, fechando a porta e colocando as sacolas na bancada da cozinha. — Só fui buscar leite.

— Como é que é?

— Eu te disse, só fui comprar leite. Trouxe outras coisas também.

— Não, não me disse, você foi para casa porque eu mandei você dar o fora.

Jamie se sentou no sofá, ao lado do pé dela, e botou a mão em sua perna.

— Não, Sarah, você está confusa. Só fui comprar leite. E trouxe comida também, já que você não quis comer o que preparei.

Sarah franziu o cenho. Ele estava acariciando sua perna e não parecia irritado. Mas ela podia jurar que ele estava irritado quando saiu.

— Tem certeza?

— Tenho. Você só está com... como é que é o nome mesmo? Cabeça de grávida ou algo assim. Está misturando as coisas — disse Jamie, sorrindo e se levantando. — Vem ver o que eu trouxe para você.

— Está bem — falou Sarah se levantando, confusa.

Ele não parecia alguém que tinha ficado tão irritado a ponto de sair batendo a porta uma hora antes. Talvez ela estivesse confundindo com alguma outra ocasião. Não tinha certeza. Ele tirou duas garrafas de cerveja da sacola, entregou uma para ela e pôs a outra na geladeira.

— É sem álcool. Sei que você estava morrendo de vontade de tomar uma cerveja.

— Obrigada — disse Sarah, pondo a garrafa na mesa e procurando um abridor.

— Também comprei isto, isto e mais isto — disse ele, tirando pão, leite e suco de dentro da sacola com a voz aguda e animada, tentando ser engraçado para fazê-la rir.

Ela sorriu.

— Obrigada.

— E trouxe isto aqui para você — disse, entregando o buquê de cravos para ela, aproximando-o de seu rosto. — Cheira.

Sarah riu, afastando o buquê do rosto.

— É. São lindos. Vou colocar na água.

— Não, deixa que eu faço isso — disse ele, enchendo um copo da bancada com água e equilibrando nele o buquê, ainda embrulhado em celofane. Ele abriu a outra sacola e tirou algumas embalagens de comida chinesa. — Também trouxe isto para você.

— Meu Deus, obrigada. Estou morrendo de fome — falou Sarah, se levantando.

— Não, não, pode ficar aí — disse Jamie, afastando os cabelos do rosto dela e beijando sua testa.

Ele lhe deu uma embalagem aberta e um garfo e se sentou ao lado dela.

— Vamos comer aqui mesmo, não precisa se levantar.

A embalagem estava cheia de broto de feijão. Sarah sentiu desejo de comer broto de feijão a gravidez inteira, algo a ver com a textura, e quase chorou quando os viu. Ele realmente a amava.

— Você acalmou a coisa, por enquanto — disse Sarah com a boca cheia, cutucando a barriga.

Jamie revirou os olhos.

— Não chama de *coisa*. Tem uma pessoinha aí.

— É. Foi mal.

— Sei que você acha agora que não vai amá-lo, mas espera só até ele chegar. Espera até você pôr os olhos nele. Espera só até ele nascer e você ver os dedinhos da mão e dos pés, até ele começar a chorar e você perceber que ele precisa de você. Prometo que vai amá-lo quando ele chegar.

— Não vou. Daqui a quatro semanas ele vai nascer e vou ter meu corpo de volta. Ele não é meu bebê. É de outra pessoa. Eu só estou cozinhando.

— É de quem então, se não seu?

— Não sei, acho que vou ter que encontrar alguém que queira um bebê e não possa ter — disse ela, pensando em Stevie e Adam.

— Que tal Sadia? — perguntou Jamie, acariciando a barriga dela.

— O que tem ela?

— Parece o caminho mais óbvio.

— Você acha que ela ia querer isto? — disse Sarah apressada, ávida, com uma onda de alívio percorrendo o corpo, seguida de uma pontada de ciúmes, não do bebê, mas de Jamie.

— Ele.

— Ele — repetiu Sarah, pondo sua mão sobre a de Jamie. — Foi mal.

— Eu sei que ela vai querer.

37

SARAH
1996

Sarah estava sentada no pátio do restaurante com Stevie quando a bolsa estourou, duas semanas antes do previsto. Stevie já tinha tomado três taças de vinho, mas enfiou Sarah em seu Fiesta detonado e a levou até o hospital do outro lado da cidade. Quando chegaram lá, ela usou uma cabine telefônica para ligar para o trabalho de Jamie e dizer que o bebê ia nascer. Quando ele chegou, Sarah já tinha dado à luz e a criança estava choramingando em um berço ao lado de sua cama. Era pequena e perfeita, dissera a enfermeira, mas Sarah não conseguia olhar para a bebê. Chegou a segurá-la, sentiu seu peso junto ao peito, sentiu enquanto ela sugava seu peito, mas ficou o tempo todo de olhos fechados.

Jamie pareceu irritado por um segundo quando entrou no quarto e viu a bebê.

— Eu perdi o parto. Achei que chegaria a tempo.

— Desculpa.

Ele respirou fundo e sorriu, debruçando-se sobre Sarah para tocar a bochecha da criança. Beijou Sarah como na primeira vez, com vontade, e, por um segundo, ela pensou *talvez isso possa dar certo*. Talvez as coisas voltassem a ser como antes. Ela olhou para a bebê pela primeira vez, viu seus olhinhos escuros e sentiu algo tão intenso que achou que iria desmaiar. *Talvez isso possa dar certo*, pensou de novo.

— Sadia está a caminho — disse Jamie, indo até o outro lado da cama e pegando a bebê do colo de Sarah.

— Eu falei pra ela que você trabalha no laboratório, só pra te lembrar. Disse que você trabalhava na limpeza, para que não desse a impressão de que era... sabe como é. Inteligente.

— Você tem que apoiar a cabecinha dela — falou Sarah, se esticando e ajeitando delicadamente a bebê nos braços de Jamie. — A enfermeira me ensinou.

— É menina?

— É.

— Eu disse pra ela que você não sabia quem era o pai.

Sarah fez que sim com a cabeça, mordendo o interior da bochecha.

Jamie olhou para ela, as rugas entre as sobrancelhas ficando mais profundas.

— Você não está pensando em dar pra trás, está?

— Não — disse Sarah, fungando. — São só os hormônios.

Jamie sorriu.

— Você vai ficar bem quando a vir. Sadia. Ela não é como a gente.

— Como assim?

— É só que ela... ela é uma pessoa boa. Muito boa.

— Se ela é assim tão boa, por que está com você?

Jamie tirou os olhos da bebê e franziu o cenho.

— Por que não estaria?

Houve uma batida na porta aberta. Uma mulher apareceu na soleira com um sorriso enorme estampando o rosto bonito. Usava um vestido florido até o tornozelo e o cabelo estava preso num rabo de cavalo. Trazia um cesto de vime em uma das mãos e um buquê na outra, e Sarah pensou que ela parecia saída da capa de uma revista feminina de classe média sobre maternidade e cuidados do lar. Sarah ficou se perguntando por que Jamie resolvera ter um caso com *ela* quando tinha uma esposa daquelas. Pensou que a traição não tinha nada a ver com as aparências, na verdade. Só com poder.

— Oi — disse Sadia com uma voz suave, entrando no quarto.

— Olha só quem eu encontrei — falou Jamie, sorrindo para a esposa e mostrando a bebê.

— Oi — repetiu Sadia, tocando o ombro de Jamie e olhando a bebê por um segundo, antes de se virar para Sarah.

Ela pegou a mão de Sarah e se aproximou para beijá-la no rosto. Tinha cheiro de roupa limpa.

— Como você está? Eu sou a Sadia. Você parece muito bem. — Sarah sorriu, e ela continuou, antes que a outra pudesse responder. — Como foi, correu tudo bem? Você está se sentindo bem? Desculpa eu não ter vindo antes — prosseguiu Sadia, sem soltar sua mão.

Sarah odiava contato físico, ainda mais com estranhos, mas estava tão cansada e emotiva, e aquela mulher era tão afetuosa, que seu toque a acalmava.

— Deu tudo certo, acho — disse Sarah. — É uma menina. Dois quilos e trezentos, pelo que me disseram.

— Uma menina — repetiu Sadia, apertando a mão de Sarah uma última vez e se virando para a bebê.

Ela pegou a bebê dos braços de Jamie exatamente como a enfermeira tinha ensinado a Sarah, apoiando a cabecinha. Jamie ficou observando enquanto Sadia ninava a bebê suavemente, olhando para ela de um jeito que nunca havia olhado para Sarah. Sadia o beijou.

— Somos uma família — sussurrou, seus olhos se enchendo de lágrimas que logo começaram a rolar.

Jamie abraçou a esposa por trás, olhando por cima do ombro dela para a bebê. Beijou seu rosto, e Sarah se sentiu uma intrusa naquele instante.

Ele não passou a noite lá, porque precisava dormir para trabalhar no dia seguinte, mas Sadia fez questão de ficar com Sarah e a bebê. Jamie deu um olhar de advertência para Sarah antes de sair, mas ela não era burra de falar nada para Sadia. Nem queria. Sabia que Sadia era a pessoa certa para criar a criança, não queria gerar nenhuma hostilidade. As flores e o cesto que trouxera quando chegou eram para Sarah. Sadia não tinha deixado que Sarah abrisse o cesto ainda, mas disse que estava cheio de coisas que ela havia lido que eram boas para o puerpério, uns mimos, era o mínimo que podia fazer.

Sarah pegava no sono de tempos em tempos, mas, sempre que acordava, Sadia estava sentada na cadeira de acompanhante lendo alguma revista ou debruçada sobre o berço, observando a bebê. Quando ela precisou mamar, Sarah perguntou se Sadia queria dar a mamadeira para a bebê, mas ela negou, balançando a cabeça.

— Se você puder amamentá-la pelo menos esta noite... É tão bom para ela, sabe? Quem dera eu pudesse fazer isso.

Falou com tanta sinceridade que Sarah não teve como negar. Quando o céu lá fora finalmente começou a clarear, Sadia aproximou sua cadeira de Sarah.

— Sarah — disse ela, acariciando a cabeça da bebê, que tinha dormido no colo de Sarah. — Você tem certeza de que quer fazer isso?

Sarah respirou fundo e sentiu o peso da bebê nela. A criança fazia barulhinhos que faziam seus peitos doerem.

— Eu não sou a mãe desta bebê — disse Sarah. — Você é.

Sadia apertou a mão dela com força.

— Nunca achei que ouviria isso, sabe? Desde que soube que não podia ter filhos. Então, quando conheci Jamie, no dia em que o conheci, eu sabia que tinha que ser ele, mas Jamie também, sabe, também é estéril, então nossas opções eram bem limitadas. Mas agora nós temos nossa menina.

— Ele é estéril também? — repetiu Sarah, franzindo o cenho.

Ela ficou confusa por um segundo, se perguntando se ele acreditava mesmo nisso e se era por isso que insistia em não usar camisinha.

— Ah, você não sabia? Acho que ele não vai ficar chateado por eu ter te contado.

— Você tem certeza disso? — disse Sarah, não se contendo.

— Não acho que ele mentiria sobre isso — respondeu Sadia, franzindo as sobrancelhas e cruzando os braços.

— Desculpa. Não sei por que falei isso — disse Sarah, corando.

— São os hormônios. Ele parece te amar de verdade.

Sadia sorriu.

— Ele ama.

No dia seguinte, Jamie voltou e Sarah e a bebê tiveram alta do hospital. Jamie e Sadia levaram a criança para o carro, e Sadia beijou Sarah na bochecha e a pôs no táxi com a cesta e as flores. Sarah sentia como se uma parte de seu corpo tivesse sido arrancada. Quando o motorista perguntou para onde ela queria ir, Sarah não pediu que ele a levasse até seu apartamento acima do restaurante, que era o endereço que informara para o hospital fazer o acompanhamento e as visitas da obstetriz, com a qual ela acabou não tendo contato. Só disse para levá-la até Heather Hall. Ele não sabia onde era isso e Sarah teve de indicar o caminho, pois ficava bem longe da cidade. Quando chegaram, ele assoviou.

Fazia anos que ela não ia até lá, mas continuava igualzinho ao que lembrava: frio e sem vida. Encontrou a chave, que continuava sob a trepadeira, e entrou. Fazia cinco anos que seus pais tinham morrido e ninguém tinha invadido o lugar. O relógio do pai continuava no aparador ao lado da porta, onde sempre o esquecia, e havia pares de sapatos com teias de aranha alinhados na sapateira. A foto de David continuava na parede, como sempre, e era a primeira coisa que se via ao entrar na casa. Estava em uma moldura menor que a original, porque Sarah tinha estado na foto com ele, mas havia sido cortada quando ela fugiu, e a única parte sua que ainda se via na foto era a mão, com os dedos entrelaçados aos do irmão.

Seus pais eram ricos e frios, e lamentavam que ela não fosse um menino. Quando criança, Sarah também lamentava. Sabia que aquela era a fonte do poder na família. Seu irmão era alto e forte, tinha cabelos loiros desgrenhados e um sorriso franco que contagiava qualquer um. Ia bem na escola e nos esportes, e era legal com Sarah, mesmo quando seus pais não eram, porque Sarah só era boa em se meter em encrenca.

Quando David tinha dezesseis anos, começou a se queixar de dores nos ossos. *É dor do crescimento*, disse o médico. *Lesões esportivas. Hematomas profundos.* Por fim, quando já era tarde demais, descobriram que era câncer. Ele morreu seis semanas depois do diagnóstico. Sarah piorou muito depois disso. Sua relação com os pais ficou ainda mais distante, e, embora nunca tenham dito que preferiam que tivesse sido ela no lugar de David, ela sabia. Fez as malas e saiu de casa ao completar dezessete anos, e ninguém foi atrás dela. Nunca mais viu os pais.

Três anos depois de ela ter saído de casa, seus pais morreram quando o pai bateu o Mercedes em um carvalho enquanto voltavam bêbados de algum evento beneficente. Para sua surpresa, eles deixaram tudo para ela — dinheiro, casa, carros. Ela não havia tocado em nada daquilo até aquele momento e ficou se perguntando por que, justamente na sua pior fase, tinha se sentido compelida a voltar para o lugar que a fizera se sentir tão mal, e chegou a pensar que ela e a casa eram feitas uma para a outra, as duas assombradas por muitos fantasmas.

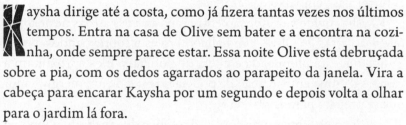

38

KAYSHA
12 DE JANEIRO DE 2000

Kaysha dirige até a costa, como já fizera tantas vezes nos últimos tempos. Entra na casa de Olive sem bater e a encontra na cozinha, onde sempre parece estar. Essa noite Olive está debruçada sobre a pia, com os dedos agarrados ao parapeito da janela. Vira a cabeça para encarar Kaysha por um segundo e depois volta a olhar para o jardim lá fora.

— O que você está procurando? — pergunta Kaysha.
Olive demora um pouco para responder.
— Os pássaros.
— Eles devem estar dormindo — diz Kaysha baixinho. Olive parece mais calma que de costume, e Kaysha não quer agitá-la. Fica ao seu lado e olha para o jardim também. É pequeno e cercado por muros altos cobertos de musgo. É bem-cuidado e os móveis estão cobertos, protegidos do inverno. Tem um comedouro para pássaros pendurado em uma árvore e uma casinha para aves pregada no tronco. — Aposto que fica cheio de pássaros no verão.
— Eles vão voltar, né? — pergunta Olive, olhando para Kaysha.
Kaysha repara de novo que Olive está parecendo uma criança, é como se tivesse encolhido, sendo engolida pela camisola. A cada dia

que passa definha mais um pouco, e Kaysha acha possível que algum dia ela vá simplesmente desaparecer, restando apenas a camisola pendurada na bancada da cozinha da casa silenciosa.

— Vão sim — diz Kaysha, pondo a mão no ombro de Olive.

Olive olha para a mão de Kaysha, mas não a afasta.

— Que pássaros vêm aqui?

— Pardais. Dezenas. Eles se escondem naqueles arbustos ali — diz ela, apontando para os fundos do jardim. — O vizinho está sempre com gatos, pelo menos uns três ou quatro, e uma vez um deles pegou um dos pássaros, bem na minha cara, e arrancou uma das asas. Eu saí correndo e o espantei, mas já era tarde, ele tinha arrastado o pobre pássaro por cima da cerca, deixando só a asa. Eu enterrei a asa embaixo das azaleias.

Kaysha divide sua atenção entre ouvi-la e assistir às notícias na televisão atrás de Olive. Um helicóptero está sobrevoando a ponte Tyne, que está bloqueada e cheia de policiais. Eles aproximam a câmera de uma embarcação da polícia no rio e de um mergulhador que se prepara para entrar na água.

— Você está me ouvindo? — diz Olive, balançando a mão na frente do rosto de Kaysha.

— Estou, Olive. Pássaros, gatos. Que coisa horrí...

— Fiquei possessa e disse ao vizinho que daria um tiro no gato se aparecesse aqui outra vez, mas eles falaram que chamariam a polícia se eu fizesse isso. Então comprei uma pistola de água. Bem grande, daquelas enormes que você tem que bombear para dar pressão. E, da próxima vez que ele apareceu, eu me esgueirei enquanto ele espreitava os pássaros e atirei nele com a minha pistola. O gato nunca mais apareceu — conta Olive, sem nem piscar.

O celular de Kaysha começa a vibrar no bolso da calça. Ela torce para que seja Nova, que parecera distante naquela manhã, então faz com que Olive se sente e vai atender a ligação na sala. Quando pega o celular do bolso, vê que é Nova e atende.

— Oi.

— Kay... posso te encontrar? — diz Nova.

A voz dela está estranha e o medo invade o corpo de Kaysha. Nova descobriu alguma coisa. Talvez Sadia tenha dito algo no depoimento, talvez todas estejam prestes a ser presas.

— O que houve?

— Preciso te ver.

— Não posso — diz Kaysha, observando Olive, que está com a cabeça na porta, de olho nela. — O que está acontecendo?

— Merda. Não posso... Eu não queria te contar pelo telefone. Você está sentada? — pergunta Nova, e Kaysha se joga em um dos sofás atrás de si.

— Agora estou, por quê?

— É a Sarah — diz Nova, a voz falhando.

O pânico golpeia Kaysha e ela se pergunta se Nova prendeu Sarah, se conseguiu descobrir algo que a própria Kaysha não conseguiu. Olive se senta ao lado de Kaysha, perto demais. Ela cobre o celular com a mão.

— Olive, espera um pouco. Só um minutinho — sussurra e vai para o outro sofá a fim de continuar a ligação.

Ela tenta soar despreocupada e petulante.

— O que houve? Você a achou bêbada em algum lugar?

— Tem alguém aí com você?

— Não, é só a televisão. O que houve?

— A Sarah... Eu acabei de vê-la... ela... Sarah morreu. Ela pulou... pulou da ponte Tyne.

Kaysha não consegue processar o que acabou de ouvir e Nova fica perguntando se ela está bem, mas seus dedos ficam frouxos e o celular cai e, ao bater no chão de madeira, se abre e a bateria sai, o que faz a ligação cair.

Quando Kaysha, por fim, acaba se ajoelhando e montando o celular de novo, não liga de volta para Nova. Em vez disso, manda uma mensagem de texto com o endereço e instruções para as outras entrarem sem bater e virem o quanto antes, pois era uma emergência. Então ela aguarda. Olive parece notar o clima e age quase com normalidade por um tempo. Diz para Kaysha que conhecia uma menina que uma vez se jogou de um penhasco e a deixou sozinha no mundo, que nunca a perdoara por isso. Kaysha não consegue dizer nada, não consegue dizer a ela que não é a mesma coisa, porque Kim não pulou e ela sabe disso. Olive parece entrar no modo mãe e começa a rodear Kaysha, enxugando o rosto dela, tirando delicadamente sua jaqueta e enrolando-a com um cobertor. Ela prepara um chá, põe a caneca na mão de Kaysha e depois faz carinho nas costas dela.

Josie é a primeira a chegar.

— Ai, que bom — diz, tirando o gorro de lã e olhando em volta. — Estava com medo de ter outra cabeça aqui.

— Ninguém te seguiu, né? — pergunta Kaysha a Josie.

Josie faz que não com a cabeça.

— Qual é a emergência? Sadia dedurou a gente?

Quando Sadia foi presa naquela manhã, deixaram que ligasse para Ana, para que cuidasse de Ameera enquanto Olive estivesse detida, e Ana avisou Kaysha, que falou com as demais. Todas tinham passado o dia apreensivas, algumas se perguntando se Sadia *tinha* matado Jamie, algumas apenas com medo de acabarem sendo envolvidas.

— Não — diz Kaysha, indicando para que Josie se sente, e ela obedece. — Não que eu saiba. É a Sarah... A Sarah...

— Morreu. — Olive termina a frase por ela e sorri, como se tivesse acabado de falar algo ligeiramente engraçado.

Josie se assusta com o comportamento de Olive e se vira para Kaysha para confirmar, os olhos arregalados. Kaysha faz que sim com a cabeça e se recosta nas almofadas, apertando a ponte do nariz, tentando não desmoronar, pelo menos não ainda. Sempre que fecha os olhos, ela vê Sarah no ar, caindo.

Ana chega em seguida, depois Maureen, uma hora mais tarde, e Kaysha deixa que Josie explique a elas o que aconteceu. Kaysha vai até o jardim por alguns minutos, ainda envolta no cobertor, tentando se acalmar e se preparar para a conversa que teriam. Quando volta para a casa, todas desviam o olhar, como se estivessem falando dela ou como se seu luto fosse pesado demais para testemunharem. Apenas Olive continua olhando para ela.

— Vocês acham que foi ela e que foi por isso que... Por causa da culpa? — pergunta Ana para o grupo.

— Não foi ela — diz Kaysha. — Tenho quase certeza. Eu só a deixei para ir à casa da minha mãe por cerca de uma hora antes de recebermos a mensagem, não acho que daria tempo.

— Mas ela queria — dispara Olive. — Vivia dizendo *ele merece morrer, vamos fazer logo isso e acabar com a coisa toda, fazer esse favor ao mundo*. Ela me enojava.

— É, Olive, todo mundo sabe que você não gostava da Sarah, mas agora não é o momento, né? — intervém Josie, e sua firmeza surpreende a todas.

Olive fecha a boca e fica em silêncio. Todas ficam alguns minutos sem dizer nada. Faltam apenas duas mulheres no grupo, mas parece que o desfalque é bem maior, que elas estão impotentes e sem propósito.

— É tudo culpa minha — diz Kaysha, curvada, a cabeça entre as mãos. — Se eu não tivesse ficado tão obcecada por vingança, nada disso teria acontecido.

— Não seja boba, querida — diz Maureen, embora ache que ela talvez tenha razão.

Foi ela quem reuniu todas. Que abordou uma a uma, que acompanhou suas vidas e acabou se metendo, escolhendo outras seis mulheres que achava que queriam vê-lo castigado também, as mulheres às quais ele mais tinha feito mal. Elas se reuniram quatro vezes antes da véspera do Ano-Novo, sempre no mesmo quarto de hotel, do qual Sarah ainda tinha a chave, entrando pela porta dos fundos, que nunca estava trancada, e subindo por uma escada que era usada como depósito de baldes e vassouras. Maureen sempre tinha de se concentrar para não acabar derrubando tudo escada abaixo enquanto tentava avançar pelos degraus. Elas nunca trombaram com nenhum funcionário do hotel, exatamente como Sarah previra, porque ninguém usava a escada dos fundos nem o andar de cima, a não ser como depósito. Ela dissera uma vez que tinha morado dois meses naquele quarto sem que ninguém notasse.

— Você não tinha como prever o que aconteceria — diz Ana. — Isso... tudo isso... é culpa de Jamie.

— Será que é? — pergunta Kaysha, olhando para o chão.

Ninguém responde.

— O que a gente faz com relação à Sadia? — pergunta Josie, e todas olham para ela. — A gente não pode deixar ela assumir a culpa. A não ser que tenha sido ela, mas, mesmo assim, a gente tem que se posicionar e dizer no julgamento o canalha que ele era. Que não foi culpa dela.

— Não foi ela — diz Ana, explicando para o restante das mulheres a história da bebida batizada e de como Sadia iria largá-lo, de como Ana esteve com ela durante o período no qual o assassinato aconteceu.

— Não tinha como ela ter feito aquilo mais cedo e ter ido te encontrar depois de limpar tudo? Ela não pode ter se descontrolado e matado o Jamie? — pergunta Josie.

Até Olive ouve com atenção agora, olhando para cada uma que fala, absorvendo as informações.

— Ameera esteve o dia inteiro com ela, então não — diz Ana. — E por que ela teria deixado o corpo dele no lago na casa deles e levado a cabeça para o hotel? Não faz sentido.

— Mas por que *qualquer um* faria algo assim? Não entendo por que motivo, quem quer que tenha sido, a pessoa resolveu levar a cabeça dele para o hotel. Por que não enterrou na floresta? Penso nisso todo dia — diz Maureen, pegando um maço de cigarros e um isqueiro na bolsa, um velho hábito que tinha retomado recentemente.

— Eu sei o porquê — diz Josie. — É uma espécie de advertência, né? Pensei que fosse óbvio.

— Foi *você*...?

— Não, claro que não — responde Josie. — Sei que os hormônios estão me afetando, mas não acho que conseguiria arrancar a cabeça dele. Não, é só que, tipo... É como antigamente, na Idade Média ou algo assim, quando deixavam corpos de criminosos pendurados nas ruas ou exibiam a cabeça deles na ponta de lanças. Acho que foi algo desse tipo. Que ela, quem quer que seja a pessoa, queria dizer algo como: *Isso é o que fazemos com estupradores. O recado está dado.*

— É o que a gente devia ter deixado escrito na parede — diz Maureen, meio sem ar e inspirada. — *Estupradores, o recado está dado.* E não aquele desenho.

— Mas o desenho funcionou — fala Kaysha. — E se a gente o chamasse de estuprador, poderiam pensar que... poderiam ligar os pontos e colocar a culpa em mim.

— É o que eu teria achado — diz Ana, olhando para Kaysha e abaixando a cabeça.

A versão mais jovem de Ana a assombra e, na calada da noite, quando não há nada mais em que se pensar, ela se ouve arrogante e convencida de que tinha razão, dizendo às pessoas *é muito triste, muito mesmo, que ela tenha que mentir sobre algo assim para chamar atenção. Acho que ela não pensou bem nas consequências. Isso pode destruir a vida do Jamie. É muito triste, tenho pena dela, na verdade.*

— É — diz Kaysha, também se lembrando da Ana mais jovem.

Quando Kaysha reuniu aquelas mulheres, Ana fora a mais difícil de abordar. Ela ainda estava magoada, com raiva de Ana por ter se dedicado tanto a desacreditá-la na época da faculdade. Kaysha levou um tempo até aceitar que ela era uma pessoa mais velha agora, que tinha mudado e amadurecido também, alguém que era digna de seu tempo e que também tinha sido magoada por Jamie. Envolvê-la sempre foi um risco, parecera mais arriscado até que Olive, na época, mas Kaysha gostou de tê-la incluído. Ela não acha que um dia vão se tornar amigas, mas sabe que Ana está tentando melhorar, e isso basta.

— Mas e então? — diz Josie, pigarreando. — O que *vamos* fazer com relação à Sadia?

Olive agarra os joelhos.

— A gente devia dizer que foi a Sarah.

Kaysha olha para ela.

— Para de ser escrota.

Olive dá de ombros.

O clima fica pesado e ninguém diz nada por um tempo.

— Talvez seja a coisa mais sensata a fazer — diz Maureen, depois de respirar fundo.

— É muita falta de respeito — diz Josie.

A garota fica imaginando se tivesse acabado como Sarah, se Jamie ainda fosse vivo e tivesse levado o bebê e ela se sentisse vazia e usada. Imagina se não é isso que vai acabar acontecendo, de toda forma. Ela se pergunta se vai amar o bebê ou se não conseguirá porque parece mais de Jamie que dela. Pensa que é exatamente como Sarah devia se sentir e fica tentando imaginar como ela era antes dele e do bebê, risonha e feliz, não tão amargurada ou dura e, mesmo sem acreditar em Deus, Josie torce para que ela esteja assim de novo, em algum lugar.

— Não que eu acredite necessariamente que tenha sido ela — continua Maureen, com a voz baixa e calma, como fazia nos seus tempos de enfermeira quando conversava com alguém prestes a surtar ou à beira da morte. — É só que... a gente não sabe quem *foi*. E não acho que Sadia mereça ficar na prisão.

— Mesmo que tenha sido ela? — pergunta Kaysha.

Maureen se ajeita no assento e pensa na garotinha séria que viu no velório de Jamie. O pai dela morreu. A mãe está presa. Agora, sua mãe biológica também morreu. Maureen é sua única parente viva e, se Sadia continuar presa, a criança vai ser responsabilidade dela. Claro que, se for preciso, ela assumirá a criança, preferiria cuidar dela a deixar que fosse para um orfanato, mas Maureen sabe que, se pudesse evitar, não devia fazer isso. Era tentador cuidar de Ameera como uma forma de redenção, uma forma de trazer John de volta e fingir que eram uma família feliz, mas sabe que é uma péssima ideia. Se Ameera acabar sendo igual a Jamie, Maureen nunca saberá se é culpa da genética ou dela. No caso de Jamie, ela sempre culpou o pai do menino, um homem sem rosto cujo nome Alice disse que não sabia qual era.

Foi apenas mais tarde, já com Jamie nos braços e Alice enterrada, que ocorreu a Maureen que talvez a irmã tivesse sido estuprada e, se fosse o caso, ela a teria forçado a parir um bebê concebido à força. Tentava não pensar nisso, dizia para si mesma que Alice era promíscua e que provavelmente tinha engravidado por culpa dela mesma. De qualquer forma, ainda era culpa de Maureen Alice ter morrido, e era culpa de Maureen Sarah ter se matado, e Kim estar morta, e Kaysha ter sido estuprada, e Josie estar na mesma situação de Alice anos atrás, e tudo mais que Jamie tinha feito também era culpa dela. Se ela tivesse deixado a irmã abortar, nada daquilo teria acontecido. Quando se permitiu pensar nisso, foi esmagada pela culpa.

Desde a morte de Jamie, pensou mais nele do que nos últimos dez anos, pensou em cada detalhe de sua infância e até cedeu à ideia de que talvez não o tivesse tratado tão bem quanto deveria. Talvez ele fosse melhor se tivesse recebido mais amor. Se tivesse recebido um abraço de vez em quando. Talvez não, não dava para saber, mas às vezes, de noite, ela sentia o peso da responsabilidade a esmagando contra o colchão.

— Mesmo que tenha sido ela — diz Maureen, em tom baixo.

— É horrível fazer isso com a Sarah — fala Josie. — Mas, sim. Talvez... Não sei. Não acho que tenha sido Sadia e não sei se foi

Sarah, mas alguém precisa levar a culpa. Eu não acredito em pena de morte, mas acho que... Acho que deve ter sido uma reação a algo que ele fez, e não um assassinato a sangue-frio.

— Também acho — concorda Ana, sentindo um peso no peito enquanto o luto e o desespero da coisa toda começam a tomar conta dela. — Sadia não pode continuar onde está. Podemos datilografar um bilhete de despedida, para a nossa letra não ser questionada.

— Isso é doentio — diz Kaysha, sentindo o corpo todo fervendo por dentro, como se estivesse prestes a explodir ou desmaiar. — Ela acabou de... Não tem nem duas horas. O corpo nem esfriou ainda.

— Kaysha, ninguém *quer* fazer isso — explica Josie, se inclinando para a frente e tocando o joelho dela. — É doentio, você tem razão. Totalmente... É doentio. Mas não sei o que mais a gente pode fazer.

Maureen pensa que, se fosse mais corajosa ou uma pessoa melhor, se ofereceria para levar a culpa, como punição, mas ela não é nada disso, então fica olhando a estampa do carpete até que alguém fale.

— Alguém quer confessar? — diz Kaysha, olhando para cada uma delas. — Antes de culparmos uma mulher que era tão assombrada pelo que Jamie fez com ela que se...

A voz de Kaysha falha e todas desviam o olhar enquanto ela tenta se recompor.

— Olha — diz Ana, esfregando o rosto. — Não foi Sadia. Não tem como ter sido. Não daria tempo. E ela não queria. Jamie era tudo o que ela tinha. Para ser sincera, meu medo era de que ela o perdoasse. Se a deixarmos lá, o que vai acontecer com Ameera? Eu não teria o menor problema em ficar com ela e criá-la como minha filha, mas ela precisa da mãe. Sarah gostaria que a filha vivesse feliz e segura com Sadia. Tente ver dessa forma. Não estamos fazendo isso para desrespeitá-la, estamos fazendo isso por Ameera.

— Preciso de um minuto — diz Kaysha, levantando-se.

Ela vai outra vez até o jardim, aperta mais o cobertor em volta do corpo e se senta em um banco abaixo da janela da cozinha. Está mais quente que nas últimas semanas, mas Kaysha ainda consegue ver sua respiração se condensando no ar. Ela se encolhe e começa a chorar aos soluços. Sua vontade é berrar na escuridão. Consegue ouvir o barulho das ondas na praia, para além da rua e do penhasco, e se imagina entrando no mar, o frio do oceano lavando sua tristeza, a água a engolindo e levando até Sarah.

Kaysha cobre o rosto com as mãos e inala o sal das palmas. Não consegue se concentrar, mas precisa. Ela se pergunta no que Sarah estava pensando. O que teria sido a gota d'água: o caso de Kaysha com Nova ou a promessa de Sadia de que ela poderia fazer parte da vida de Ameera se largasse a bebida, o que Sarah temia não conseguir; ou se teria sido a cabeça, se Sarah teria matado Jamie e ocultado isso de Kaysha, deixando que ela desse um jeito na coisa toda. Ela se pergunta se fora a bebida ou tudo isso junto, todos os cacos de sua vida misturando-se em sua cabeça, dentro de uma casa onde todas as recordações eram tristes. Kaysha se pergunta se teria tido como salvá-la se tivesse prestado mais atenção, se a tivesse amado como ela merecia. Ela se pergunta o que Sarah faria agora, se gostaria que colocassem a culpa nela, se gostaria que continuassem procurando a culpada. Kaysha não acredita que Sarah se importasse com quem foi, ela só estava feliz por alguém ter feito aquilo. Acha que Sarah também teria dado a mesma solução de Olive se outra delas tivesse pulado. Ela parecia agir com descaso, mas depois, sozinha, se preocupava, porque era prática e gostava de aparentar ser decidida e não deixar o sentimentalismo atrapalhar, mas, no fundo, era uma pessoa boa. Kaysha se pergunta se Sarah fez aquilo de propósito para lhes oferecer uma saída, se queria que as outras colocassem a culpa pelo assassinato nela. Quem sabe, quando Kaysha fosse até a mansão, já não haveria um bilhete pronto.

Kaysha devia ter percebido que Sarah estava à beira de um colapso. Sua respiração é lenta e ofegante, e o ar que sai de sua boca se condensa. Se elas puserem a culpa do assassinato em Sarah e ela for inocente, a assassina vai se safar. Se for uma delas, e Kaysha acha que deve ser, tudo bem, porque não aconteceria de novo. Tinha sido um caso isolado, motivado por toda aquela raiva antiga de Jamie e pelas mágoas provocadas por ele, e era tudo culpa de Kaysha. Foi ela que juntou aquelas engrenagens e as colocou em movimento, tão decidida a puni-lo, tão desesperada para que alguém finalmente as ouvisse.

— Tudo bem — diz Kaysha ao voltar para dentro. — Tem uma máquina de escrever antiga na casa, acho. Vou datilografar algo nela e depois digo que encontrei... Mas é tudo muito doentio.

— É doentio — concorda Josie, botando um braço nos ombros de Kaysha, fazendo uma careta quando o bebê chuta. — Mas o que mais podemos fazer?

As mulheres começam a ir embora, uma a uma, até ficarem apenas Kaysha e Olive. Olive fica em silêncio e Kaysha olha para ela, a pele branca como papel e o cabelo sem cor. Era como se a vida tivesse sido sugada dela. Sempre que falava, ela corava um pouco, mas logo depois a cor se esvaía. Kaysha sabe que deveria ligar para alguém, ou passar a noite com ela, ou algo assim, porque ela não está bem.

Ela se surpreende que Olive tenha aguentado firme por tanto tempo depois de passar por tantas tragédias. Mais ainda que tenha sido a morte de Jamie, um homem que — até onde Kaysha sabia — estivera brevemente em sua vida, que enfim acabou com ela. Kaysha sabe que Olive precisa de ajuda, mas teme que ela acabe dando com a língua nos dentes.

— Olive, preciso dar uma saidinha — diz, mas a mulher não parece ouvi-la. — Mas não vou demorar. Quer vir comigo?

— Não preciso de ninguém cuidando de mim — responde Olive, sem erguer o olhar.

— Eu sei — diz Kaysha. — Tudo bem se eu vier passar uns dias com você? Não quero ficar sozinha.

Olive a mira desconfiada e revira os olhos.

— Tem um monte de quartos aqui. Não entro em alguns deles há anos. Você pode ficar no último andar. Nem sei mais o que tem lá.

— Obrigada, Olive. Eu preciso mesmo ir, mas volto logo, tudo bem?

Olive não diz nada, de novo, mas Kaysha pega o cobertor que a envolvia, o coloca sobre os ombros da mulher e sai. Quando entra no carro, ela começa a tremer e percebe que esqueceu a jaqueta. Liga o aquecedor no máximo. Ela não vai demorar mesmo.

Olive se envolve mais no cobertor. Às vezes, sente um calafrio mesmo com o aquecedor ligado e sabe que, quando isso acontece, é Kim que está a seu lado. Poderia ser Alonso, mas gosta de pensar que é Kim. Ela ainda não tem coragem de encarar Alonso depois de seu caso com Jamie. Sente que o traiu, mesmo que ele estivesse morto fazia muito tempo quando Jamie entrou em sua vida. A culpa a impede de falar com ele, então, mesmo que seja Alonso sentado ao seu lado no sofá, frio como a morte, ela decide que é Kim, porque sabe que fez o que pôde por ela, ainda mais agora.

— Elas foram embora outra vez — diz para Kim. — Só queriam vê-lo morto. Não o conheciam como nós o conhecíamos. Não acreditei em nada do que disseram dele. Assim como não acreditei em você.

Olive estende o braço para abraçar a filha, acha que consegue sentir o frio fantasmagórico da pele dela e puxa a menina invisível para seu peito, fazendo cafuné em seu cabelo invisível.

— Ele era um homem bom. Mas você mentiu sobre ele primeiro, e olha o que aconteceu com você — diz Olive, parando depois. — Eu fui vê-lo há alguns dias. Não sei ao certo quanto tempo faz. Há uma ou duas semanas. Precisava avisar a ele o que estavam tramando. Encontrei o endereço dele e tive que pegar o metrô e dois ônibus, demorou bastante para chegar lá. Pensei em você durante todo o trajeto.

39

OLIVE
20 DE SETEMBRO DE 1987

Uma família de pardais morava numa casinha de pássaros desajeitada que Kim fizera na escola alguns anos antes. Olive fora terminantemente contra pendurar aquilo em seu lindo jardim, mas Alonso o pregou na árvore mesmo assim. Ele ficou vazio por um ou dois anos, e Olive comentava que nem os pássaros queriam viver num lugar tão feio e enchia o saco do marido para tirar a casinha. Ele nunca tirou e, pouco tempo após sua morte, os pardais vieram, e, naqueles momentos dolorosos de silêncio do alvorecer, quando Kim ainda dormia e o peso do luto era quase insuportável, Olive sentia um pouco de paz vendo os pássaros. Ela sempre os procurava quando lavava a louça ou esperava a água da chaleira ferver e às vezes ficava ali parada sem se lembrar do que fora fazer na cozinha. Elas providenciaram um comedouro no inverno, e Olive fez bolotas de gordura e sementes a partir de uma receita que achou num livro de jardinagem. Sentiu um orgulho estranho quando apareceram uns filhotes na primavera e ficou sentada quietinha com Kim enquanto eles começavam a aprender a voar certa manhã no jardim. Os filhotes já tinham partido fazia muito tempo, mas um dos pais rodeava uma roseira. Ela ficou observando até que fosse embora e sumisse no céu. Nuvens escuras começaram a surgir no oeste, embora tivesse feito um dia bonito. Olive tinha se dado conta naquela manhã, ao andar até a igreja, que aquele seria o último dia de calor de verão, o último antes que o outono tocasse as folhas com seus dedos dourados e as flores se preparassem para o inverno.

Jamie interrompeu o devaneio dela, puxando uma das cordas de seu avental.

— O molho está queimando — disse ele, segurando o punho dela e o movendo em círculos para que mexesse a colher de pau submersa no líquido marrom e viscoso.

A chama estava baixa, e o molho mal começara a esquentar. Ela ergueu a sobrancelha para ele, que piscou.

— Só para você ficar esperta.

— Não sei por que você insiste em fazer o molho antes — comentou Olive, mexendo a panela enquanto ele voltava para a tábua a fim de terminar de cortar as cenouras. — É para ser a última coisa, na verdade. É para fazer com o suco da carne, enquanto ela fica descansando e a massa cresce.

— Eu sei o que estou fazendo.

— Será que sabe mesmo? — questionou ela, sorrindo.

— Sei.

— E quem foi que te ensinou a cozinhar?

— Aprendi sozinho. — Ele deu de ombros, jogando um punhado de cenouras em uma panela com água fervendo.

Ele chiou quando a água respingou e queimou sua mão.

Olive arquejou e o levou até a pia, abrindo a torneira de água fria.

— Coloca a mão aqui. Vai parar de arder.

— Estou bem, cara — disse Jamie, sacudindo a mão e fechando a torneira.

— Não, é sério, funciona mesmo — falou Olive, abrindo a torneira outra vez e tentando colocar a mão dele sob a água.

Ele a fechou novamente.

— Já falei que estou bem — disse Jamie, levantando um pouco a voz. — Para de agir como se fosse minha mãe.

— Só estou tentando ajudar.

— Olive, eu sou adulto, não preciso que você me diga o que fazer.

— Está bem — disse, pousando a mão no antebraço dele. — Desculpe, você tem razão, eu só queria ajudar.

Jamie respirou fundo e fechou os olhos por um segundo.

— Desculpe.

— Tudo bem — respondeu Olive, erguendo a mão para esfregar o ombro dele e depois pousá-la em concha no rosto.

A pele de Jamie estava macia; ele sempre se barbeava aos domingos. Olive gostava de como ele se esmerava para ir à igreja. Toda semana, ele ia para o culto com seu melhor terno e com os sapatos engraxados. Quase sempre era o primeiro a chegar e conversava com o pastor Paul antes que o culto começasse, ou se certificava de que as fileiras estivessem em ordem antes que o restante da congregação chegasse. Agora ele estava só de meias e camisa, sem gravata, e com os botões de cima abertos.

— Sei que você anda estressado.

— Ando mesmo.

— É o trabalho? — perguntou Olive. — Ou a Kim?

— As duas coisas — disse ele, se curvando para passar os braços pela cintura de Olive.

Ele a puxou para si, enterrando o rosto na junção entre o pescoço e o ombro de Olive, esfregando o nariz nela e beijando sua clavícula. Ela amoleceu. Esses momentos com Jamie a aqueciam, ao sentir o corpo dele grudado ao dela, o peso de seu peito quando ele respirava, o toque dos dedos dele em suas costas ou em seu cabelo. Desde que Alonso morrera, e com Kim agindo daquele jeito, Olive não vinha recebendo muito contato físico além desse. Mas isso era diferente, essa coisa com Jamie. Quando se conheceram e ele lhe disse que era órfão, Olive tentou ser um porto seguro para ele. Já fazia muito tempo, depois disso, que ela havia admitido para si mesma que não amava Jamie como a um filho. Ele passou as mãos nas costas dela, o que a fez gemer e inclinar o queixo para ele. Jamie deu uma gargalhada e a beijou de leve na boca antes de dar um tapa em sua bunda e se desvencilhar dela.

— É sério, agora você vai mesmo queimar o molho — disse ele, abrindo o freezer e pegando um saco de ervilhas.

Olive passou os dedos pelo cabelo, tentando se recompor. A maneira como ele a soltava do nada sempre a afetava, enquanto ele parecia nem se abalar. Ela achava que tinha algo a ver com a juventude dele, a ideia de que sexo não tinha nada a ver com amor ou compromisso. Ela voltou a mexer o molho.

Jamie olhou para o relógio e franziu o cenho.

— Cadê a Kim? Ela não sai do trabalho às quatro?

Olive olhou para o relógio do forno. Eram quatro e vinte.

— Já deve estar chegando.

— São sete minutos andando da sorveteria até aqui.

— Talvez eles estivessem com muito serviço e tenha demorado para limpar tudo — disse Olive, dando de ombros. — Ou ela encontrou alguma amiga. Já, já ela chega.

— É só que é muita falta de consideração. Ela sabe que você está com a mesa posta só esperando ela chegar.

— Mas a comida nem está pronta — disse Olive, abrindo o forno e verificando o frango com uma faquinha, os sucos ainda rosados.

— Está tudo bem, ela já estará de volta quando tudo estiver pronto.

— E, considerando o estado dela nos últimos dias, quem sabe do que é capaz? — comentou ele, escorrendo uma panela com batatas desmanchando sobre a pia e as servindo numa travessa.

— Ela tem andado bem melhor nos últimos dias — disse Olive, e era verdade.

Kim estava mais contente e falante do que estivera em meses.

— Só porque fiquei uns dias longe daqui — disse Jamie.

Ele fez uma careta, fechou os olhos por um instante e, quando os abriu, a raiva que vinha se acumulando em seu rosto tinha desaparecido. Ele abraçou Olive e beijou a cabeça dela.

— Não gosto de ficar brigando com você. Só fico preocupado com a coisa toda. Sei que estou sendo rabugento.

Olive acariciou as costas dele.

— Sinto muito que ela seja assim. Não é culpa sua. E acho que nem dela.

— É só que... Você sabe que eu a amo, Olive, ela é como uma filha para mim, só quero o melhor para ela. Mas ela vai acabar me colocando atrás das grades, sinceramente. E se ela estiver na delegacia de novo?

— Você não tem idade para ser pai dela — respondeu Olive, abrindo um sorriso um pouco triste. — Eu pensei no que você disse aquele dia.

— E então?

— Se ela não se acalmar, eu vou considerar fazer aquilo.

— É só o que eu peço — disse ele, apertando Olive e em seguida afastando-se e segurando-a com os braços estendidos. — Você sabe que eu nunca...

— Eu sei.

Olive via certo charme na certeza obstinada de Jamie de que sabia o que estava fazendo na cozinha. Deixou que ele terminasse de preparar a comida enquanto se mantinha ocupada lavando as panelas sujas. Pôs a mesa e encheu um decanter com vinho. Ele preparou tudo na ordem errada e, quando eles puseram tudo nas travessas e as colocaram na mesa, a maior parte da comida já estava fria. Ainda assim, ele sorriu, cheio de si, ao se sentar à cabeceira da mesa e começar a cortar o frango. A faca tinha acabado de começar a entrar no primeiro pedaço de carne — que Olive notou, com uma certa aversão, estar ainda um pouco rosada — quando a porta da casa foi aberta e fechada, e os passos de Kim ecoaram no hall de entrada. Olive se retesou.

Houve um instante de silêncio enquanto Kim tirava os sapatos e o ar da cozinha ficou pesado. Olive e Jamie se entreolharam. Ele endireitou os ombros e sorriu. Kim ficou paralisada na porta da cozinha quando o viu.

— O que ele está fazendo aqui? — perguntou, fulminando Olive com o olhar.

— Não começa, por favor — disse Olive, inclinando a cabeça para o lado. — Jamie fez um belo almoço de domingo, olha.

— Não vou comer isso.

— Por que demorou tanto? Você saiu do trabalho há uma hora — perguntou Jamie.

Kim encarou o chão.

— Kim — disse Olive, a repreendendo.

Ela deu de ombros.

— Eu estava no penhasco.

— Nós estávamos preocupados.

— Sei, com certeza — disse Kim. — Ele gosta de saber onde eu estou, né?

— Já disse para não começar. Senta e vem comer — falou Olive.

Kim fez que não com a cabeça, atravessou a cozinha e foi até o jardim. Olive pôs a mão na de Jamie, que estava com os olhos vidrados na porta da cozinha.

— Desculpa — disse Olive, se levantando. — Vou lá dar um jeito nela. Pode ir comendo.

Olive foi até o jardim e fechou a porta atrás delas. Kim estava sentada em um banco, abraçando a perna. Olive se juntou a ela e ficaram alguns minutos sem dizer nada. Estava começando a esfriar.

— Mãe, por que você está fazendo isso? — perguntou Kim um tempo depois, com a voz abafada.

— A gente já conversou sobre isso.

— Você não me escuta — disse Kim, contorcendo as mãos.

— Meu bem — falou Olive, segurando uma das mãos da filha e notando que as unhas estavam roídas até o sabugo. — Ninguém está tentando substituir seu pai.

— Mãe — resmungou Kim, jogando a cabeça para trás, frustrada. — Por que você não me ouve? Já te disse um milhão de vezes, isso não tem nada a ver com o papai.

— Ninguém jamais poderia substituí-lo, ele era um homem maravilhoso — continuou Olive. — Nossa família está diferente agora, e Jamie não está tentando substituir nada.

— Eu não ligo! Não estou nem aí para quem você pega, mãe. Pode dormir com todos os homens do nordeste da Inglaterra se quiser. Não me importo. Mas *ele* — disse, apontando o dedo para a casa e baixando o tom de voz para um sussurro —, *ele é uma merda de um psicopata.*

— Olha a boca — falou Olive, a repreendendo.

Com os olhos arregalados e sérios, Kim segurou o braço da mãe. Olive se sentia desolada. Ela sabia que a filha realmente acreditava naquilo — tinha lido seu diário. Sabia que era uma invasão de privacidade e que sempre jurou que não faria isso, mas ser mãe de uma adolescente era difícil e assustador. Estava procurando algum sinal, alguma confissão de que Kim estava fazendo aquelas coisas de propósito. Queria ver se achava algo com a sua letra dizendo que odiava o homem que a mãe amava, mas não encontrou nada do tipo. Só achou um registro de todas as vezes que Kim o vira, os dias em que estava convencida de que ele a tinha seguido ou aparecido de surpresa em algum lugar. Olive não contou a Jamie sobre o diário, porque sabia que ele ficaria arrasado. Ele realmente amava Kim. Estava tão preocupado com ela quanto Olive, talvez até mais. Disse que sabia como ela se sentia. Jamie contou a Olive sobre sua infância numa noite em que estavam embriagados de vinho no jardim. Tinha sido criado por uma tia cruel. Sua mãe fora uma adolescente que morreu durante o parto e ninguém sabia quem era seu pai. Ele deixou a tia aos dezesseis anos e fugiu para morar com o avô, que não conhecia até então. Olive queria que Kim conversasse com Jamie, porque tinham tanta coisa em comum. Desejava que Kim pudesse ver o brilho em Jamie como ela via, o magnetismo que fluía dele naturalmente.

Kim apoiou a testa nos joelhos. Andava tão magra. Sempre fora uma criança gordinha e manteve os quilos a mais por boa parte da adolescência. Eram os genes de Alonso, a mãe pensava ao olhar para ela. Olive sempre se achara esquelética e não conseguia engordar nem quando queria. Quanto mais envelhecia, mais notava seus ossos aparecendo nos punhos e quadris, na clavícula e nas curvas acentuadas das costelas. Sentia-se frágil e quebradiça, mais um esqueleto que uma mulher. Invejava as curvas da filha e o viço de sua pele, mas Kim tinha perdido muito peso nos últimos meses. Num primeiro momento, todo mundo a elogiou e ela aquiescia e agradecia, da forma pouco à vontade que as mulheres fazem quando as pessoas comentam sobre seu peso. A mulher que trabalhava nos correios disse que Kim estava *a verdadeira cara da saúde* na semana anterior. Olive discordava totalmente. A filha parecia ter perdido todo o brilho: estava magra, quieta, assustada e sensível. Chorava por qualquer coisa. Tinha murchado tanto quanto seu corpo.

Olive sabia que era tudo por causa de Alonso. Foi Kim quem o encontrou pendurado na viga do sótão numa noite durante a greve dos mineradores, quando tudo parecia perdido. Tinha treze anos na época. No início, não pareceu muito abalada, pois foi ela quem segurou as pontas. Organizou o enterro todo praticamente sozinha enquanto Olive desmoronava. Elas não tinham dinheiro suficiente para bancar um evento de celebração da vida dele, mas, no fim das contas, não havia muitos parentes para convidar mesmo e, quanto a amigos, Alonso vinha furando a greve por várias semanas, então não contava com muitos.

Considerando a situação, Kim lidara bem com a coisa toda. Ela se manteve calma e equilibrada após o choque inicial. Não deixou de fazer os deveres de casa e mal parecia estar vivenciando o luto. Olive teve medo, naqueles tempos, de que ela estivesse em negação e que, quando a ficha caísse, ficaria arrasada. Na época em que apresentou Kim a Jamie, Olive já tinha desistido de esperar por uma crise. Quando os dois se conheceram, Kim lidou bem, parecia até feliz pela mãe. Ela foi surtando aos poucos, de forma bem gradual, e foi difícil notar num primeiro momento. No início, ela evitava Jamie, ficava calada quando ele estava por perto, comentava que ele vivia aparecendo ou reclamava que passava tempo demais na casa delas. Durante o verão, a coisa toda chegou ao nível da paranoia, ela achava que Jamie a seguia, e ela e Olive viviam discutindo aos berros, Kim repetindo que Jamie era um psicopata, que estava usando Olive para chegar nela.

— Kim, olha bem pra mim — disse Olive, segurando os ombros da filha. — Você precisa parar com isso. Jamie não tem nenhum interesse doentio em você.

— Tem, sim, mãe — respondeu ela, esfregando as lágrimas dos olhos e borrando o rosto com rímel. — Aonde eu vou, ele vai. Em todos os lugares. Ele está sempre por perto, de olho em mim...

— Kim...

— E você continua deixando que ele entre na nossa casa e não ouve o que eu digo, mãe. Nem a droga da polícia me escuta — continuou ela, derramando lágrimas.

Havia um senso de urgência em sua voz, e sua respiração estava irregular.

— Tudo bem, meninas? — perguntou Jamie, na soleira da porta, segurando duas taças de vinho.

— Só mais um minuto — disse Olive.

Jamie foi até o pátio e parou ao lado de Olive, tocando seu ombro e lhe entregando uma taça.

— Kim, sua mãe e eu estamos preocupados com seu bem-estar.

Kim cutucou um fiapo puxado de sua meia e não olhou para ele.

— A gente acha que você precisa de ajuda — continuou ele, dando um gole no merlot barato. — Ajuda especializada. A gente sabe que não é culpa sua.

— Não — disse Kim baixinho, lançando um breve olhar para ele, duro e raivoso. — É sua. Você manipulou ela direitinho, né?

Jamie sorriu e se agachou, ficando na altura do rosto da menina.

— Sei que você está sofrendo, Kim, já passei por isso, pode acreditar. Não tenho pais. Você tem uma mãe incrível que não pouparia nenhum esforço para te ver melhor. E você tem a mim, Kim. Apesar do que acha, você pode contar comigo. Nós dois te amamos muito.

Olive apertou o joelho de Kim, olhando para Jamie. Ele era tão maduro para a sua idade. Ela admirava o esforço dele para resolver as coisas com a filha dela, e ouvi-lo falando com tanta paciência fez com que Olive sentisse uma onda de desejo por ele. Kim travou a mandíbula, recusando-se a encará-lo.

— E foi por isso que nós decidimos... — continuou Jamie, até ser interrompido por Kim.

— Você é cinco anos mais velho que eu só.

— E foi por isso que sua mãe e eu decidimos que você precisa de ajuda especializada.

Olive respirou tão fundo que seus pulmões doeram e segurou a respiração por alguns segundos aguardando a explosão. Ela se sentiu um pouco incomodada por Jamie ter decidido, por conta própria, dizer aquilo para Kim, mas, pensando bem, era ele quem estava sofrendo as consequências da doença dela. Algumas semanas antes, Kim fora até a delegacia quando deveria estar na escola. Ela disse para o policial que Jamie a perseguia e que estava com medo do que ele poderia fazer. O policial, Paul Fletcher, era membro da igreja que Jamie e Olive frequentavam. Depois de ouvir suas preocupações, levou Kim até a biblioteca onde Olive trabalhava. Ela levou a filha até uma sala com uma caneca de chá e explicou o que estava acontecendo para Paul. Ele aquiesceu, compreensivo, e disse que achava que Kim talvez estivesse inventando isso para encrencar o novo namorado da mãe — *um joguinho perigoso*, disse, *poderia arruinar a vida dele*. Olive sorriu e agradeceu ao policial. Ela sabia que Kim não estava mentindo, não de propósito. Ela estava alucinando, estava num estado mental estranho em que não conseguia distinguir o que era real do que não era. Era algo tão atípico para Kim que, se fosse qualquer outra pessoa que ela estivesse acusando, e não Jamie, Olive talvez tivesse acreditado nela. Houve momentos em que Kim parecia tão convicta que Olive quase acreditou e considerou, apenas por um segundo, que Jamie talvez não fosse quem ela pensava, mas logo afastou esse pensamento. Sabia que não podia alimentar as alucinações da filha se quisesse vê-la bem outra vez.

As nuvens cobriram o sol de fim de tarde e o jardim logo esfriou. Kim mantinha os olhos vidrados nos pés sem dizer nada.

— Kim, essas alucinações, essas coisas que você tem visto, meu amor — disse Olive —, são muito perigosas. Jamie poderia ser preso se alguém levasse a sério o que você diz. Isso poderia acabar com a vida dele.

— Você não vai ficar muito tempo lá, Kimmy, só precisa espairecer um pouco. Tentar descobrir uma forma de reconhecer o que é real outra vez — falou Jamie, se inclinando para tocar o braço dela.

Kim se retraiu.

— Do que vocês estão falando? — perguntou ela, franzindo o cenho e olhando para Olive. — Do que ele está falando? Eu não vou a lugar nenhum.

Olive juntou as mãos.

— Achamos que talvez você devesse ir a algum lugar para se recuperar, Kim. Não é vergonha nenhuma.

— Me recuperar do quê?

— Da sua doença, meu amor. Sua paranoia... suas alucinações.

Kim passou os dedos pelos cabelos embaraçados e os puxou, grunhindo. Jamie deu um passo atrás e Olive segurou os punhos da filha. Ela parecia exausta, com olheiras enormes.

— É você quem precisa ter a cabeça examinada, mãe. Você acredita nele e não em mim. O que eu preciso fazer para você acreditar que eu não estou mentindo?

Lágrimas quentes começaram a rolar pelo rosto de Olive.

— Sei que você não está mentindo, meu amor. Mas o que você está vendo e sentindo não é real. Jamie não te segue. Ele não fica no seu quarto no meio da noite. Ele não te ameaça. Seu cérebro está te fazendo acreditar nessas coisas. Você não pode confiar nos seus sentidos agora, Kim.

O rosto da garota se contorceu de tristeza e confusão e ela baixou a cabeça sobre os joelhos e começou a chorar. Jamie voltou para dentro de casa e Olive abraçou a filha. Quando Kim se acalmou, Olive a levou para o quarto e deitou com ela na cama. Fez cafuné em seu cabelo até que adormecesse, em seguida saiu do quarto, deixando a porta entreaberta.

Jamie estava sentado em uma poltrona lendo o *News of the World*. Tinha acendido a lareira e servido outra taça de vinho para si. A comida intocada continuava na mesa, montanhas coloridas de vegetais em pratos e tigelas de jogos diferentes. Olive geralmente servia todo mundo direto da panela, mas Jamie insistira em fazer como nos filmes americanos. *Mais louça para lavar*, pensou ela, mas algo naquilo tudo a fez sorrir, algo na teimosia dele de tentar imitar a imagem da família tradicional das caixas de cereais. Ia esperar até ele ir embora antes de arrumar tudo.

Jamie não ergueu o olhar quando ela entrou, mas, quando Olive se sentou no braço de sua poltrona, ele largou o jornal e a puxou para seu colo. Ficaram sentados em silêncio por um tempo, a cabeça dela em seu peito, seus braços em volta dela. Olive parecia esgotada. A cabeça de Jamie estava encostada na poltrona e ela se perdia nas dobras de suas pálpebras, na pelugem sedosa do lóbulo de sua orelha. Tinha cílios muito longos e escuros, daqueles que as pessoas sempre diziam que eram um desperdício num homem. Olive não achava que fossem um desperdício nele. Quando se conheceram, aqueles cílios a prenderam como a um inseto numa teia, após um olhar tão intenso, que pareceu impossível para Olive não se apaixonar por Jamie.

A primeira vez que o viu foi na igreja. Jamie se sentou sozinho, cantou baixo e, quando o culto acabou, saiu sem falar com ninguém além do vigário. A congregação era, em sua maioria, composta por sexagenários, e Olive ficou intrigada com aquele jovem. Quando perguntou ao pastor quem era o rapaz, ele lhe disse que Jamie era novo na região, que tinha se mudado por conta de um emprego. O vigário tinha conhecido o avô dele, que também fora clérigo, mas em outra parte da cidade. *Um pouco apocalíptico, o avô dele,* disse, *mas era uma boa pessoa. Jamie é um bom rapaz.*

Jamie aparecia para o sermão toda semana, mas sempre ia embora antes que Olive pudesse convidá-lo para tomar um café na igreja. Ela nunca fora o tipo de mulher que se aproximava dos solitários ou que torcia pelo azarão, mas algo mudara nela desde a morte do marido. Ela passou os vinte anos de seu casamento sem ir à igreja, porque Alonso era ateu e, quando se casaram — e eles se casaram jovens —, ela acabou se afastando de sua fé. Não sentira muita falta; seu casamento era repleto de amor e da alegria de criar Kim. Eles riram e choraram juntos por vinte anos e não faltava nada em sua vida. Quando Alonso morreu e ela ficou sozinha de novo, redescobriu uma parte de si que tinha ficado esquecida e voltou para Deus. Olive percebeu que tinha amolecido desde sua última vez na igreja e logo se viu interessada pelo jovem solitário que parecia sempre fora de seu alcance.

Numa tarde de sábado, quando Jamie já frequentava a igreja havia alguns meses, Olive e Kim foram comer em um café à beira-mar. Era aniversário de Alonso, e as duas precisavam sair de casa e da rotina noturna de *deveres de casa-jantar-televisão-banho-cama*. Elas se sentaram a uma mesa de metal na calçada, cada uma com uma porção de batata frita sobre uma folha de jornal amassada e translúcida de tanta gordura. Olive ficou olhando as pessoas fazendo piquenique ao pôr do sol no alto do penhasco, gente passeando com cachorros, crianças brincando na praia, chapinhando na água. De vez em quando, Kim jogava uma batata na outra direção para afastar as gaivotas. Através do vidro cheio de marcas de dedo, Olive viu Jamie se levantando da mesa que ocupava lá dentro do café, pronto para ir embora, e, quando ele saiu, ela aproveitou a oportunidade para se apresentar e também a Kim, dizendo que já o tinha visto na igreja. Ele fez que sim com a cabeça, educado, e cumprimentou as duas com um aperto de mãos. Até beijou a de Kim, que fez cara de nojo e limpou a mão no jeans assim que ele se virou para ir embora. No domingo seguinte, ele se sentou ao lado de Olive na igreja e, depois do culto, aceitou seu convite para ir à casa dela para um café.

Quando chegaram ao endereço de Olive e ela abriu a porta, Jamie assobiou e olhou a casa de cima a baixo. Olive riu e comentou que havia herdado aquilo e que mal podia bancar o aquecimento do lugar, mas que não tinha coragem de vender. Kim estava esparramada de ponta-cabeça no sofá vendo televisão quando eles chegaram, de collant, polainas amarelas fluorescentes e uma faixa de cabelo da mesma cor. Seu rabo de cavalo ruivo dependurado tocava o chão. Ela estava com meio donut na mão e assistia a uma americana flexível usando uma roupa parecida com a sua, ensinando um grupo de mulheres a fazer uma coreografia que consistia basicamente em girar ao ritmo de uma batida pop leve. Não tinha notado a presença deles.

Jamie disse algo como *Acho que a ideia é você fazer o exercício junto com ela* e Kim tomou um susto tão grande que quase caiu do sofá e acabou derrubando o donut. Ela corou e saiu correndo para a cozinha, e Olive e Jamie começaram a rir. *Ela vai partir muitos corações*, disse Jamie, depois perguntou a idade da garota. *Dezesseis anos*, disse Olive, *mas continua não querendo saber de meninos.*

— Alguma vez você pensou em se apaixonar por Kim em vez de por mim? — perguntou Olive, ainda com a cabeça no ombro dele. Ela sentiu o peito de Jamie balançando de tanto rir.

— Você sabe que eu prefiro mulheres mais velhas. Sabe como é, tenho questões com figuras maternas.

Olive beijou o rosto dele, que se virou para beijá-la na boca. Mordeu gentilmente seu lábio inferior e a apertou e puxou para si com o braço que antes estava casualmente em sua cintura. O cheiro de vinho em seu hálito se misturava ao pós-barba, e Olive inspirou enquanto ele abria seu vestido. Sentiu uma pressão nos quadris, uma necessidade de pressionar o corpo contra o dele. Dava para sentir, através da calça, o quanto ele estava duro. Jamie passou a mão por suas coxas e por baixo do vestido, e ela gemeu e começou a desabotoar a camisa dele.

Depois, Olive pegou num sono leve e satisfeito, e, quando acordou, o céu estava escuro e gotas de chuva tamborilavam na janela. Sentiu uma forte tristeza quando viu que estava sozinha. As roupas de Jamie e seus sapatos também tinham sumido. Não era a primeira vez que ele saía sem se despedir depois que ela pegava no sono. Dizia que não queria acordá-la, mas ainda assim doía. Era como se, antes, ela estivesse em um filme, fazendo amor no tapete em frente à lareira do quarto, mas, ao acordar, sentiu-se tola, deitada nua no chão, sozinha e com frio em frente às brasas da lareira.

Enquanto se levantava, ficou se perguntando como Jamie devia vê-la, tendo um corpo tão mais velho que o dele. Ele era tão jovem. Jovem demais para ela, na verdade, apesar do que dizia para si mesma. Era apenas um luxo passageiro. Ela não conseguiria prendê-lo, por mais que ele a enchesse de promessas de casamento e eternidade sempre que Olive parecia em dúvida quanto ao relacionamento. A eternidade dela era mais curta que a dele. Vinte anos mais curta. Ele merecia mais, e ela o deixaria livre para ir atrás disso. Se sua decisão ajudasse Kim a ficar em paz, seria ainda melhor.

Passava das dez e Olive só queria ir para baixo dos lençóis e se esquecer do dia. A comida intocada continuava na mesa. Ela ficou pensando em tudo o que aquele jantar poderia ter possibilitado, os três sentados e passando a tigela de ervilhas um para o outro, rindo quando Kim derrubasse a colher, espalhando tudo sobre a toalha de mesa. Quem sabe Olive não tivesse outro filho um dia; adotado, claro. Um menino. Kim faria cócegas nele enquanto esperavam a carne marinar e Olive diria para os filhos se aquietarem enquanto Jamie ria. O menino chegaria à adolescência e, a essa altura, Kim traria algum namorado para o almoço de domingo, um médico que teria conhecido na faculdade, que discutiria com Jamie sobre política enquanto todos comiam purê. Kim logo se casaria com o namorado e seria uma cerimônia bonita, depois o casal almoçaria com eles toda semana. Num belo domingo, ela anunciaria que estava grávida e Olive, surpresa, deixaria a molheira cair. A cada ano, a mesa se encheria mais com pessoas amadas e logo o ambiente estaria cheio de netos e bisnetos, e Olive notaria, observando seu reflexo na janela da cozinha enquanto preparava o café depois do almoço, que acabara envelhecendo. Ela serviria o café com fatias de bolo e veria Jamie sentado à cabeceira, onde Alonso se sentava, e ele estaria radiante no recinto lotado de familiares, ainda com vinte e dois anos. Jamie entrelaçaria seus dedos aos dela e diria que a amava. Mas a comida continuava intocada, Kim estava possessa e Olive ia terminar com Jamie. As escadas pareceram uma montanha naquela noite.

Olive abriu a gaveta dos pijamas e notou que estava quase vazia; fazia vários dias que não lavava roupa. Havia apenas um conjunto espremido no fundo da gaveta, quase esquecido. Olive o pegou e sorriu. Alonso lhe dera esse de presente de aniversário de casamento muitos anos atrás de brincadeira, mas Olive adorara. Era da seção juvenil da loja. Era de algodão e tinha desenhos do Popeye e da Olívia Palito, com várias âncoras espalhadas. Uma brincadeira deles nos velhos tempos. Ele era o Popeye, grande e forte, ainda que jamais tivesse entrado num barco, e ela, sua Olívia Palito. Ela vestiu o pijama e se deitou na cama. As coisas com Alonso tinham sido boas até o fim. O amor deles era sólido e constante, do tipo que faz as pessoas acreditarem em almas gêmeas. Era diferente com Jamie, quando tudo era novo e empolgante, mas, para cada colher de chá de amor por ele, ela sentia uma colher de sopa de culpa. Culpa pela lembrança de Alonso. Culpa por estar, de alguma forma, roubando a juventude de Jamie, como se ela o tivesse hipnotizado para amá-la. Culpa por sua relação afetar tanto Kim e mesmo assim ela continuar se relacionando com ele.

Quando Olive estava quase pegando no sono, notou que não tinha ido ver como Kim estava antes de ir se deitar. Era um hábito recente desde que a filha piorara. Tirou os pés de baixo dos lençóis quentinhos e foi andando pela casa silenciosamente, na ponta dos pés pelas tábuas barulhentas para não acordar a filha. A porta do quarto dela estava entreaberta, da mesma maneira que Olive deixara, e ela a abriu apenas o bastante para poder colocar a cabeça e ver o vulto de Kim sob as cobertas. As cortinas estavam fechadas e Olive não conseguia vê-la na escuridão, então entrou no quarto, o medo tomando conta de si conforme se aproximava da cama e percebia que estava vazia. Não tinha ouvido Kim indo ao banheiro, mas foi checar mesmo assim e, quando viu que não estava lá, foi procurar nos outros quartos, no andar de baixo e no jardim, mas Kim não estava em lugar algum. Olive notou que as botas dela não estavam ao lado da porta de casa e a abriu. A chuva estava mais forte e o som de um trovão ecoou das nuvens.

Ela ligou primeiro para Jamie, mas ele não atendeu, então ligou para a polícia.

— Polícia de Tynemouth, policial Fletcher falando.

— Paul, é a Olive — disse, sem ar. — Kim desapareceu.

— Desapareceu?

— Não consigo encontrá-la. Ela não está em casa.

— Ela é adolescente, Olive, deve ter saído para beber com as amigas ou...

— Ela não está bem. Você tem que me ajudar a encontrá-la. Por favor.

— Já procurou na casa das amigas? Ela deve estar lá, meu bem.

— Ela não... Ela não tem amigas...

— Um namorado talvez?

— Por favor, vem me ajudar a procurá-la.

— Olive, querida, se acalme. Todo adolescente dá suas escapulidas. Ligue para as amigas dela e veja se sabem onde ela está, e se, ainda assim, não conseguir localizá-la, me liga de volta.

Frustrada, Olive bateu o telefone e saiu pela porta. Calçou os sapatos e vestiu a capa de chuva. Caía uma chuva torrencial e ela não conseguia ver um palmo diante do nariz. Fechou o zíper e levantou o capuz, mas em poucos segundos seu pijama estava ensopado e seus pés escorregavam na sapatilha.

— Kim? — gritou em meio à escuridão, indo até a rua, tentando identificar qualquer vulto que se movesse.

Jamie devia estar dormindo, pensou; do contrário, teria atendido. Uma onda de ciúmes a invadiu em meio à preocupação. Talvez ele estivesse com outra. A onda ficou ainda mais intensa. Talvez estivesse com Kim. Talvez a filha estivesse tão mal porque também o amava. Talvez estivesse inventando histórias sobre ele para Olive terminar tudo e ela poder ficar com Jamie.

— Kim? — gritou outra vez, olhando para um beco no final da rua.

Havia um vulto, houve um movimento, tinha certeza. Olive começou a se esgueirar pelo espaço estreito, sua mente criando imagens de Kim e Jamie se agarrando encostados na parede, escorregadios com a chuva, rindo dela.

Mas eram só duas lixeiras. Um gato saiu correndo de trás delas quando Olive se aproximou. Ela deu um pulo e levou a mão no peito. Cobriu o rosto com as mãos. Estava sendo patética. É claro que eles não estavam juntos. Ele não faria isso com ela, e Kim odiava Jamie. Olive se endireitou e saiu do beco quando um raio iluminou a rua. Não havia ninguém por lá.

O lugar preferido de Kim era o topo do penhasco, onde haviam espalhado as cinzas de Alonso. Ele sempre tinha adorado aquele local. Desde a morte do pai, Kim ia lá quase diariamente para refletir e ver o mar. Mas ela não estaria ali no meio de uma tempestade, estaria?

Olive ficou pensando na filha presa no penhasco, com medo de ficar em pé e o vento empurrá-la da beirada. Lembrou-se das vezes que brigara com ela por ficar perto demais da beira quando era criança, mas a filha não parecia temer cair nas pedras da praia lá embaixo. Assim que pensou naquilo, soube que tinha que ir verificar.

Outro raio iluminou as ruínas do priorado. Berrou outra vez o nome de Kim, mas o barulho da ventania se sobrepunha à sua voz. Olive tropeçou enquanto subia a colina e logo um raio cruzou o céu, muito perto, iluminando o topo do penhasco por um segundo.

A cena se gravou em sua retina como uma fotografia.

Dois vultos. Um homem e uma menina.

Olive foi tomada de alívio e medo enquanto tirava os sapatos escorregadios e corria no escuro até eles. Um raio. Notou o quanto estavam perto da beirada. O penhasco era mais amplo do que ela se lembrava. Olive não estava conseguindo chegar perto. Outro raio, agora sobre o priorado. Os vultos tinham se juntado e se moviam, lutando. Passionais. Olive escorregou na grama e caiu de cara. Não conseguia respirar. Ouviu um grito cortar o ar. Outro raio. A menina tinha desaparecido e o homem estava na beira do penhasco, os braços esticados.

Escuridão.

Depois, quando os policiais deixaram a casa dela e Jamie foi levado para interrogatório, Olive acendeu a lareira outra vez. Quando os primeiros sinais de uma luminosidade cinzenta começaram a despontar por entre o mar agitado e o céu sem estrelas, Olive beijou o diário da filha e o jogou nas chamas.

40

NOVA
12 DE JANEIRO DE 2000

Nova esfrega as mãos. O carro está gelado, mas ela desliga o aquecimento para ouvir melhor a conversa na casa de Olive. Tinha ido direto para lá depois de ter falado com Kaysha ao telefone, de ter ouvido Kaysha murmurando o nome de Olive e concluído que, se elas estavam juntas, algo digno de escuta estava se desenrolando. Não se lembra do caminho que percorreu para chegar até ali, mas está lá fora agora. Ela sintoniza o rádio do carro na frequência certa e fica ouvindo.

No início, é difícil identificar as vozes, mas ela ouve a discussão toda e, quando a conversa termina, fica observando as mulheres saindo da casa, uma a uma, o capuz sobre a cabeça, olhando em volta para se certificar de que ninguém as tinha visto. Nova afunda no banco do carro, escondida pelas sombras, e ninguém a vê. Kaysha é a última a sair e nem ela nota o carro de Nova parado do outro lado da rua. Quando Kaysha sai com seu carro, a tensão no corpo de Nova se esvai e ela se senta direito e tenta processar o que ouviu. Nem lhe ocorre desligar o rádio, o barulhinho da estática é quase tranquilizador, e ela não repara que não chegou a ouvir os passos molhados de Kaysha até o carro, o motor dando partida, sua respiração. Sabe que Kaysha está indo escrever o bilhete de despedida de Sarah e não decidiu ainda se vai impedi-la ou não.

Quando Nova está prestes a ir embora, escuta uma voz. Demora um pouco para entender o que está acontecendo — supõe que Kaysha deva estar dirigindo para perto dela de novo ou que o rádio esteja conseguindo captar o sinal a uma distância maior do que tinha imaginado, mas aí se dá conta de que Kaysha não estava de jaqueta quando saiu da casa. Talvez ainda tenha alguém lá dentro com Olive, mas, enquanto Nova fica na escuta, nota que é apenas a voz da mulher, apenas um lado de uma conversa, e ela se lembra de Olive falando sozinha no velório. Ela se aproxima do rádio e fica ouvindo a mulher contar o que fez na véspera do Ano-Novo.

41

OLIVE
31 DE DEZEMBRO DE 1999

Olive Farrugia não era o tipo de mulher que se deixava convencer facilmente por teorias da conspiração. Não acreditava em abdução alienígena, não achava que a ida do homem à Lua fosse uma farsa e certamente não acreditava que a rainha tinha mandado matar ninguém. Era o tipo de mulher que levava a vida com base naquilo de que podia ter certeza, coisas em que podia confiar e, além de si mesma, sabia que só podia confiar em Deus. Tinha certeza de que Deus existia, porque tinha sentido Sua presença; sentia o fustigar de Sua punição quando errava e Sua graça quando se sujeitava. Tinha certeza de que, se fosse boa, conseguiria se juntar à filha e talvez ao marido, lá do outro lado. Ou talvez fosse com seu outro grande amor que ela se reuniria no paraíso, embora soubesse que chegaria lá muito antes dele. Mas tinha certeza de que um dia ele também iria.

Sentiu-se um pouco enjoada quando se sentou no ônibus. Pôs as mãos dentro da bolsa e tateou as coisas que levara consigo. Moveu os dedos pela bolsa, o celular, as chaves de casa, as chaves do trabalho, um pacote de balas de hortelã, o vidro frio do seu perfume, depois abriu um bolsinho no forro da bolsa e olhou lá dentro. Havia um envelope com um chip pré-pago que comprara no supermercado alguns dias antes, que vinha com dez libras de crédito. Quando terminasse de dizer a Jamie o que precisava, queria começar do zero e seguir em frente. Não queria que ninguém do grupo conseguisse falar com ela. Tinha até pensado em se mudar, ir para outra cidade e recomeçar em outro lugar.

Além do chip, havia três papéis no bolsinho. O primeiro era o endereço de Jamie, que Olive descobrira no trabalho, através do banco de dados das bibliotecas de North Tyneside, porque a esposa dele tinha cadastro em uma delas. O segundo era uma página arrancada de um livro de mapas, com a casa de Jamie circulada de vermelho, e o terceiro era uma lista com números de telefones, que roubara do blazer de Kaysha duas semanas atrás, quando elas tinham sido as primeiras a chegar ao quarto de hotel e Kaysha tinha ido ao banheiro e deixado o blazer pendurado na cadeira.

Durante todos aqueles anos, Jamie estivera logo ali do outro lado da cidade e Olive nunca trombou com ele. Mas ainda bem que ela não tinha sabido disso antes. Teria ficado tentada a visitá-lo de vez em quando, pensou, não para que ele a visse, apenas para dar uma olhadinha. As lembranças que tinha dele eram gostosas, mas não muitas. O dia de hoje seria uma tortura, mas valeria a pena. Ela iria salvá-lo. Sorriu para si mesma.

O ônibus foi cruzando a cidade, que Olive evitava sempre que podia. As pessoas falavam que era a cidade mais bonita do país, alguma coisa a ver com a arquitetura, mas ela não ligava para cidades. As multidões a deixavam inquieta e ela se sentia pequena diante de tantos prédios enormes. Mesmo o vilarejo onde morava às vezes era tumultuado demais para o gosto dela, principalmente no verão, quando um enxame de pessoas invadia a faixa de areia em frente à sua casa, que normalmente era deserta. Os gritinhos das crianças e as conversas fúteis das mulheres de biquíni a irritavam tanto que ela fechava as janelas e aumentava o volume da televisão, por mais que a casa ficasse abafada demais com o calor de agosto. O ônibus se arrastou por uma das pontes e logo os prédios imponentes foram ficando para trás e deram lugar a fazendas e casas afastadas umas das outras, fileiras de *cottages* de mineradores separados uns dos outros por largas faixas de grama.

— Dona, é aqui — disse o motorista quando parou num ponto em frente a uma rua sem saída.

Ela agradeceu ao descer e ficou parada no meio-fio enquanto o ônibus arrancava. Atrás dela havia um pasto com cavalos e o começo de uma floresta. Tirou o mapa do bolso e o abriu. Tinha marcado o caminho que deveria seguir e começou a andar pela beirada da rua, depois entrou no bosque.

A casa dele era cercada por coníferas e bem isolada, e Olive parou em meio a umas árvores só para ver se tinha alguém por ali. Depois de um tempo, a porta da garagem se abriu e lá estava ele, encostado de braços cruzados num Mini Cooper vermelho cujos pneus estavam apoiados em tijolos. Sua esposa entrou na garagem logo depois, de casaco. Carregava a filha no colo, também toda agasalhada. Entregou uma bebida para Jamie, que tomou tudo de uma golada só, deixando o copo em uma prateleira. Ele se aproximou da esposa, como se fosse abraçá-la, mas em vez disso pôs as mãos nos bolsos dela, virando-os pelo avesso, e a apalpou, e depois fez a mesma coisa com a filha. Olive ficou se perguntando o que ele estava procurando. Talvez soubesse que a esposa estava tramando algo e que não podia confiar nela.

Por fim, ele acabou se dando por satisfeito e aquiesceu, então Sadia e a menina saíram da garagem e atravessaram a rua em direção à floresta. Passaram a poucos passos de Olive, que teve certeza de que a menina pousou os olhos nela por um segundo, mas não disse nada, e logo as duas desapareceram em meio às árvores.

Olive viu a saída da esposa como um sinal divino. Sabia que estava fazendo a coisa certa. Sabia que essa era a sua chance — só precisava de alguns minutos — e encostou a palma da mão no tronco de uma árvore para se apoiar, porque se sentia zonza de saber que estaria perto dele outra vez, que sentiria a fragrância de seu pós-barba, que talvez encostasse a mão em seu peito.

Ele não reparou na aproximação dela, não ouviu seus passos, porque tinha ligado o rádio e estava com a cabeça embaixo do capô, mexendo em alguma coisa lá dentro. Quando ela estava a apenas um passo, foi que ele finalmente notou sua presença e se virou.

Quando Olive o viu de perto, se deleitou. Ele continuava lindo, porém mais velho, ganhara corpo e estava mais viril em comparação ao jovem esguio do passado. Seu cabelo estava mais curto, e sua pele, um pouco mais pálida, como se passasse menos tempo ao sol. Havia rugas nos cantinhos dos olhos, sulcos na pele que antes não existiam, e agora exibia uma barba curta, mas cerrada, mais escura que seus cabelos. Envelhecera como uísque, pensou. E ela queria bebê-lo.

Quando ele falou, sua voz a fez estremecer, lembrando-a de como as coisas costumavam ser, de como se sentia sempre que ele chamava seu nome, tantos anos antes, e ela corou.

— Olive? — perguntou ele, levando a mão ao peito.

Ela lhe dera um baita susto.

— Oi — disse Olive, sorrindo e estendendo a mão, que ele pegou, confuso.

— O que você está...

— O que estou fazendo aqui? — completou ela, apertando a mão dele.

Ela olhou em seus olhos cinzentos e perguntou baixinho:

— Tem mais alguém aqui?

— É... não... minha esposa e minha filha acabaram de sair para caminhar, estou sozinho.

Os olhos de Jamie estavam um pouco desfocados e ele passou a mão pelos cabelos.

— Hum, você aceita um chá?

— Ah, eu adoraria, mas infelizmente estou com pressa. Só vim para... Bom, para te alertar.

Jamie franziu as sobrancelhas.

— Me alertar?

— Ai, Jamie — disse Olive com um sorriso triste e beijou sua mão. — Você não faz nem ideia, né?

— Do que você está falando, Olive? — perguntou ele, se apoiando no carro com uma das mãos e desvencilhando a outra da de Olive para esfregar os olhos.

— Jamie — falou ela, em tom baixo. — Elas estão tramando contra você.

— Porra, cara, do que você está falando? — Jamie se irritou. — Desembucha.

Olive titubeou por um instante. Jamie nunca falara com ela com tamanho desdém.

— Preste atenção, elas estão contra você, essas mulheres, elas...

— Que mulheres? — Jamie a interrompeu, parecendo zonzo.

Ele olhou em volta e pegou um machado que estava encostado em uma pilha de madeira perto dele, apoiando seu peso como se fosse um cajado.

— Todas elas. Sua esposa, por exemplo. A mocinha que está grávida. A tatuada com cara de mafiosa. Todas essas mulheres que você conhece. Todas dizem que você fez coisas horríveis com elas.

— Sadia?

— É. Elas querem...

— E você? Está tramando contra mim?

— Não! — disse ela, dando um passo à frente e segurando o rosto dele.

Ela não conseguia acreditar que ele a amara um dia, de tão lindo que ele era.

— Eu jamais faria isso. Ainda rezo por você. Todo dia.

— Certo, certo, e o que é mesmo que elas estão tramando?

Ele esfregou o rosto.

— Você está bem?

— Estou. É melhor você ir.

— Não tenho nenhuma intenção de ser vista pela sua esposa. Elas vão ficar no meu pé assim que souberem que eu estive aqui.

— Anda logo então. Não estou me sentindo bem.

— Você não parece bem — disse Olive, resistindo à vontade súbita de encostar as costas da mão na testa dele para ver se estava quente, como teria feito com Kim.

Ela se perguntou se ele estava bêbado e torceu para que, se estivesse, se lembrasse depois do que ela estava lhe contando agora.

— Como eu ia dizendo, elas se reúnem para falar de você. Fazem acusações terríveis. Uma delas diz que você a estuprou. Sua esposa fica dizendo para as pessoas que você bate nela. Então elas estão tramando algum tipo de vingança, de punição, mas ainda não decidiram o que fazer. A tatuada diz que a única forma de te parar é te matando. O restante, acho, prefere procurar a polícia.

Jamie desdenhou dela e tropeçou, deixando escapar o machado, que acabou caindo no chão. Olive o pegou para entregar de volta, mas ele a afastou com as mãos.

— Pode desdenhar à vontade, mas tenho medo de que, se elas forem até a polícia, organizadas, com suas historinhas, os policiais acabem dando ouvidos a elas.

— Não estou preocupado — disse Jamie, com dificuldade de articular as palavras.

— Acho que você devia estar.

Ele riu e Olive notou que lhe faltava um dente no fundo da boca.

— Jamie, você tem que levar isso a sério.

— Não, você que tem que calar essa boca — disse ele, com um olhar cruel. Ele cambaleou em sua direção e meteu o dedo em riste no peito dela. — Lembra o que aconteceu com a última intrometida que ficou choramingando e foi até a delegacia?

Olive esfregou o peito e não conseguiu dizer nada antes que ele continuasse.

— Lembra da pequena Kimmy? A pestinha da Kimmy que não me deixava trepar com ela? — disse ele.

Olive recuou, confusa, sentindo os dedos se apertarem no cabo de madeira do machado.

— Jamie, você está bêbado, não sabe o que está dizendo — falou ela, prestes a chorar. — Quer que eu te ajude a ir deitar na cama um pouco?

— A pequena Kimmy tentou me dedurar para a polícia também, lembra? Disse que eu a perseguia. Que não a deixava em paz. Buá, buá, buá. Não gostei nada daquilo. Então, ops, Kimmy caiu do penhasco — falou ele, sorrindo e virando as mãos para cima. — Ops.

Olive não estava ciente da sua decisão de brandir o machado, mas o ergueu com uma força que nem sabia que tinha e o enterrou alguns centímetros no pescoço de Jamie, que parou de sorrir e o sangue começou a jorrar, mais sangue do que ela achava que fosse possível. Ele agarrou o machado enquanto deslizava para o chão, o sangue jorrando da boca enquanto tentava falar, tentando gritar por socorro, e seus olhos foram se apagando, e ela pôs um pé no rosto dele para ajudar a tirar o machado do pescoço. Sentiu o nariz dele se quebrando sob o salto e o machado se soltou, então ela o golpeou de novo, e de novo, e de novo, até a cabeça estar separada do corpo e ele não conseguir mais falar. Ficou parada acima dos pedaços dele por um tempo, a respiração pesada, vendo o sangue formar uma poça no chão, e então apertou um botão na parede para fechar a porta da garagem e foi procurar onde Sadia guardava a água sanitária.

42
NOVA
12 DE JANEIRO DE 2000

O cascalho em frente a Heather Hall crepita sob os pneus de Nova pela segunda vez na mesma noite. A chuva cai torrencialmente e o carro de Kaysha está parado em frente à porta principal, que continua aberta. Nova corre os quatro metros que separam seu carro da casa e, quando entra, está ensopada. Ela fecha a porta com um estrondo, mas mal dá para ouvir por causa do barulho da chuva.

O clima da casa parece mais pesado que mais cedo, e ela imagina Sarah entrando e saindo dos quartos. Nova não acredita em fantasmas, mas o pensamento de Sarah existindo em um segundo, na ponte, tão cheia de raiva, sarcasmo e amor, e no segundo seguinte ao bater na água, cada lembrança, ideia, letra de música parcialmente esquecida deixando de existir, assim, do nada, parecia algo totalmente improvável. Ela deve estar em algum lugar, mas Nova espera que não seja ali.

Ela encontra Kaysha encurvada sobre uma mesa no andar de cima, lendo algo de uma folha de papel, com uma máquina de escrever à sua frente. O quarto está arrumado, há uma cama de solteiro com lençóis azul-marinho, uma cômoda cheia de livros cobertos de teias de aranha, alguns pôsteres de bandas e medalhas numa parede, mas é como se aquele quarto não fosse usado fazia muito tempo. Num primeiro momento, Kaysha não percebe a presença de Nova. A luminária faz sua pele brilhar como bronze queimado e seus lábios se movem enquanto ela lê. Nova não consegue olhar para os lábios de Kaysha sem querer beijá-los, mesmo agora. Ela tenta gravar na memória cada detalhe de Kaysha; seus traços suaves, a maneira como suas narinas se dilatam quando ela está irritada, seus incisivos pontudos quando sorri, a expressão desafiadora que só passa quando ela está prestes a dormir. Nova quer se lembrar da sensação de ter Kaysha nua ao seu lado, como cada cicatriz e imperfeição é incrivelmente linda, como sente vontade de chorar, às vezes, porque não consegue imaginar nada que pareça tão certo. Ela não quer interromper o silêncio, pois sabe que este é o fim do momento da cegueira, a parte do eclipse que não se pode olhar porque a luz é intensa demais. Kaysha é o sol.

Quando Kaysha termina de ler, ergue o olhar e toma um susto ao ver Nova na porta.

— Puta que pariu — diz, com o coração na boca.

— Sinto muito. Mesmo — diz Nova, atravessando o quarto e puxando Kaysha num abraço.

Ela a afasta, balançando a cabeça.

— Não consigo — fala, com a voz embargada, respirando fundo e secando os olhos. — Não consigo pensar nisso ainda.

— O que eu posso fazer? — pergunta Nova, se ajoelhando ao seu lado.

— Nada — diz Kaysha.

Ela dobra o papel que está segurando e Nova se dá conta de que é o bilhete com a falsa confissão. Não quer contar para Kaysha que pôs uma escuta nela, não quer destruir o que quer que haja de confiança entre elas, embora isso não importe agora. Ela se sente culpada por sequer ter suspeitado de Kaysha, para começo de conversa.

— Eu sei quem foi — diz Nova, por fim.

A lâmpada pisca e as duas olham para ela.

A expressão no rosto de Kaysha é indecifrável e Nova percebe que está prendendo a respiração, prestes a dizer algo que não tem volta.

— Foi a Olive.

Uma gargalhada emerge da boca de Kaysha, mas logo é interrompida, e seu rosto oscila entre confusão, descrença e compreensão, e Nova percebe que ela está considerando as possibilidades, finalmente juntando as peças da forma certa.

— Você a prendeu? — pergunta Kaysha, olhando de forma acusatória para Nova.

— Não.

— Mas vai?

Nova olha para o carpete. Há raspas de lápis sob a mesa e ela fica se perguntando há quanto tempo estavam ali. Não sabe o que fazer com Olive. Deveria ser mais simples. Duas semanas atrás, ela a prenderia por suspeita de assassinato sem nem pestanejar, mas descobriu tanta coisa desde então — sobre Jamie Spellman, sobre as mulheres que viviam à volta dele e sobre ela mesma. Sente-se deslocada, como se seu lugar no mundo tivesse mudado e ela não estivesse mais onde deveria estar. Ela se pergunta se Olive é sua gota d'água — a decisão impossível entre cumprir a lei e fazer a coisa certa.

— Mas vai? — repete Kaysha, esticando a mão, mas puxando em seguida. — Você sabe o que ele fez com ela, não sabe?

— Eu a escutei... Ela disse que Jamie matou a filha dela.

Kaysha faz que sim com a cabeça.

— Estou surpresa que ela tenha admitido. Ela sempre dizia que ele era bom, que nunca faria nada para prejudicar ninguém.

— A Olive parece... instável. Por que você acha que Jamie fez aquilo mesmo se Olive jurava que ele era inocente? Pelo menos até hoje.

— Porque eu não tinha nenhuma dúvida de que aquele canalha era pura maldade — responde Kaysha, com uma expressão sombria.

— Mas assassinar uma adolescente — diz Nova, pensando em tudo que tinha ficado sabendo sobre Jamie.

Ele fizera mal a várias mulheres, mas assassinato era um outro nível. Ela vê a imagem de Sarah caindo no ar e se pergunta se ele tinha feito a filha de Olive fazer o mesmo, se aquilo contava como assassinato, ou se deveria contar como assassinato.

— Você acha que ela pode ter pulado?

Kaysha cruza os braços e encara o teto.

— Não, não acho. Olha, eu sempre fiquei de olho nele. Sabia que ele estava tramando alguma coisa contra elas, sabia que não estava interessado em Olive e que a menina, Kim, estava determinada a fazer alguma coisa em relação a ele. Descobri depois que ela vivia indo à delegacia, dizia que ele a perseguia, queria que alguém a ouvisse. Ela o denunciou outra vez no dia em que morreu, por isso sei que ela ainda não tinha atingido seu limite.

— Como assim, *sempre fiquei de olho nele?*

Kaysha deu de ombros.

— Eu só ficava de olho nele.

— Mas por quê? Como foi que começou, como você o conhecia? — pergunta Nova.

Ela se levanta, esfregando a panturrilha dormente, e se senta na cama. Sabe que não deve pressionar Kaysha a responder o que ela não quer, mas não tem mais nada a perder.

— Não importa, Nova. Só confia em mim uma vez na vida.

— Eu confio em você — diz Nova, e Kaysha ri com desdém. — O que ele fez com você?

— Eu só sabia que ele era sinônimo de encrenca.

— Kaysha, o que ele fez com você? — pergunta Nova outra vez, se esticando para apertar o ombro de Kaysha.

Kaysha afasta a mão dela, e Nova respeita. Kaysha não gosta de ser tocada quando está triste. Ela fica um tempo em silêncio, olhando nos olhos de Nova, ponderando alguma coisa. Nova aguarda.

— Ele me estuprou, tá? — diz Kaysha enfim, com a voz falhando e o rosto se contorcendo, e ela começa a chorar. — E, antes que você diga qualquer coisa, eu fui à polícia, logo que aconteceu, na mesma noite, e não acreditaram em mim. Então eu só... Eu só o segui depois, ficava de olho nele, mas sempre chegava tarde demais, só via o que ele estava fazendo quando era tarde para impedir. Eu sabia que ele era obcecado pela Kim, mas não pensei a tempo no que fazer com relação a isso, então ela caiu de um penhasco e eu sabia que ele a tinha empurrado. Eu tinha certeza.

Nova abraça Kaysha, que se retesa, mas depois acaba cedendo ao abraço e começa a chorar aos soluços no peito de Nova. Ela faz carinho no cabelo de Kaysha. A chuva está mais fraca, e ela nota de relance a lua crescente por entre as nuvens.

— Você estava ajudando aquelas mulheres, não estava? — pergunta Nova baixinho.

— Não era para ele morrer — diz Kaysha, sua respiração fazendo cócegas no pescoço de Nova.

— O que era para acontecer?

Kaysha se afasta e sacode a cabeça, secando o rosto.

— Ia depender do que todas quisessem. Eu achava melhor procurar a polícia primeiro. Talvez, se falássemos com a pessoa certa, não seríamos ignoradas.

— Eu poderia ter ajudado vocês — diz Nova, lembrando que elas não estavam se falando na época, que ela havia traído a confiança de Kaysha meses antes.

— Eu sei. Mas, antes de te envolver, eu precisava ter certeza. Precisava convencê-las de que, se a gente se unisse, poderíamos dar um jeito nele. Impedi-lo de prejudicar mais alguém. Elas precisavam ouvir as histórias umas das outras, ver o quanto ele era mau, que não era só coisa da cabeça delas. Eu sabia que você poderia ajudar. Você não é como os outros.

Nova se sente aliviada ao ouvi-la dizendo isso, de saber que alguém — talvez a pessoa mais importante de todas — consegue enxergar além do distintivo.

— Não sei se posso continuar fazendo isso.

— Não — diz Kaysha, sem parecer nada surpresa. — Acho que você é boa demais para esse trabalho.

Uma hora depois, as duas saem da casa. Nova está com o bilhete falso de despedida num saco de evidências no bolso. Ela se sente diferente. Concluiria o caso, cuidaria da papelada toda, depois seguiria em frente. Era hora de começar do zero.

Kaysha não diz para onde está indo e Nova não pergunta, mas torce para que seja para a casa de Olive. Alguém precisa ir até lá. A noite está silenciosa à sua volta e a escuridão é uma substância viscosa que cada uma precisa cruzar sozinha.

— Kay — diz Nova, no momento em que Kaysha abre a porta do carro.

Kaysha ergue o olhar. *Eu te amo*, Nova quer dizer. *Foge comigo*. O momento se prolonga e nenhuma das duas diz nada, embora haja muita coisa a ser dita.

— Se cuida.

43

OLIVE
31 DE DEZEMBRO DE 1999

Olive limpou tudo sem pensar muito. Se começasse a pensar, entraria em pânico, então foi deixando o corpo fazer o trabalho, se concentrando nos aspectos práticos de cada tarefa em vez de pensar nas consequências, torcendo apenas para que a família de Jamie não voltasse antes de ela terminar. Primeiro foi até a cozinha, pegou todos os produtos de limpeza que conseguia carregar e os jogou na parte do chão que não estava ensanguentada. Depois se livrou do corpo. Sua ideia era levá-lo para a floresta e enterrá-lo ou deixá-lo sob algum arbusto, então saiu por uma porta que havia nos fundos da garagem e que dava para o jardim, para ver se tinha como passar pelas árvores. Tinha, e ela começou a arrastar o corpo para fora da casa, pelos pés.

Jamie era pesado, e a adrenalina que a movera nos últimos minutos estava começando a se esvair quando ela cruzou a porta. Evitou passar pelo pátio e pelas pedras que faziam um caminho na grama, sabendo que ainda havia sangue escorrendo pelo pescoço do cadáver, torcendo para que a grama o absorvesse. Quando estava na metade do jardim, soube que não teria forças para arrastá-lo até a floresta. A alguns metros, havia um lago que parecia, à primeira vista, fundo e lodoso o bastante para escondê-lo.

Estava começando a nevar, e ela o arrastou até a água, torcendo para que não fosse a filha a encontrá-lo, quando, por fim, fosse encontrado.

Ela limpou o sangue da garagem. Era muito sangue, levou bastante tempo até enxugar tudo com panos e papel-toalha, depois esfregar com água sanitária e em seguida eliminar os respingos nas paredes e no carro. Ela tirou os pedacinhos de carne que ficaram no machado, limpou e poliu o cabo para tirar suas digitais e o deixou encostado na pilha de lenha que estava perto da parede. Colocou tudo o que usou num saco de lixo, junto com as próprias roupas. Andou nua na ponta dos pés pela casa, subiu a escada e abriu o chuveiro. Quando estava limpa, pegou a roupa mais simples que achou no guarda-roupa de Sadia — um vestido cinza e um casaco preto — e vestiu. Quando voltou para a garagem, notou que havia uma lata enorme de balas ao lado da árvore de Natal. Era funda e ovalada, decorada com tudo quanto era tipo de flor, e tinha o tamanho perfeito. Jogou as balas no saco juntamente com as suas roupas e colocou a cabeça de Jamie na lata. Estava péssimo agora, pálido, coberto por seu próprio sangue. Ela fechou a lata.

Olive abriu a garagem outra vez e jogou o saco com as coisas ensanguentadas na lata de lixo do lado de fora ao passar, escondendo-a sob outros sacos de lixo que já estavam lá. Com sorte, os garis viriam antes que ele fosse encontrado. Estava escuro e a neve caía com vontade, e ela quase escorregou e derrubou a lata duas vezes a caminho do ponto de ônibus. Pegou um ônibus de volta para a cidade, com a lata no colo, temendo que o sangue começasse a vazar, mas isso não aconteceu. De tempos em tempos, verificava as mãos nos feixes de luz amarela, mas continuavam limpas.

Quando entrou pelos fundos do hotel, como sempre faziam, e foi até o quarto de sempre, ela tirou a tampa de trás de seu celular, soltou a bateria e trocou o chip pelo novo que trazia na bolsa. Ninguém tinha aquele número. Ela mandou uma mensagem para cada número de telefone que havia na lista de Kaysha, incluindo o dela, convocando-as com urgência. Depois colocou seu chip de volta no celular e quebrou o novo ao meio, embrulhando-o em papel-toalha e dando descarga nele no vaso imundo da suíte.

Ela dispôs os lugares em semicírculo e arrastou uma mesa até o centro. Havia uma caixa com Bíblias, todas com capa vinho de couro e bordas douradas, que ela empilhou na mesa, abrindo a do topo em sua passagem favorita — Levítico, 24:19, *olho por olho*. Equilibrou a cabeça sobre as páginas abertas. Jogou uma fronha por cima, como se costumava fazer com pessoas que iam para a cadeira elétrica — escondendo o rosto culpado.

Olive lavou a lata de balas na pia da suíte e a enxugou com um roupão que estava pendurado atrás da porta, tendo o cuidado de não tocar nela outra vez diretamente com as mãos, e então foi se esconder no quarto ao lado até ouvir as outras chegarem. Ela não podia ser a primeira a chegar.

Quando, uma hora depois, Olive estava de volta ao quarto, cercada pelas outras mulheres, e Sarah tirou a fronha da cabeça, Olive sentiu como se estivesse vendo a cabeça com os próprios olhos pela primeira vez, e gritou mais alto do que todas as outras, horrorizada.

Agradecimentos

Antes de tudo, agradeço à minha agente maravilhosa, Kate Evans, que foi minha maior incentivadora desde que entrei em sua sala com três capítulos, sete mulheres, uma cabeça decepada e a promessa de que eu conseguiria transformar aquilo numa história, de alguma forma. Não consigo pensar em ninguém melhor para encarar essa jornada comigo.

Agradeço às minhas adoráveis editoras, Jade Chandler e Sarah Grill, que receberam minha história com tanto entusiasmo e apoio, e a lapidaram em algo muito melhor do que eu jamais poderia imaginar.

Agradeço a Clairus Bearus, Eira Major, Sandy Watson, Lynn Murray, Graham Reid, Maddy Sheridon, Alex Pape, Kamila Shamsie e Horatio Clare por lerem e tecerem seus comentários às várias partes e versões deste livro — isso significou muito para mim.

Agradeço a Hayley Murray e Ameera Rahman seus conselhos valorosos e as experiências compartilhadas.

Agradeço a Holly Rose, que ouviu cada versão de cada capítulo deste livro com a paciência de uma santa, aguentou cada surto por causa da escrita e acreditou em mim em dias que eu mesma não acreditava.

Agradeço a Hayley, Pablo e Mouse por serem minhas distrações favoritas.

Agradeço a Jeanette Winterson porque, sem suas orientações, fé e encorajamento, eu provavelmente não teria conseguido escrever este livro.

Finalmente, agradeço à multidão de meninas, gays e elus brilhantes, fortes e determinades que tenho a sorte de ter em minha vida. Não poderia desejar uma rede de apoio melhor que essa.

Fontes de apoio

Alguns temas neste livro podem evocar sentimentos difíceis. Se você precisar de ajuda, considere a possibilidade de contactar uma das organizações listadas abaixo.

Centro de Valorização da Vida
188
www.cvv.org.br

Disque Direitos Humanos
100

Central de Atendimento à Mulher
180

Pode Ser Abuso
podeserabuso.org.br

Mulher Segura
www.mulhersegura.org

Instituto Maria da Penha
+55 85 4102 5429 | +55 85 98897 6096
atendimento@institutomariadapenha.org.br
www.institutomariadapenha.org.br

Este livro foi composto na tipografia Arno Pro,
em corpo 12/15,5, e impresso em papel off-white
no Sistema Cameron da Divisão Gráfica
da Distribuidora Record.